余光中精选集

世纪文学经典

SHIJI WENXUE
JINGDIAN

北京燕山出版社

"世纪文学60家"书系总策划

白烨、陈骏涛、倪培耕、贺绍俊、张红梅

"世纪文学60家"评选专家名单

（以姓氏笔画为序）

丁　帆　南京大学中文系教授

王中忱　清华大学中文系教授

王晓明　华东师范大学中文系教授

王富仁　汕头大学中文系教授

白　烨　中国社会科学院文学研究所研究员

孙　郁　鲁迅博物馆研究员

吴思敬　首都师范大学文学院教授

杨　义　中国社会科学院文学研究所研究员

杨匡汉　中国社会科学院文学研究所研究员

张中良　中国社会科学院文学研究所研究员

张　炯　中国社会科学院文学研究所研究员

张　健　北京师范大学文学院教授

陈子善　华东师范大学中文系教授

陈思和　复旦大学中文系教授

陈晓明　北京大学中文系教授

陈骏涛　中国社会科学院文学研究所研究员

於可训　武汉大学文学院教授

孟繁华　沈阳师范大学教授

赵　园　中国社会科学院文学研究所研究员

洪子诚　北京大学中文系教授

贺绍俊　沈阳师范大学教授

谢　冕　北京大学中文系教授

程光炜　中国人民大学中文系教授

雷　达　中国作家协会创研部研究员

黎湘萍　中国社会科学院文学研究所研究员

出版前言

　　"世纪文学 60 家"书系的创编与推出,旨在以名家联袂名作的方式,检阅和展示 20 世纪中国文学所取得的丰硕成果与长足进步,进一步促进先进文化的积累与经典作品的传播,满足新一代文学爱好者的阅读需求。

　　为使"世纪文学 60 家"书系的评选、出版活动,既体现文学专家的学术见识,又吸纳文学读者的有益意见,我们采取了专家评选与读者投票相结合的方式。我们依据 20 世纪华文作家在中国现当代文学史上的地位与影响,经过反复推敲和斟酌,确定了 100 位作家及其代表作作为候选名单。其后,又约请 25 位中国现当代文学专家组成"世纪文学 60 家"评选委员会,在 100 位候选人名单的基础上进行书面记名投票,以得票多少为顺序,产生了"世纪文学 60 家"的专家评选结果。为了吸纳广大读者对 20 世纪华文作家及作品的相关看法和阅读意向,我们与"新浪网·读书频道"全力合作,展开了为期两个月的"华文'世纪文学 60 家'全民网络大评选"活动。2005 年 12 月 16 日,读者评选结果在"新浪网·读书频道"正式公布。为了使"世纪文学 60 家"的评选与编选,能够比较客观地反映专家和读者两方面的意见,经过反复协商,最终以各占 50% 的权重,得出了"世纪文学 60 家"书系入选名单。

　　"世纪文学 60 家"书系入选作家,均以"精选集"的方式收入其代表性的作品。在作品之外,我们还约请有关专家、学者撰写了研究性序言,编制了作家的创作要目,为读者了解作家作品、创作特点和其在文学史上的地位,提供必要的导读和更多的资讯。

"世纪文学60家"评选结果

排名	作家	专家评分	读者评分	评选结果	排名	作家	专家评分	读者评分	评选结果
1	鲁 迅	100	100	100	31	赵树理	85	55	70
2	张爱玲	100	97	98.5	32	梁实秋	67	71	69
3	沈从文	100	96	98	33	郭沫若	70	65	67.5
4	老 舍	94	94	94	33	陈忠实	67	68	67.5
4	茅 盾	100	88	94	35	张恨水	64	70	67
6	贾平凹	94	92	93	36	苏 童	58	75	66.5
7	巴 金	94	90	92	36	冰 心	51	82	66.5
7	曹 禺	100	84	92	38	穆 旦	78	52	65
9	钱锺书	80	99	89.5	39	丁 玲	78	47	62.5
10	余 华	85	92	88.5	40	顾 城	29	95	62
11	汪曾祺	100	76	88	41	舒 婷	51	69	60
12	徐志摩	85	89	87	42	张承志	67	51	59
12	莫 言	94	80	87	43	王 朔	45	72	58.5
14	王安忆	94	77	85.5	44	刘震云	58	58	58
15	金 庸	70	98	84	45	韩少功	54	57	55.5
15	周作人	94	74	84	46	阿 城	54	56	55
17	朱自清	70	93	81.5	47	张 洁	64	44	54
18	郁达夫	78	83	80.5	48	三 毛	22	85	53.5
19	戴望舒	94	66	80	49	铁 凝	51	53	52
20	史铁生	80	79	79.5	50	张 炜	60	40	50
20	北 岛	78	81	79.5	50	李劼人	78	22	50
22	孙 犁	94	62	78	52	宗 璞	64	33	48.5
22	王 蒙	78	78	78	53	郭小川	58	36	47
24	艾 青	94	60	77	53	柳 青	58	36	47
25	余光中	78	73	75.5	55	施蛰存	51	42	46.5
26	白先勇	85	64	74.5	56	张贤亮	42	49	45.5
27	萧 红	85	61	73	56	刘 恒	64	27	45.5
27	路 遥	60	86	73	56	高晓声	45	46	45.5
29	闻一多	78	67	72.5	56	李 锐	51	40	45.5
30	林语堂	54	87	70.5	60	徐 訏	45	43	44

目录
CONTENTS

散文编

序言

中西合璧　诗文双绝

徐　学

一

余光中,一个众说纷纭毁誉参半的人物,他是认真的学者、不苟的翻译家,写起字来,总是一笔一画方方正正;而在腐儒和道学家眼中却是十足的浪子、不道德的文人。

他是喜欢开快车的诗人,喜欢一切高速的节奏,在诗歌中赞美飙车;同时也静修瑜伽功;而且先后养过十多只小鹦鹉,并为之精心撰写食谱。

他酷嗜民族文化,自幼浸淫其中,发掘弘扬,终生不渝;而批评和剖析自己的民族和国人,比谁都坦白、锐利。

他是浪漫的,写缠绵悱恻的情诗,从不间断,对可爱的女性有用不完的柔情;他又是科学的,搜集古今中外的地图册,钻研大部头的天文书,对地球的画像、世界的脸谱、天象的分布、宇宙的流转十分专业。

他是平易的民间的,有许多朗朗上口的童诗民谣为证;他又是深奥而神秘的,上知天文下知地理,时常有出神入化的创造。

他并非任何一个教派的信徒,但也不是一个理直气壮的无神论者。总是觉得神境可亲,喜欢瞻仰大教堂,看寺看庙,在那里琢磨一些灵魂的问题。

他喜好在家中静静欣赏地图、画册和唱片,他也更愿意用脚去丈量世界山川。亲人和朋友视之为诙谐的交谈者,他自称是女生宿舍的舍监……

种种矛盾集于一身的描述并不足以表现全貌,我们只能说,凡方块字延伸所及,华语汉文流播之处,一提到余光中,总会引起人们敬佩的眼神和会心的微笑，为了他那向星空看齐的生命，为了他那彻夜不熄的桌灯，为了他一篇篇脍炙人口的诗文，为了他一场场锦心绣口的演讲；或者，仅仅为了他在你的《余光中诗选》上那平直方正一丝不苟的签名，虽然他知道这只是一本盗版书……和一切大作家一样，余光中的生命境界也是立体的、多元的，但同时又能保持微妙的平衡。

二

余光中 1928 年重阳出生于南京。九岁之前，在多湖多雨多寺庙多燕子和风筝的江南水乡浸润中，在水样温柔的江南女子（母亲和许多表姐妹）呵护下，抽枝展叶，可是，水的温柔还没来得及培植出一株幽雅纷披的兰草，火的猛烈已逼近大江南北。

日寇铁蹄践踏在太湖四周，余光中的静谧童年提前终结，1937 年底，余光中随着母亲，从常州逃往苏皖边境，在太湖附近躲躲藏藏好几个月；最后，搭上运麦的船只，抵达苏州，再从苏州转到上海法租界。余光中回忆道："向上海，记不清走过多少阡陌，越过多少公路，只记得太湖里沉过船，在苏州发高烧，劫后和桥（和桥在江苏宜兴市北）的街上，踩满地的瓦砾，尸体和死寂的狗都不叫的月光。"从上海绕道香港、海防，沿滇越铁路进入昆明，再到重庆与父亲会合。

"陪都"重庆是当时中国的政治文化中心。众多追随政府铁心抗日的志士仁人，间关万里，辗转来渝，山城人口从三十余万激增至七十三万。这些被称为"下江人"的移民从各自舒适的小天地走出来，聚集于民族生死之战的大旗下。重庆凝聚着中华民族壮烈赴难的永恒记忆，它是抗日时期遭受轰炸次数最多、规模最大、死伤损失最为惨烈的城市。余光中耳闻目睹，六十年后记忆犹新："抗战的两大惨案，发生时我都靠近现场。南京大屠杀时，母亲正带着九岁的我随族人在苏皖边境的高淳县，在敌军先头部队的前面，惊骇逃亡。重庆大轰炸时，我和母亲也近在二十公里外的悦来场，一片烟火烧艳了南天。"

万众齐心同仇敌忾的记忆牢牢攫住少年余光中，跟随他从四川，而南京，而厦门，到了台湾——"二十年前来这岛上的，是一个激情昂扬的青年，眉上睫上发上，犹飘扬大陆带来的烽火从沈阳一直燃烧到衡阳，他的心跳和脉搏,犹应和抗战遍地的歌声嘉陵江的涛声长江滔滔入海浪淘历史的江声"。他时常在梦中——"泳向上游向天府之邦/向少年向一首热歌在抗战时代/唱沸少年的血在胸腔"。

对于余光中,家国情怀不仅来自于血与火的时代,也来自民族伟大悠久的文化,来自脚下的乡土和身边的百姓。

四川历来是人文荟萃之地,长江回荡着久远的词章歌赋,一代又一代迁客骚人的足履屐痕,余光中回忆自己的国文启蒙时说:"我的幸运在于中学时代是在淳朴的乡间度过,而家庭背景和学校教育也宜于学习中文。"这适宜学习中文的环境,一是上面说的四川深厚的人文风气;二是功课适度,压力不大。每天晚上,余光中都是就着昏黄而摇曳的桐油灯光,一遍又一遍地习诵着诗文。有时低回,有时高亢。在反复吟咏,潜心体悟中,余光中触摸到了我们民族历代志士仁人的铿锵生命,进入了我们民族博大宏伟的精神世界中。他日后诗文中展现出来的儒雅、刚健、坚韧和静观,正以此时的桐油灯下夜读为基石。

大自然的洗礼,也使少年余光中获益良多。巴山蜀水,江山多娇,余光中爱江,江与水是其作品里最常见的意象;余光中爱山,他一生见山就攀,登临之余,赋为华章;《山缘》说,我一生最重要的山缘有三次,四川为首,另两次是美国丹佛与香港沙田。他多年后还记得:"四川的山缘回响着水声,增添了袅袅的情韵。"他一生亲近山水,喜好自然,不是来自潮流和理念,实在是性之所近,得自少年已沦肌浃髓的应和自然的美感。

脚着草鞋乌发平头,坐的是石灰板壁加盖茅草屋顶的教室,睡的是冬寒夏热臭虫成堆的通铺……在这样的艰难时世中,少年余光中健康且不失快乐地成长起来了。他一生都对山城岁月有着依恋和感恩,说它是娘胎里的子宫、儿时的摇篮、成年后的床和枕。在乘机驾车遍游世界的晚年,他说,蜀山蜀水,全在石板路或土径上从容领略,然而,此生所见一切青山碧水,总以一步步走过的最感亲切。

这一时期,对余光中的心理与性格影响深远。逃难的经历促使他早早地睁眼看世界,青年会中学的寄宿生活,锻炼了他的生存能力,避免了"多空文而少实用"的儒者之病;亲切的师长和同窗,加强了他的集体归属感;总之,朴素严酷又不失温馨闲逸的少年时代,饶具田园风味的乡居生活,使他的心理更加开朗健康,得以在以后长长的岁月中,抵挡欧风美雨的侵袭、现代都市的冷漠。余光中一生以乡土情结为荣。1972 年，台湾"乡土文学论争"之前，他就指出："相对于'洋腔洋调'，我宁取'土头土脑'，此处所谓'土'，是指中国感，不是秀逸高雅的古典中国感，而是实实在在纯纯真真甚至带点稚拙的民间中国感……不装腔作势，不卖弄技巧，不遁世自高，不滥用典故，不效颦西人和古人，不依赖文学权威，不怕牛粪和毛毛虫，更不用什么诗人的高贵感来镇压一般读者，这些，都是'土'的品质，要土，索性就土到底，拿一把外国尺来量中国泥土的时代，已经过去了。"

抗战胜利，余光中回到南京，考入金陵大学，后转学厦门大学，最后毕业于台湾大学。他读的是外文系，以后长期教授西方文学，并翻译过十余种西方文学作品，加之 50 年代至 70 年代，他三度去美国教学，累积时间达五年，对西方社会和艺术，特别是现代绘画和摇滚乐有深入了解。1974 年余光中到香港中文大学中文系任教，一去十年，此时他系统深入地研究了中国古典文学和"五四"新文学。

对余光中艺术生命影响最大的三个时空是，40 年代的中国陪都重庆，50、60 年代现代主义兴起的台北，70、80 年代诡异多变的香港，这几个城市，在余光中与它们朝夕相处的日子里，都是会聚了大量移民的地区，也是集结激荡了多种文化成分的城市。尤其后两个城市，更是那一时期华人地区里东方与西方、传统和现代最为剧烈碰撞的旋涡地带。余光中也遍游欧美世界，西方的经历使敏感的诗人感受到剧烈的中西文化冲突，以及冲突与压迫之下，自己肩负民族文学乃至文化现代化的重大使命。余光中有个比喻：大陆是母亲，他二十一岁离开她，六十四岁重新回来。台湾如同妻子，他在那里从男友变成丈夫，从青涩的讲师变成沧桑的老教授，从投稿的新秀变成写序的前辈。香港是情人，他和她有十一年的缘分。而美国只能算是外遇。

虽然是外遇，也有过自我内心的激辩，也免不了偏激、摇摆，甚至挣扎，最后终于能够含英咀华，在中西文化中入而复出，出而复入，几度出入，终于能够自由出入。余光中的创作历程展示出，一个对西方现代文学非常了解的人怎样从学习西方出发，然后中西兼容，又再度发现传统，提升传统。

三

余光中发表诗歌始于 1948 年，是南京《大华晚报》上的两首古体诗，此后发表的都是新诗,至今已经不下一千篇。

余光中步入诗门,主要是受到 19 世纪的英诗的启发,其次是旧诗的根底,最后才是对新诗(徐志摩、卞之琳、冯至、臧克家)的观摩。早期的诗,大半上承新月的流风余绪,情绪或激切或感伤缺乏深刻的感悟和精致的构思。翻译《梵谷①传》和学习现代艺术,他进入了"现代化的实验期""推出一种高度简化后的朴素风格",代表作是《西螺大桥》和《我之固体化》。60年代以后,诗作展示出多种风貌,有徘徊在传统和西化之间的《五陵少年》,有大型组诗《天狼星》,有古典韵味的情诗《莲的联想》,与诗人洛夫的论战,促成他告别了自己的短暂虚无(1960—1961)。经过《敲打乐》的反复激辩和自我剖析,终于《在冷战的年代》里展示出浴火重生的永恒生命。

在中西文化传统中,天狼星都被视为一种破坏性的力量——中国古人认为,它的出现预示着刀兵之灾;古代西方则说它会带来干旱。然而,天狼星是最亮的一颗恒星。诗人以之为题,一方面想在纷纭混乱的现代诗进程中,抓住一些永恒的象征;另一方面,也有自嘲的意味,既然被视为逆子、叛徒,当然会给沉寂文坛带来刀光剑影。《天狼星》是十首诗构成的组诗,其中最长的一首近八十行,最短也有三十行,共计六百二十六行。它气魄宏大,场景广阔,其中有余光中个人的经历,更多的是现代诗在台湾兴起十年间个性各异之现代诗人群的传神写照——《海军上尉》《孤独国》《大武山》《表弟们》……它不仅是当代台湾诗人的族谱,堪称中国现代诗的小型诗史,有狂飙突进的现代精神,也多侧面地展现了西方现代狂潮冲击下传统文化崩塌背景中,中国现代诗人悲剧性际遇,特别是由对传统文化的怀疑彷徨而产生的深深哀痛。

《莲的联想》被诗坛称为"新古典主义",在词汇上,"罗曼史""科学馆""瑞士表""大二女生"等现代词语和古色斑斓的"舴艋舟""天河""西施""范蠡"并立,"在文白的相互浮雕上,单轨句法和双轨句法的对比上,工整的分段和不规则的分行之间的变化上,都是二元的手法。在风格上,它的情感甚且是浪漫的,但是却约束在古典的清远和均衡之中"。它也是作者告别西方的"病水仙"重觅东方莲花的告白——"虚无成为流行的癌

---

① 台湾一般译为梵谷,为尊重作者,书中涉及作者译及梵高处,均未改为梵高。其他译名亦同。——编注

症/当黄昏来袭/许多灵魂便告别肉体/我的却拒绝远行,我愿在此/伴每一朵莲/守住小千世界/守住神秘"(《莲的联想》)。可是,在静谧恬淡的色调中,我们还是能够察觉出诗人的些微不安;在沉醉里有掩抑不住的迷惘,在似乎从从容容心思纤纤的折来叠去三联句的韵里,有剪不断理还乱的多少惆怅!

《敲打乐》集中的同题诗长达一百五十二行,就单首而论,是余光中最长的诗。不但诗行多,诗句也长,大都在十个字以上,最长的"他们说你已经丧失贞操服过量的安眠药说你不名誉",一行二十二个字;加上许多句子不断重复,更是加快了诗的节奏,这不仅是一种艺术上的试验,它表现了诗人与自己激辩复激辩的情感节拍。诗中重复着"不快乐"的句子。然后点题,要想快乐,除非奇迹发生,那就是停止和中国的争吵。对于谢绝了美国大学教职即将启程回国的诗人,中国是一个不能不想清楚辩分明的问题。

> 我的血管是黄河的支流/中国是我我是中国/每一次国耻留一块掌印我的颜面无完肤/中国中国你是一场惭愧的病,缠绵三十八年
>
> 该为你羞耻? 自豪? 我不能决定/我知道你仍是处女虽然你已经被强奸过千次/中国中国你令我昏迷何时/才停止无尽的争吵,我们/关于我的怯懦,你的贞操?

与《五陵少年》"我的血系中有一条黄河的支流"相类,这里有"我的血管是黄河的支流",但在整体思想和意象上,从《五陵少年》到《敲打乐》却有了变化。前者只是对光荣家谱的追忆,后者则是通观东西方世界之后的承诺;前者几乎是嘲弄的对象,后者是郑重的宣言。

"敢在时间里自焚,必在永恒里结晶。"诗集《在冷战的年代》正是围绕着这一命题而展开的。《公墓的下午》《狗尾草》《死亡,它不是一切》《老诗人之死》等诗,表现出对肉体消亡的无畏——"死亡,你不是一切,你不是/因为最重要的不是/交什么给坟墓,而是/交什么给历史"。《自塑》《火浴》《九命猫》《白灾》等诗表现出旺盛的生命力,出现如此众多强劲不凡的诗句,一是诗人正当壮年,二是诗人已经结束了盘桓,对自我的价值有了从未曾有过的清晰透视和绝对肯定。他说:"立在眼前这场大旋涡大旋风之中,

我企图扑攫一些不随幻象俱逝的东西，直到我发现那件东西就是我自己，自己的存在和清醒。"他的对手非常明确，就是不断流逝的时间，就是足以侵蚀生命的消沉和怯弱，就是夸饰、虚荣和自恋……

进入70年代，余光中从摇滚乐和民歌中受到启示，发展出朴素的民谣风格，而在内容上则进入了民族历史文化的探索。经过多少挣扎，在中西古今之间入而复出，出而复入，几番出入，诗人真正成熟了。《白玉苦瓜·自序》总结到："少年时代，笔尖所沾，不是希颇克灵的余波，便是泰晤士的河水，所酿的也无非是1842年的葡萄酒。到了中年，忧患伤心，感慨始深，那支笔才懂得伸回去，伸回那块大大陆，去沾汨罗的悲涛，易水的寒波。"创作进入了三度空间，即纵的历史感，横的地域感，加上纵横相交而成十字路口的现实感。

《白玉苦瓜》集，呈现回归本土的成熟。以民歌风歌咏田园的，有《电话亭》《雨季》《投胎》《车过枋寮》《摇摇民谣》等；以民歌风抒发乡愁的是《民歌》《乡愁》《乡愁四韵》《罗二娃子》……在夏日悠悠的岛上，常绿的棕榈树下怀念旧乡的腊梅，还有儿时的冻疮。笔下不再是星座、海伦、天使，而是后土、八卦、手相、禅理、莲花落、民谣……一切古中国的层层叠叠的记忆和意象皆蠢蠢蠕动，争先恐后地涌出诗人的笔尖。整本诗集，大都是怀乡——地域之乡、历史之乡和文化之乡，三者交织辉映。

《白玉苦瓜》一诗隐喻诗人对自我艺术生命成熟的咏叹和感慨。第二节开首写地图，写母亲的乳汁，明写苦瓜，暗喻自我。"不幸呢还是大幸这婴孩"？这种发问，乃是《敲打乐》以来自己与自己激辩复激辩的回声，诗人这时已有了答案，"我是谁"的迷惘之雾终于澄清，所以，有这般宁静而自信的心音："犹带着后土依依的祝福/在时光以外奇异的光中/熟着，一个自足的宇宙/饱满而不虞腐烂"。

香港时期，接连出版了《与永恒拔河》《紫荆赋》《隔水观音》等诗集，此前也有许多写大陆的诗篇。在美国在台湾怀念故国，但都不如在香港时有切肤之痛，佳作迭出，如《公无渡河》《九广铁路》《梦魇》《灯下》《沙田之夜》《望边》《海祭》，或沉痛或抑郁，或滑稽涕突，或凄然而笑。此时歌咏民族历史文化的诗歌达到新的高峰，如《漂给屈原》《湘逝》《蔡元培墓前》《老火车站钟楼下》《夜读东坡》《戏李白》《寻李白》《念李白》《刺秦王》《橄榄核舟》《梅花岭》等。咏个人生命或诗人自塑仍有相当比重，其佳作有《白即是美》《旗》《菊颂》《独白》《船湾堤上望中大》《不寐之犬》《五十岁以后》《厦门街的巷子》等，与《自塑》《白玉苦瓜》等诗一脉相承，而风格更趋沉静内敛，心境平和，进入了生命的秋季，明净无瑕，静静地成熟。

在保持"儒家担当"的基调时，也有了道家旷达的"变调"，以玩味风景寄托飘逸情致的闲逸小品有《沙田秋望》《暮色之来》《清明前七日》《秋兴》《中秋》《秋分》《山中传奇》《夜色如网》《黄昏》《黄昏越境》《夜深似井》《夜开北门》《松下有人》《松下无人》等。诙谐与风趣之作增多，如《游龙山寺》《第几类接触》《割盲肠记》《惊蛙》《戏李白》等。由于心境澄定，下笔更为从容，笔力愈加遒劲，组诗增加，木屐写了三次（《木屐怀古组曲》），雨伞作了六种（《六把雨伞》），还有松风六奏，暑意七品，都是同一题材从多个侧面反复刻画，从多种角度深入开掘。除了组诗之外，还有先后对同一人或同一题材的不断吟咏，如《念李白》《戏李白》《寻李白》；又如《水仙乡》《水仙节》《水仙缘》；《姮娥操刀》也是两首。

1985 年回到高雄，他又以南台湾的粗犷朴素对比台北的都市病，写出环保诗，写出歌咏南部水果诗；同时，随着两岸局势的发展，写出民众的呼声，既拥抱本土，又寻根大陆，反对闭岛拒陆或者坐岛凌陆。

余光中以乡愁诗闻名，但乡愁只是他的一个侧面。他诗歌里有亲情、爱情、友情、自述、人物、咏史、咏物、题画、赏艺、体育、环保、天象、四季节气、城市山川、林木花果等项，每一项都有不少佳作。如亲情一项，父母、妻女，甚至孙子孙女都曾入诗，尤以母亲、妻子咏歌最繁。又如人物，于今有孙中山、蔡元培、林语堂、甘地、劳伦斯、奥威尔、全斗焕、戈尔巴乔夫、福特、薇特、赫本、杨丽萍、刘国松、周梦蝶、郑愁予……于古则有后羿、夸父、荆轲、昭君、李广、史可法、林则徐、耶稣……梵高前后写了五首，中国古典诗人写了近二十首。

四

余光中发表评论是在 1949 年，发表翻译作品是 1952 年，写散文是在 1958 年，比诗歌创作迟了十年。起初，他认为诗歌是主业，散文为副产品。后来，他说，诗和文如同左右眼，两眼一起看世界，世界才是立体的。

60 年代，依凭着笼括现代艺术的开阔视野和民族经典浸馈中培植出的纯正语感,余光中发起了一场散文革命,对白话散文大胆质疑。

余光中指出,"五四"迄今泛滥的散文有三种:一是花花公子的散文,伤感做作;二是食古或食洋不化学者的酸腐之文,不文不白;三是清汤挂面式的散文。其主要病根在于:一、进化文学史观。划定中国文学发展的进化路线:古文——温和的白话文(以胡适为代表)——激烈的白话文(以瞿秋白为代表,要求汉字拉丁化,大众语)。断言后来必然居上,文言已死,汉字必亡。二、言文合一观。这种观点的商标是"我手写我口"。他们不了解文字和语言不能等同。不了解对于创造性的文学,排斥文言单纯采用白话甚至口语,只会沦为单调和贫乏。不了解汉字因为语法和形体上的特点,可以创造一种淳朴简洁而又不失朦胧迷离之美,能超越活人的口语。针对进化文学史观,余光中指出,"五四"时期特殊的历史背景上,文学先驱为了把文学"从当时那种刻板、空洞、贫血的文言文中解放出来,不得不提出白话文学的主张"。以后,改革和启蒙的声音就逐步压抑了文字和文学作为艺术应有的创造空间。针对言文合一观,余光中认为,在文字的实用范围中,应该推行国语,统一白话;而在文学艺术的创造中,则要发挥文字弹性的自由。文字应该表现思想,而不仅仅只是记录语言,手应该听命于心灵,而不是唇舌。他说:"文字向语言吸收活力和节奏,语言向文字学习组织和品味,两者之间保持一点弹性,适足以相激相荡,相辅相成。"

余光中提出了新的散文的标准:弹性"是指现代散文对于各种文体各种语气能够兼容并包融合无间的高度适应能力"。它着眼于句法,要求以现代人的口语为节奏的基础,融入外来,特别是西化的句法以及文言句法、方言俚语。余光中着重指出,在文风上,要分清夹缠和多姿,前者是敝衣百结的鹌鹑,后者是遍体文章的凤凰,二者不可等同。余光中还认为文体也应有弹性,不必过于拘泥,可以大胆突破。密度"是指现代散文在一定的篇幅中(或一定的字数内)满足读者对于美感要求的分量"。它要求散文具有诗质,是五步一楼、十步一阁,步步莲花,字字珠玉,力求篇无废句,句无废字;而非稀稀松松、汤汤水水,既无涟漪,又无洄澜,瞎三话四地耍贫嘴。从余光中的散文创作中可以知晓,散文中繁复的意象以及时空的映叠、交替和压缩,也是加大散文的密度的有力方法。质料"是指构成全篇散文的个别的字或词的品质"。它是字汇的品位。要求作者有独特而细腻的语感,精选出不同凡响的词汇。用典是把古典文学的意境、氛围、情调纳入现代心灵之中。余光中说："'典'的最高意义是民族集体记忆的遗产,也是沟通民族想象的媒介。而通俗的所谓'用典',就是诉诸民族的想象和记忆……也就是将作者个人的经验注入民族集体的经验。"余光中特别强调,用典有"死""活"之分。"死用典"只是掉书袋,原封不动地炫耀,典故未能与作者的经验融合成一个新的生命;"活用典"是脱胎换骨的创造,是想象的贯穿,它在读者心中唤醒往昔的经验,那古代经典中的集体记忆。

余光中的台北时期出版了五本散文集,笔势雄奇,想象奇特,感性丰沛,他"尝试在这一类作品里,把中国文字压缩、捶扁、拉长、磨利,把它拆开又拼拢,折来且叠去,为了实验它的速度、密度和弹性。我的理想是要让中国的文字,在变化各殊的句法中交响成一个大乐队,而作家的笔应该一挥百应,如交响乐的指挥仗"。其时的作品有些是长篇散文诗:一、在结构上,它们并不以叙述实事或描写景物为中心,而是将焦点对准内心,以一个或数个意象绾结全篇。二、在艺术方法上,为了细致入微地刻画淋漓尽致地表现个人的主观世界,不惜将客观世界压缩、变形;它更多地借助诗的方法,如稠密的典故、意象、大幅度的跳跃……三、在叙述方式上(叙述方式指作者以特定的语调或口吻导引读者的艺术方法。叙述方式透露出特定的情感色调和情绪节奏)采用独白。虽然以"他"来展开叙述,但"他"是作者虚拟的自我幻象,在"他"内心世界的描绘中,浓缩地打开了自己的生命履历,跳跃地展示自己的心理流程。当时余光中沉浸于个人经验中——一些骄傲和愤怒、记忆和想象,他尝试着把这些心思和情绪压缩转化,构筑一个诗的世界,在那里重新认知自己,而和周遭保持距离,甚至和自己保持一定距离。

香港时期的散文以小品为多。题材上有明显的扩大。许多琐事逸事,生活中的点滴乐趣都化为写作的题材。颇有新世说之风的《沙田七友》,以闹显静的《牛蛙记》,调侃现代生活之无奈的《催魂铃》……《我的四个假想敌》写女儿长大带来的矛盾心情,《春来半岛》写香港的各种树木植物,《吐露港》对沙田的日色、夜色远观近看,《秦琼卖马》《高速的联想》《轮转天下》写汽车、自行车和三轮车……抒情言志之作少了,而咏物寄怀和寓情于景之作明显增加。

叙述方式上,从"独白"转为"诉说"。结束了成长经验的内省,异乡他国的孤独自语和愤怒青年的自我激辩,激情和浪漫有所削减,更重视在从容冲淡中经营意蕴。壮怀激烈，热情紧张转为静观自得，幽默风趣。开始采用一种平静的、诉说式的方式来结构他的散文，面对着假想中的读者朋友，和他们一起分享自己现实生活中的种种趣闻乐事。追求一种现场感和谈话风，"呢""吗""吧"等语气助词出现较多。

叙述方式的改变也带来遣词造句的变化。以前句法接近骈体，讲究文体典雅，对仗工整；而香港之作，则文白交融，一方面坚拒漂白了的"大白话"，一方面又适当增添些旧小说的语言和句法，使文句简洁浑成，颇有雅舍笔法之意趣。写人、写景亦有变化。不重诗情画意的感性，而在人情世故、事态物理的意趣之间。

千百年来，中国散文正宗往往在清淡中见韵味，而非在瑰丽奇伟中见生命。余光中台北时期的试验散文恰恰是在这一点上冲击了中国传统，自有其功绩。此时，从绚烂归于冲淡，比起其他未向现代艺术拜师的散文家，依然色彩更为浓烈，感性更为丰富，知性与感性融合得天衣无缝。香港时期的散文创作，表现出余光中散文创作的新进展，这就是从散文的专才一变为通才、全才。他不仅可以出色地抒情、写景、说理，也能够表意、状物、叙事，更可以将这散文的六大功能融为一体。高雄时期，游记最多，融合了台北感性和香港的知性，气定神闲，简而实繁，淡而实醇，绚烂归于平淡，另是一番境界。更加稳固地奠定了余光中"诗文双绝"的文学地位。

诗歌编

扬子江船夫曲
——用四川音朗诵

我在扬子江的岸边歌唱，
歌声响遍了岸的两旁。
我抬起头来看一看东方，
初升的太阳是何等的雄壮！
嗨哟，嗨哟，
初升的太阳是何等的雄壮！

顺风时扯一张白帆，
把风儿装得满满；
上水来拉一根铁链，
把船儿背上青天！
嗨哟，嗨哟，
把船儿背上青天！

微笑的水面像一床摇篮，
水面的和风是母亲的手。
疯狂的浪头是一群野兽，
拿船儿驮起就走！
嗨哟，嗨哟，
拿船儿驮起就走！

一辈子在水上流浪，
我的家最是宽广：
早饭在叙府吃过，
晚饭到巴县再讲！
嗨哟，嗨哟，
晚饭到巴县再讲！

我在扬子江的岸边歌唱，
歌声响遍了岸的两旁。
我抬起头来看一看东方，
初升的太阳是何等的雄壮！
嗨哟，嗨哟，
初升的太阳是何等的雄壮！

一九四九年六月十日

诗 人

诗人和上帝

上帝说:宇宙需要光,
暗空便透出星光点点。
诗人说:人类需要美,
历史便佩上杰作篇篇。

诗人和疯子

莎士比亚说诗人和疯子
都不属红尘十丈的人间。
诗人隐居在疯子的隔壁,
疯子却闯进诗人的花园。

诗人和少女

诗人求少女赐一圈花环,
把自己的稚心和她交换。
少女带走了他的礼物,
只留下一顶无花的桂冠。

诗人和恐龙

他们说我们这地球上面，
愈大的猛兽愈早消灭。
难道伟大而崇高的诗人
也要像恐龙一般地凋谢？

诗人和诗人节

今天是我们诗人的日子，
我们的总数是五分之一万。
月球上只有一株桂树，
如何编得出这许多桂冠？

一九五三年诗人节（六月十五日）

珍妮的辫子

当初我认识珍妮的时候，
她还是一个很小的姑娘，
长长的辫子飘在背后，
像一对梦幻的翅膀。

但那是很久，很久的事了，
我很久，很久没见过她。
人家说珍妮已长大了，
长长的辫子变成鬈发。

昨天在街上我遇见珍妮，
她抛我一朵鲜红的微笑，
但是我差一点哭出声来，
珍妮的辫子哪儿去了？

一九五三年一月二十一日夜

女 高 音

一只云鸟自地平线涌起，
缓缓地，盘旋在西方的天际。

它悠悠地飞下，又舒舒地飞上，
如片帆漂浮于微波的海洋。

那一片辽阔而温暖的洋水
荡得它懒懒地，有些微醉。

不久海上吹起了巨风，
一波接一波向前汹涌。

忽然它振翅向天顶疾升，
疾升，疾升，要直叩天堂的大门！

那么远，那么高，那么渺小！
昂起头几乎都追眺不着。

转瞬在太空它息下了翅膀，
翻一个筋斗向下界飞降。

但是还不曾触到平地，

拍一拍双翼,又缓缓地飞起

哦,缓缓地,缓缓地,飞回西方,
渐没于黄昏那无边的苍茫。

一九五四年四月二十七日夜

邮 票

一张娇小的绿色的魔毡，
　你能够日飞千里；
你的乘客是沉重的恋爱，
　和宽厚的友谊。

两个灵魂是你的驿站，
　你终年在其间跋涉；
直到他们有一天相逢，
　你才能休息片刻。

何时你回到天方的故国，
　重归你魔师的手里？
而朋友和情人也不再分别，
　永远相聚在一起。

一九五五年六月二十五日

饮一八四二年葡萄酒

何等芳醇而又鲜红的葡萄的血液！
如此暖暖地，缓缓地注入我的胸膛，
使我欢愉的心中孕满了南欧的夏夜，
孕满了地中海岸边金黄色的阳光，
　和普罗旺斯夜莺的歌唱。

当纤纤的手指将你们初次从枝头摘下，
圆润而丰满，饱孕着生命绯色的血浆，
白朗宁和伊丽莎白还不曾私奔过海峡，
但马佐卡岛上已栖息着乔治·桑和萧邦，
　雪莱初躺在济慈的墓旁。

那时你们正累累倒垂，在葡萄架顶，
被对岸非洲吹来的暖风拂得微微摆荡；
到夜里，更默然仰望南欧的繁星，
也许还有人相会在架底，就着星光，
　吮饮甜于我怀中的甘酿。

也许，啊，也许有一颗熟透的葡萄，
因不胜蜜汁的重负而悄然坠下，
惊动吻中的人影，引他们相视一笑，
听远处是谁歌小夜曲，是谁伴吉他；

生命在暖密的夏夜开花。

但是这一切都已经随那个夏季枯萎。
数万里外，一百年前，他人的往事
除了微醉的我，还有谁知道？还有谁
能追忆那一座墓里埋着采摘的手指？
她宁贴的爱抚早已消逝！

一切都消逝了，只有我掌中的这只魔杯，
还盛着一世纪前异国的春晚和夏晨！
青紫色的僵尸早已腐朽，化成了草灰，
而遗下的血液仍如此鲜红，尚有余温
来染湿东方少年的嘴唇。

一九五五年九月二十九日

附注

晚春某夜，偕夏菁往谒梁实秋先生。言谈甚欢，主人以酒餐客。余畏白兰地味烈，梁公乃启所藏一八四二年葡萄酒饮予。酒味芳醇，古意盎然，遂有感赋此。

黎　明

我听见旭日掷黑夜以第一根镖枪，
清脆地，若金属铿然之坠地，
荡开挑战者警告的骤响。

然后是蔷薇丛的云旌招展，在地平线上；
然后是金骑士赫然的跃现；
黑夜之围的迅速瓦解，海盗旗的下降。

辽远地，自东方，自壮阔的太平洋上，
一阵一阵胜利的欢呼荡开来，荡开来，
向琉球，向东印度，向南中国海……

一九五七年四月一日

西螺大桥

蠢然，钢的灵魂醒着。
严肃的静锵铿着。

西螺平原的海风猛撼着这座
力的图案，美的网，猛撼着这座
意志之塔的每一根神经，
猛撼着，而且绝望地啸着。
而铁钉的齿紧紧咬着，铁臂的手紧紧握着
严肃的静。

于是，我的灵魂也醒了，我知道
既渡的我将异于
未渡的我，我知道
彼岸的我不能复原为
此岸的我。
但命运自神秘的一点伸过来
一千条欢迎的臂，我必须渡河。

面临通向另一个世界的
走廊，我微微地颤抖。
但西螺平原的壮阔的风
迎面扑来，告我以海在彼端，

我微微地颤抖,但是我
必须渡河!

矗立着,庞大的沉默。
醒着,钢的灵魂。

一九五八年三月十三日

附注

　　三月七日与夏菁同车北返,将渡西螺大桥,停车摄影多帧。守桥警员向我借望远镜窥望桥的彼端良久,且说:"守桥这么久,一直还不知道那一头是什么样子呢!"

钟乳石

又是葡萄架顶悬着累累的夏，
往事，竟成串了——
被摘于异乡人微颤的手指，
仍是那怯紫色的酸涩，仍是
那不可企及的浑圆，那不可仰攀的
　　成熟，与完整，与甜。

今年的五月，一切依然如旧，
光辉依然存在，但火的灵魂已死。
也许我们已不再年轻，
也许我们已不再流行，用心跳的次数
　　计算下次约会的距离；
也许白鸟已射落，天鹅湖已枯干，
　　而小情人的红菱艳的鞋尖
　　也不再叮叮点过我的梦境。

逝了，邓肯，逝了，奥芬巴哈，
逝了，安娜·巴芙罗娃；
醒自疯狂的假面舞会，我们
发现自己在古典的林荫大道上散步。
而时间的长廊上充满了回音，
我们不得不轻轻地窃语，向一尊

残废了的美神的雕像。

而灵魂的花岗岩穴里有原始的雕刻，
以最初的怀念凿成。
擎起火把我们发现那被遗忘的
钟乳石与钟乳石，蛛网与蛛网……

而时间的长廊上充满了回音。

一九五八年五月六日晨

新大陆之晨

零度。七点半。古中国之梦死在
新大陆的席梦思上。
摄氏表的静脉里,
一九五八年的血液将流尽。
风,起自格陵兰岛上,
以溜冰者的来势,滑下了
五大湖的玻璃平原。
不久我们将收到,自这些信差的袋里,
爱斯基摩人寄来的许多
圣诞卡片。

早安,忧郁。早安,寂寞。
早安,第三期的怀乡病!
早安,夫人们,早安!
烤面包,冰牛奶,咖啡和生菜
在早餐桌上等我们去争吵,
去想念燧人氏,以及豆浆与油条。
然后去陌生的报上寻茖蔷的消息。
然后去空信箱里寻希望的尸体。
然后去林荫道上招呼小松鼠们。
然后走进拥挤的课堂,在高鼻子与高鼻子,
在金发与金发,在 Hello 与 Good morning 之间,

坐下。
坐下，且向冷如密歇根湖的碧瞳
　　　　　　　　　　　　碧瞳
与碧瞳，照出五陵少年的影子，
照出自北回归线移植来的
相思树的影子。

然后踏着艺术馆后犹青的芳草地
（它不认识牛希济）
穿过爱奥河畔的柳荫，
（它不认识桓温）
向另一座摩天楼
（它不认识王粲）。

当千里目被困于地平线，我说：
"虽信美而非吾土兮，
曾何足以少留！"

火车来自芝加哥，
驰向太平洋的蓝岸。
汽笛的长嘶，使我的思想出轨——
我在想，一九五九的初秋，
旧金山的海湾里，
有一只铁锚将为我升起，
当它再潜水时，它会看见
基隆港里的中国鱼。

而此刻，七点半，零度。
摄氏表的静脉里，

一九五八的血液还没有流尽。
早安,忧郁! 早安,寂寞!
早安,第三期的怀乡病!
早安,黑眼圈的夫人们,早安,早安!

一九五八年十一月五日

呼吸的需要

因我也是一棵
乡土观念很重的
双叶科的被子植物，
且有一定的花季。
常想自杀
在下午与夜的
可疑地带。

而我曾死过
不止一次。
因此，在死的背景上画生命，
更具浮雕的美了。

因此，我是如此的
想把握这世界，
而伸出许多手指来抓住泥土，
张开许多肺叶来深呼吸
早春的，处女空气。

一九五九年三月九日晨

我之固体化

在此地,在国际的鸡尾酒里,
我仍是一块拒绝溶化的冰——
常保持零下的冷
和固体的坚度。

我本来也是很液体的,
也很爱流动,很容易沸腾,
很爱玩虹的滑梯。

但中国的太阳距我太远,
我结晶了,透明且硬,
且无法自动还原。

一九五九年三月十日午夜

附注

同班有菲律宾人、日本人、澳大利亚人、爱尔兰人,当然,还有许
多美国的北佬。

五陵少年

台风季,巴士峡的水族很拥挤
我的血系中有一条黄河的支流
黄河太冷,需要掺大量的酒精
浮动在杯底的是我的家谱
喂! 再来杯高粱!

我的怒中有燧人氏,泪中有大禹
我的耳中有涿鹿的鼓声
传说祖父射落了九只太阳
有一位叔叔的名字能吓退单于
听见没有? 来一瓶高粱!

千金裘在拍卖行的橱窗里挂着
当掉五花马只剩下关节炎
再没有周末在西门町等我
于是枕头下孵一窝武侠小说
来一瓶高粱哪,店小二!

重伤风能造成英雄的幻觉
当咳嗽从蛙鸣进步到狼嗥
肋骨摇响疯人院的铁栅
一阵龙卷风便自肺中拔起

没关系,我起码再三杯!

末班巴士的幽灵在作祟
雨衣!我的雨衣呢?六席的
榻榻米上,失眠在等我
等我闯六条无灯的长街
不要扶,我没醉!

一九六〇年十月

燧人氏

燧人氏是我们的老酋长
当他瞋目决眦,须发倒指
他的舞恒向上,他的舞
　　　恒向上

饥了,食一座原始林,一个罗马城
和几乎是秦始皇厌恨的全部文化
复舐噬夜的肝脏,在太阳太阳之间
挟黑暗而舞,复挞她,踏她,踢她
燧人是我们的老酋长。　在众神之中
　　　他是最达达的

我们也是达达的
我们是新蛮族,我们要
开辟一个新石器时代,一个
刚孵化的椭圆形宇宙
擎火炬,呐一声喊,呐一声喊
看我们肩起火神,在一颗
　　　死了的星上

一九六一年二月

登圆通寺

用薄金属锤成的日子
属于敲打乐器
不信,你可以去叩地平线

这是重阳,可以登高,登圆通寺
汉朝不远
在这声钟与下声钟之间

不饮菊花,不佩茱萸,母亲
你不曾给我兄弟
分我的哀恸和记忆,母亲

不必登高,中年的我,即使能作
赤子的第一声啼
你在更高处可能谛听?

永不忘记,这是你流血的日子
你在血管中呼我
你输血,你给我血型

你置我于此。灾厄正开始
未来的大劫

非鸡犬能代替,我非桓景

是以海拔千尺,云下是现实
是你美丽的孙女
云上是东汉,是羽化的母亲

你登星座,你与费长房同在
你回对流层之上
而遣我于原子雨中,呼吸尘埃

一九六一年重九,三十四岁生日

春天, 遂想起

春天, 遂想起
江南, 唐诗里的江南, 九岁时
采桑叶于其中, 捉蜻蜓于其中
(可以从基隆港回去的)
江南
　　　小杜的江南
　　　苏小小的江南
遂想起多莲的湖, 多菱的湖
多螃蟹的湖, 多湖的江南
吴王和越王的小战场
(那场战争是够美的)
　　　逃了西施
　　　失踪了范蠡
失踪在酒旗招展的
(从松山飞三小时就到的)
　　　乾隆皇帝的江南

春天, 遂想起遍地垂柳
　　　的江南, 想起
太湖滨一渔港, 想起
那么多的表妹, 走过柳堤
(我只能娶其中的一朵!)

走过柳堤,那许多表妹
　　就那么任伊老了
　　任伊老了,在江南
　　(喷射云三小时的江南)

即使见面,她们也不会陪我
陪我去采莲,陪我去采菱
即使见面,见面在江南
　　在杏花春雨的江南
　　在江南的杏花村
　　(借问酒家何处)
　　何处有我的母亲
复活节,不复活的是我的母亲
一个江南小女孩变成的母亲
清明节,母亲在喊我,在圆通寺

喊我,在海峡这边
喊我,在海峡那边
喊,在江南,在江南
　　多寺的江南,多亭的
　　江南,多风筝的
　　江南啊,钟声里
　　的江南
(站在基隆港,想——想
想回也回不去的)
　　多燕子的江南

一九六二年四月二十九日午夜

森林之死

——二月二十六日大雪山所见

曾伞撑三百个夏季,擎千吨的翡翠
曾奋奏西太平洋的飓风
老了,针发柱立的巨人族
腹中的同心圆都知道

整个下午,大屠杀进行着
灭族的大屠杀在雪线上进行
链锯耄耄,磨动着钢齿,钢齿
白血飞溅,自齿隙流下。杀!
杀十七世纪的遗老! 杀!
杀历史,杀风景,杀神话! 杀杀杀!

杀! 须发萧萧,当锯,犹傲然昂首
握地,举天,耸数臂的合抱
悲哉,巨人! 壮哉,巨人!
临刑,犹森森屹七丈的自尊
绿色帝国的贵族们,颓然倒下
去平原上,举起明日的华夏
去海上,竖桅,竖樯
竖水手的信仰,水族的图腾
去旷野架铁轨的神经

承狂喘的重压,轮的践踏与践踏

　　白血流下了钢齿,白血流下
　　流下了白血,白血,白血
　　钢齿钢齿间流下了白血,自钢齿钢齿
　　流下了白血,自绿色的灵魂

从圆周噬到圆心,圈内有圈
圆内有圆内有圆内有圆
白血流下,自钢齿钢齿间
所有的年轮在战栗,从根须
从纵横的虬髯到飒爽的叶尖
每一根神经因剧痛而痉挛
三百载上升复上升的意志,一千季矗立的尊严
拔海六千呎,骑雪峰的龙脊更上
那气象,下一瞬将轰轰瓦解
在族人的巨尸堆中,哗然倒下
倒下,森林之神的一面大纛

森林之死! 森林之死!
蔽天荫地,绿塔顶幌幌欲坠
百万根针锥痛着,绝望中
所有的根鹰抓着岩石。　轧轧震响
幢幢倾斜的,红桧的灵魂
挥数吨尸体,挥元代的风
挥清代的雷电,和一声长长长长的厉啸
向惊惶的石坡绝望地鞭下
回声隆隆,从谷底升起

倒下云杉倒下高高的云杉倒下
红桧倒下华贵的红桧倒下冷杉
倒下寒带的征服者冷杉倒下
美丽的香杉倒下森林的旌旗

大屠杀进行着,绝壁高高地举起
悲剧的舞台。　雪峰无言
冷峻的阳光无言,唯钢铁胜利
整个下午,原始林在四周倒下
悲啸呼喊着悲啸答应着悲啸

雪花飘落了雪花飘落了雪花
白色的降落伞降落着白色
降落着白色的天使天使般降落

洪荒时,一切是绿色的幻想
在潮湿中窃听太阳的口号
和春季的谣言。　一阵呐喊
敲破最坚的石英岩,掀开了冻土
雪线上,零度下,将自己拔向云,拔向星
拔向蓝冰空最蓝处去读气象
当根在七丈下攫一亩冷泥
更锥下,锥入地质的年代与年代

曾享圣经族长三位数的年龄
多少截中断的历史。　我跪下
弥留的木香中,数你美丽的年轮
伟大的横断面啊,多深刻而秘密
多秘密的年鉴!　这一年,郑成功渡海东来

这一年,太阳旗红如血,红得滴血
血滴在海棠红上!　这一年,我恋爱
在一个孤岛上,孤岛在海外
这一年,这一年……
我死的一年押在哪一圈上,啊森林!

一九六三年三月二十四日

月 光 光

月光光,月是冰过的砒霜
月如砒,月如霜
落在谁的伤口上?
恐月症和恋月狂
迸发的季节,月光光

幽灵的太阳,太阳的幽灵
死星脸上回光的反映
恋月狂和恐月症
祟着猫,祟着海
祟着苍白的美妇人

太阴下,夜是死亡的边境
偷渡梦,偷渡云
现代远,古代近
恐月症和恋月狂
太阳的膺币,铸两面侧像

海在远方怀孕,今夜
黑猫在瓦上诵经
恋月狂和恐月症
苍白的美妇人

大眼睛的脸,贴在窗上

我也忙了一整夜,把月光
掬在掌,注在瓶
分析化学的成分
分析回忆,分析悲伤
恐月症和恋月狂,月光光

一九六四年五月三十一日

大 武 山

一五五的加农炮,射程内的故土
廿五倍单筒望远镜,望中的故土
准星尖上的故土,望乡之目啊
日日夜夜,是侦察之目

唤你的名字,故土,以日日
潮起与潮落,以年年
除夕的鞭炮,端午的鼓
半支新乐园的水程
若一只鹰跃起,自岗上的岩顶
换羽就是彼岸的风云

高粱是忧郁的特效药
安慰愁肠,断不了愁根
一条运河贯通四肢和百骸,唱起
熊熊的赞美诗,赞美燧人氏
当大王的雄风来自西北
我是一尊怒屹的铜像

不知道国姓爷的幽灵喝不喝高粱?
放翁和稼老的茸茸须
蘸多少次黄汤?　剑阁栈和郁孤台

西北风吹寒南中国海
零丁洋的孤魂喝不喝高粱?

莒光楼的城门向战场,表弟们
点一盏北极星在雉堞上
在古城楼头写现代的史诗
古来的征人,我问你,谁最寂寞?
唯有饮者像我才留名
烟兄酒弟高适与岑参
地上亮谁的一截烟头
无寐对纵横的星斗?

蟠蜿在山的回肠里,出入新石器时代
炮啸为节奏,海为背景
千亩绿油油从顽石里进开
能伸能屈在地下,依然能拥有
风云和气象,头条标题和历史
水中之石石中的意志,至坚至纯
何须勋章来装饰?

阵地对面隐隐是故乡
野菊花温柔地依偎着战场
采一朵佩在排长的帽檐
一种天然的颜色,一种
非卖品始有的尊贵和清香
母亲的朴素美
复瓣犹湿着秋晨的露水
排长,这是你难忘的形象

旧靴子总不忍随手就丢掉
排长,为了从前踩过的泥土
为了少年时赶过的路
为了少年时走过的桥
为纪念那些水泡和冻疮
山东有多少山,皖南有多少庙
八千里月色和风霜,排长
丢得了鞋子忘不了路

不记得换过了几次鞋子
依然践在这白垩与黄沙
芒果落了又橘柑,天狼沉落在海峡
清明的雨帽,中秋的胡琴
我的乡思与韩愈很亲近
我的魂魄与苏轼等远
停炮日,立在最高的峰巅
怪石削壁,数我最嶙峋

数我最坚挺,稀金属一般强硬
我是一尊伤心的石像
塑凝神的立姿在大武山上
悲来欲溶,愤来欲鼎沸
就这么当风立着,任一支新乐园
把石像的心事烧成烟灰

黑 天 使

黑天使从夜的脐孔里
　　飞至,从月落乌啼
　　的天空,当狼群咀嚼
落月,鼠群窸窸窣窣噬尽

满天的星屑,我就是
　　不祥天使,迅疾
　　扑至,一封死亡电报
猛然捶打你闭门不醒

的恶魔,我就是黑天使
　　白天使中我已被
　　除籍,翻开任何
黑名单,赫然,你不会看不见

我的名字,叫黑天使,我就是
　　夜巡的黑鹰
　　最黑最暗的
夜里,我瞥见最善伪装的

罪恶,且在他头顶盘旋
　　等垂毙的前夕

作俯冲的一击
我就是黑天使，我永远

独羽逆航，在雨上，电上
向成人说童话
是白天使们
的职业，我是头颅悬价

的刺客，来自黑帷以外，来自
夜的盲哑的深处
来自黲黪的帝国
的墨墨京都，黑天使，我就是

一九六六年四月二十八日于卡拉马如

自注

写成后，才发现这首《黑天使》是首尾相衔的连锁体，段与段间不可能读断。Emily Dickinson 的 *I Like to See It Lap the Miles* 近于此体。

当我死时

当我死时,葬我,在长江与黄河
之间,枕我的头颅,白发盖着黑土
在中国,最美最母亲的国度
我便坦然睡去,睡整张大陆
听两侧,安魂曲起自长江、黄河
两管永生的音乐,滔滔,朝东
这是最纵容最宽阔的床
让一颗心满足地睡去,满足地想
从前,一个中国的青年曾经
在冰冻的密西根向西瞭望
想望透黑夜看中国的黎明
用十七年未餍中国的眼睛
饕餮地图,从西湖到太湖
到多鹧鸪的重庆,代替回乡

一九六六年二月二十四日于卡拉马如

有一只死鸟

冬至以后,春分以前
哪一种方言最安全?
如果你是一只鸣禽
美丽,而且有一身白羽
便可以将你剥制成标本
装饰那家博物馆,栩栩如生
拉丁文的学名下,注明
一种鸣禽,能歌,能高翔
罕见的品种,日趋灭亡
或者你可以按时唱歌
堂皇的客厅,栖你在壁上
制造顺耳的室内乐,可以乱真
钟叩七下,你就啭七声
随着钟面的短针,长针
或者你坚持在户外歌唱
在零下的冬季,当咳嗽
成为流行的语言,而且安全
你坚持一种醒耳的高音
向黑色的风和黑色的云
猎枪的射程内,你拒绝闭口
你不屑咳嗽,当冷飙
当冷飙射进你的热喉

杀一只鸣禽,杀不死春天
歌者死后,空中有间歇的回音
或者你坚持歌唱,面对着死亡

一九六六年四月于卡拉马如

双人床

让战争在双人床外进行
躺在你长长的斜坡上
听流弹，像一把呼啸的萤火
在你的，我的头顶窜过
窜过我的胡须和你的头发
让政变和革命在四周呐喊
至少爱情在我们的一边
至少破晓前我们很安全
当一切都不再可靠
靠在你弹性的斜坡上
今夜，即使会山崩或地震
最多跌进你低低的盆地
让旗和铜号在高原上举起
至少有六尺的韵律是我们
至少日出前你完全是我的
仍滑腻，仍柔软，仍可以烫熟
一种纯粹而精细的疯狂
让夜和死亡在黑的边境
发动永恒第一千次围城
唯我们循螺纹急降，天国在下
卷入你四肢美丽的旋涡

一九六六年十二月三日

如果远方有战争

如果远方有战争,我应该掩耳
或是该坐起来,惭愧地倾听?
应该掩鼻,或应该深呼吸
难闻的焦味? 我的耳朵应该
听你喘息着爱情或是听榴弹
宣扬真理? 格言,勋章,补给
能不能喂饱无餍的死亡?
如果有战争煎一个民族,在远方
有战车狠狠地犁过春泥
有婴孩在号啕,向母亲的尸体
号啕一个盲哑的明天
如果一个尼姑在火葬自己
寡欲的脂肪炙响一个绝望
烧曲的四肢抱住涅槃
为了一种无效的手势。 如果
我们在床上,他们在战场
在铁丝网上播种着和平
我应该惶恐,或是该庆幸
庆幸是做爱,不是肉搏
是你的裸体在臂中,不是敌人
如果远方有战争,而我们在远方
你是慈悲的天使,白羽无疵

你俯身在病床,看我在床上
缺手,缺脚,缺眼,缺乏性别
在一所血腥的战地医院
如果远方有战争啊这样的战争
情人,如果我们在远方

一九六七年二月十一日

火　浴

　　一种不灭的向往,向不同的元素
　　向不同的空间,至热,或者至冷
　　不知该上升,或是该下降
　　该上升如凤凰,在火难中上升
　　或是浮于流动的透明,一氅天鹅
　　一片纯白的形象,映着自我
　　长颈与丰躯,全由弧线构成
　　有一种向往,要水,也要火
　　一种欲望,要洗濯,也需要焚烧
　　净化的过程,两者,都需要
　　沉淀的需要沉淀,飘扬的,飘扬
　　赴水为禽,扑火为鸟,火鸟与水禽
　　则我应选择,选择哪一种过程?

　　西方有一只天鹅,游泳在冰海
　　那是寒带,一种超人的气候
　　那里冰结寂寞,寂寞结冰
　　寂寞是静止的时间,倒影多完整
　　曾经,每一只野雁都是天鹅
　　水波粼粼,似幻亦似真。　在东方
　　在炎炎的东方,有一只凤凰
　　从火中来的仍回到火中

一步一个火种,蹈着烈焰
烧死鸦族,烧不死凤雏
一羽太阳在颤动的永恒里上升
清者自清,火是勇士的行程
光荣的轮回是灵魂,从元素到元素

白孔雀,天鹅,鹤,白衣白扇
时间静止,中间栖着智士,隐士
永恒流动,永恒的烈焰
涤净勇士的罪过,勇士的血
则灵魂,你应该如何选择?
你选择冷中之冷或热中之热?
选择冰海或是选择太阳?
有洁癖的灵魂啊恒是不洁
或浴于冰或浴于火都是完成
都是可羡的完成,而浴于火
火浴更可羡,火浴更难
火比水更透明,比水更深
火啊,永生之门,用死亡拱成

用死亡拱成,一座弧形的挑战
说,未拥抱死的,不能诞生
是鸦族是凤裔决定在一瞬
一瞬间,咽火的那种意志
千杖交笞,接受那样的极刑
向交诟的千舌坦然大呼
我无罪! 我无罪! 我无罪! 烙背
黥面,文身,我仍是我,仍是
清醒的我,灵魂啊,醒者何辜

张扬燃烧的双臂,似闻远方
时间的飓风在啸呼我的翅膀
毛发悲泣,骨骸呻吟,用自己的血液
煎熬自己,飞,凤雏,你的新生!

　　乱曰:
我的歌是一种不灭的向往
我的血沸腾,为火浴灵魂
蓝墨水中,听,有火的歌声
扬起,死后更清晰,也更高亢

一九六七年二月一日初稿
一九六七年九月九日改正

或者所谓春天

或者所谓春天也不过就在电话亭的那边
厦门街的那边有一些蠢蠢的记忆的那边
航空信就从那里开始
眼睛就从那里忍受
邮戳邮戳邮戳
各种文字的打击
或者那许多秘密邮筒已忘记
围巾遮住大半个灵魂
流行了樱花流行感冒
总是这样子,四月来时先通知鼻子
回家,走同安街的巷子

或者在这座城里一泡真泡了十几个春天
不算春天的春天,泡了又泡
这件事,一想起就觉得好冤
或者所谓春天
最后也不过就是这样子:
一些受伤的记忆
一些欲望和灰尘
一股开胃的葱味从那边的厨房
然后是淡淡的油墨从一份晚报
报道郊区的花讯

或者所谓老教授不过是新来的讲师变成
讲师曾是新刮脸的学生
所谓一辈子也不过打那么半打领带
第一次,约会的那条
引她格格地发笑
或者毕业舞会的那条
换了婚礼的那条换了
或者浅绯的那条后来变成
变成深咖啡的这条,不放糖的咖啡
想起这也是一种分期的自缢,或者
不能算怎么残忍,除了有点窒息

或者所谓春天也只是一种轻脆的标本
一张书签,曾是水仙或蝴蝶
书签在韦氏大字典里字典在图书馆的楼上
楼高四层高过所有的暮色
楼怕高书怕旧旧书最怕有书签
好遥好远的春天,青岛
的春天,盖提斯堡
的春天,布谷满天
苹果花落得满地,四月,比鞋底更低
比蜂更高鸟更高,比内战内战的公墓墓上的草

而回想起来时也不见得就不像一生

　　所谓童年
　　所谓抗战
　　所谓高二

所谓大三

所谓蜜月，并非不月食

所谓贫穷，并非不美丽

所谓妻，曾是新娘

所谓新娘，曾是女友

所谓女友，曾非常害羞

所谓不成名以及成名

所谓朽以及不朽

或者所谓春天

一九六七年三月四日

江湖上

一双鞋，能踢几条街？
一双脚，能换几次鞋？
一口气，咽得下几座城？
一辈子，闯几次红灯？
　　答案啊答案
　　在茫茫的风里

一双眼，能燃烧到几岁？
一张嘴，吻多少次酒杯？
一头发，能抵抗几把梳子？
一颗心，能年轻几回？
　　答案啊答案
　　在茫茫的风里

为什么，信总在云上飞？
为什么，车票在手里？
为什么，噩梦在枕头下？
为什么，抱你的是大衣？
　　答案啊答案
　　在茫茫的风里

一片大陆，算不算你的国？

一个岛,算不算你的家?
一眨眼,算不算少年?
一辈子,算不算永远?
　　答案啊答案
　　在茫茫的风里

一九七〇年一月十六日于丹佛

自注

本诗的叠句出于美国年轻一代最有才华的诗人与民歌手鲍勃·迪伦的一首歌 *Blowin' in the Wind*。原句是 The answer, my friend, is blowin' in the wind, the answer blowin' in the wind. "一片大陆"可指新大陆,也可指旧大陆:新大陆不可久留,旧大陆久不能归。

鹤嘴锄

吾爱哎吾爱
地下水为什么愈探愈深？
你的幽邃究竟
有什么样的珍藏
诱我这么奋力地开矿？
肌腱勃勃然，汗油闪闪
鹤嘴锄
在原始的夜里一起一落

原是从同样的洞穴里
我当初爬出去
那是，另一个女体
为了给我光她剖开自己
而我竟不能给她光
当更黑的一个矿
关闭一切的一个矿
将她关闭

就这么一锄一锄锄回去
锄回一切的起源
溯着潮潮湿湿的记忆
让地下水将我们淹毙

让矿穴天崩地摧塌下来
温柔的夜
将我们一起埋藏
吾爱哎吾爱

一九七一年八月二十五日

俳句十二行

深深青草,浅浅水石
腹语呼——应着腹语
黛绿为背,白净为肚皮
鼓动月光冷冷的玄机
古中国似有意
蠢蠢的夏夜似有意
委池上的隐者为代舌人
然则咕咕乎呱呱乎
翻来覆去在说些什么?
群蛙顿歇
——寂静
寂静在说些什么?

一九七二年十月一日

大江东去

大江东去,浪涛腾跃成千古
太阳升火,月亮沉珠
哪一波是捉月人?
哪一浪是溺水的大夫?
赤壁下,人吊髯苏犹似髯苏在吊古
听,鱼龙东去,扰扰多少水族
当我年老,千尺白发飘
该让我曳着离骚
袅袅的离骚曳我归去
汨罗,采石矶之间让我游泳
让不朽的大江为我涤罪
冰肌的江水祝我永生
恰似母亲的手指,孩时
呵痒轻轻,那样的触觉
大江东去,千唇千靥是母亲
舐,我轻轻,吻,我轻轻
亲亲,我赤裸之身
仰泳的姿态是吮吸的姿态
源源不绝五千载的灌溉
永不断奶的圣液这乳房
每一滴,都甘美也都悲辛
每一滴都从昆仑山顶

风里霜里和雾里

荒荒旷旷神话里流来

大江东去,龙势矫矫向太阳

龙尾黄昏,龙首探入晨光

龙鳞翻动历史,一鳞鳞

一页页,滚不尽的水声

胜者败败者胜高低同样是浪潮

浮亦永恒沉亦永恒

顺是永恒逆是永恒

俯泳仰泳都必须追随

大江东去,枕下终夜是江声

侧左,滔滔在左耳

侧右,滔滔在右颊

　　　侧侧转转

　　　挥刀不断

失眠的人头枕三峡

一夜轰轰听大江东去

　　　　　　　一九七二年十一月十三日

摇摇民谣

轻轻地摇吧温柔的手
民谣的手啊轻轻地摇
轻轻地摇吧温柔的手
摇篮摇篮你轻轻地摇
炊烟炊烟你轻轻地吹
黄昏黄昏你弯下腰
你弯下腰来轻轻地摇
　　你一面摇
　　我一面摆
温柔的手啊你一面摇

慢慢地摇吧催眠的手
民谣的手啊慢慢地摇
慢慢地摇吧催眠的手
摇篮摇篮你慢慢地摇
织女织女你慢慢地飞
黑夜黑夜你低低地垂
你垂下发来慢慢地摇
　　你一面摇
　　我一面睡
催眠的手啊你一面摇

狠狠地摇吧健美的手
民谣的手啊狠狠地摇
狠狠地摇吧健美的手
摇篮摇篮你狠狠地摇
太阳太阳你亮亮地敲
黎明黎明你伸直腰
你伸直腰来狠狠地摇
　你一面摇
　我一面醒
健美的手啊你一面摇

一九七三年三月十二日

飞将军

两千年的风沙吹过去

一个铿锵的名字留下来

他的蹄音敲响大戈壁的寂寂

听,匈奴,水草的浅处

脸色比惊惶的黄沙更黄

他的传说流传在长安

谁不相信,灞桥到灞陵

他的长臂比长城更长

胡骑奔突突不过他臂弯

柳荫下,汉家的童子在戏捉单于

太史公幼时指过他背影

弦声叫,矫矫的长臂抱

咬,一匹怪石痛成了虎啸

箭羽轻轻在摇

飞将军,人到箭先到

举起,你无情的长臂

杀,匈奴的射雕手

杀,匈奴的追兵

杀,无礼的亭尉你无礼

杀,投降的羌人
杀,白发的将军,大小七十余战
悲哀的长臂,垂下去

一九七三年七月十八日

白玉苦瓜

——台北"故宫博物院"所藏

似醒似睡，缓缓的柔光里
似悠悠醒自千年的大寐
一只瓜从从容容在成熟
一只苦瓜，不再是涩苦
日磨月磋琢出深孕的清莹
看茎须缭绕，叶掌抚抱
哪一年的丰收像一口要吸尽
古中国喂了又喂的乳浆
完美的圆腻啊酣然而饱
那触觉，不断向外膨胀
充实每一粒酪白的葡萄
直到瓜尖，仍翘着当日的新鲜

茫茫九州只缩成一张舆图
小时候不知道将它叠起
一任摊开那无穷无尽
硕大似记忆母亲，她的胸脯
你便向那片肥沃匍匐
用蒂用根索她的恩液
苦心的悲慈苦苦哺出
不幸呢还是大幸这婴孩

钟整个大陆的爱在一只苦瓜
皮靴踩过，马蹄踩过
重吨战车的履带踩过
一丝伤痕也不曾留下

只留下隔玻璃这奇迹难信
犹带着后土依依的祝福
在时光以外奇异的光中
熟着，一个自足的宇宙
饱满而不虞腐烂，一只仙果
不产在仙山，产在人间
久朽了，你的前身，唉，久朽
为你换胎的那手，那巧腕
千眄万睐巧将你引渡
笑对灵魂在白玉里流转
一首歌，咏生命曾经是瓜而苦
被永恒引渡，成果而甘

一九七四年二月十一日

乡愁四韵

给我一瓢长江水啊长江水
　酒一样的长江水
　　醉酒的滋味
　　是乡愁的滋味
给我一瓢长江水啊长江水

给我一张海棠红啊海棠红
　血一样的海棠红
　　沸血的烧痛
　　是乡愁的烧痛
给我一张海棠红啊海棠红

给我一片雪花白啊雪花白
　信一样的雪花白
　　家信的等待
　　是乡愁的等待
给我一片雪花白啊雪花白

给我一朵腊梅香啊腊梅香
　母亲一样的腊梅香
　　母亲的芬芳
　　是乡土的芬芳
给我一朵腊梅香啊腊梅香

一九七四年三月

沙田之秋

万籁为沙,秋一直沉淀到水底
沙田之夜愈深愈清澄
天地之大为何只剩下
伶仃一只蟋蟀,轻,轻轻
那样纤瘦的思念牵引
似继似绝,抽丝又抽纱
无边的旷寂你小小的旁白
幽幽不似向人的耳际
似无意之间被谁所窃闻
所有的私语,嘘,全是一样
玄机终究参不透虫吟
不曾泄漏甚么,除了风声
禁绝万籁,噤嘿众口的年代
圣人不经诗人无韵
听一切歌谣一切的草里
蟋蟀也总是那一只在吟唱
触须细细挑起了童年
挑童年的星斗斜斜稀稀
隔海向空阔的大陆低垂
一袅汽笛哀啸
九广路北上的末班车远后
落月镇一缸清水
涩涩犹念孩时
母亲她常用的一种明矾

九广铁路

你问我香港的滋味是什么滋味
握着你一方小邮简,我凄然笑了
香港是一种铿然的节奏,吾友
用一千只铁轮在铁轨上弹奏
向边境,自边境,日起到日落
北上南下反反复复奏不尽的边愁
剪不断辗不绝一根无奈的脐带
伸向北方的茫茫苍苍
又亲切又生涩的那个母体
似相连又似久绝了那土地
一只古摇篮遥远地摇
摇你的,吾友啊,我的回忆
而正如一切的神经末梢
这条铁轨是特别敏感的
就像此刻,小站的月台上
握着你的信,倚着灯柱
就闭起眼睛,听,我也能分出
那轻脆如叩而来的,是客车
那沉重如捶,轰天撼地而去的,是货车
而一阵腥臊熏人欲窒的
闭气吧,快,是猪车

老火车站钟楼下

半岛尽头更半岛,尖沙嘴一角

南海的无尽蓝蓝到你脚下

纵贯的大动脉从此地动起

冲天闯地向北去,脉搏三千里

赤县故乡的心脏是弱是强

在这头把脉,那头痛时

这头也发痒,乡思细细

怎禁得一遍遍重吨的铁轮

重九到清明,锤打锤打?

刚猛不驯的火车头凛凛

一匹匹曾经踞在你厩下

黑肩魁梧排开了天空

月台上迤延着阴影,只等一声笛

沉洪的男中音便深喉吼起

站头到站尾一阵痉挛

错筋骨一节节关节在揪紧

钩结结钩钢铁在挣扎

千轮踏渐疾渐骤的节奏

黑烟飘吟不断哦不绝的民谣

向广州,向汉口和郑州

一路向北叩,敲不停日夜的遥念

曾遥念黄河清了,有一天

三十年浪子回头的快车
在此吹笛，他乡的白发覆盖
故乡的记忆，但汽笛已改向
匆匆的新世界已奔向红磡
只遗下古钟楼独立在风里
嚣闹的海市上俯听潮声
听潮起潮落，人来人往
听铁轮远去，告别热过的冷轨
不再喧扩音器，挥绿旗和红旗
霞光里，红砖的钟楼仰着孤高
寂寞的短针和长针
那推动过昨日的双臂依旧
轮回在计时，但港上的风云千桅
已不听你指挥

附注

　　九广铁路的起站原在九龙半岛之南端尖沙咀，现已改道，移去其东之红磡，只留下一座古钟楼任人凭吊。

独　白

月光还是少年的月光
九州一色还是李白的霜
祖国已非少年的祖国
纵我见青山一发多妩媚
深圳河那边的郁郁垒垒
还认得三十年前那少年？
料青山见我是青睐是白眼？
回头不再是少年的乌头
白是新白青是古来就青青
月落铁轨静，边界只几颗星
高高低低在标点着混沌
等星都溺海，天上和地下
鬼窥神觑只最后一盏灯
最后灯熄，只一个不寐的人
一头独白对四周的全黑
不共夜色同黯的本色
也不管多久才曙色

蟋蟀和机关枪

你说蟋蟀和机关枪辩论谁输谁赢？

当然是机关枪赢

它那高速而剧烈的雄辩

火舌犀利，齿光耀得人目眩

向来辩论是冠军

一开口轰动众山都响应

嗒嗒嗒，一遍又一遍

回声空洞不断如掌声

我想蟋蟀是没有发言权的

除非硝烟散净，枪管子冷却

准星怔怔地对着空虚

除非回声一下子停止

废弹壳，松果，落满一地

威武的雄辩住口后

英雄坟上悠悠才扬起

狗尾草间清吟正细细

说给凝神的夜听

也许歌手比枪手更耐听

机关枪证明自己的存在，用呼啸

蟋蟀，仅仅用寂静

与永恒拔河

输是最后总归要输的
连人带绳都跌过界去
于是游戏终止
——又一场不公平的竞争
但对岸的力量一分神
也会失手,会踏过界来
一只半只留下
脚印的奇迹,愕然天机
唯暗里,绳索的另一头
紧而不断,久而愈强
究竟,是怎样一个对手
踉跄过界之前
谁也未见过
只风吹星光颤
不休剩我
与永恒拔河

一九七八年二月二十六日

菊　颂

霜后的清香是烈士的清香
风里的美名是晚节的美名
淡而愈远，辟邪，与茱萸齐名
谁说迟开就不成花季？
古神话里早登了仙籍
唯大勇才敢向绝处去求生
九九大劫日偏是你生日
平地已风紧，更何况是登高？
西风压东风倒了华裔
桃之夭夭尽逃之夭夭
凡迎风红妆的都红过了
唯压你不倒，压不倒
逆风赫赫你标举的灿烂
列黄旗簇金剑耀眼的长瓣
昂向秋来肃杀的风霜
绽不尽重阳高贵的徽号
落英纷纷，也落在英雄的冢上
更冷酷的季节，受你感召
有梅花千树竞发对冰雪
你身后，余音袅袅更不绝
煮茶或酿酒，那纯洁
久久流芳在饮者的唇上

唐　马

骁腾腾兀自屹立那神驹
刷动双耳,惊诧似远闻一千多年前
居庸关外的风沙,每到春天
青青犹念边草,月明秦时
关峙汉代,而风声无穷是大唐的雄风
自古驿道尽头吹来,长鬃在风里飘动
旌旗在风里招,多少英雄
泼剌剌四蹄过处泼剌剌
千蹄踏万蹄蹴扰扰中原的尘土
叩,寂寞古神州,成一面巨鼓
青史野史鞍上镫上的故事
无非你引颈仰天一悲嘶
寥落江湖的蹄印。　皆逝矣
未随豪杰俱逝的你是
失群一孤骏,失落在玻璃柜里
软绵绵那绿绸垫子垫在你蹄下
一方小草原驰不起战尘
看修鬣短尾,怒齿复瞋目
暖黄冷绿的三彩釉身
纵边警再起,壮士一声唿哨
你岂能踢破这透明的梦境
玻璃碎纷纷,突围而去?

仍穹庐苍苍,四野茫茫

觱篥无声,五单于都已沉睡

沉睡了,眈眈的弓弩手射雕手

穷边上熊觇狼觎早换了新敌

毡帽压眉,碧眼在暗中窥

黑龙江对岸一排排重机枪手

筋骨不朽雄赳赳千里的骍骝

是谁的魔指冥冥一施蛊

缩你成如此精巧的宠物

公开的幽禁里,任人亲狎又玩赏

浑不闻隔音的博物馆门外

芳草衬蹄,循环的跑道上

你轩昂的龙裔一圈圈仕追逐

胡骑与羌兵? 不,银杯与银盾

只为看台上,你昔日骑士的子子孙孙

患得患失,壁上观一排排坐定

不谙骑术,只诵马经

水晶牢

——咏表

放大镜下仿佛才数得清的一群
要用细钳子钳来钳去的
最殷勤最敏捷的小奴隶
是哪个恶作剧的坏精灵
从什么地方拐来的，用什么诡计
拐到这玲珑的水晶牢里？
钢圆门依回纹一旋上，滴水不透
日夜不休，按一个紧密的节奏
推吧，绕一个静寂的中心
推动所有的金磨子成一座磨坊
流过世纪磨成了岁月
流过岁月磨成了时辰
流过时辰磨成了分秒
涓涓滴滴，从号称不透水的闸门
偷偷地漏去。　这是世界上
最乖小的工厂，滴滴复答答
永不歇工，你不相信吗？
贴你的耳朵吧，悄悄，在腕上
听水晶牢里众奴在歌唱
应着齿轮和齿轮对齿
切切嚼时间单调的机声

众奴的合唱,你问,是欢喜或悲哀?
欢喜或悲哀是你的,你自己去咀嚼
悲哀的慢板和欢喜的快调
犀利的金磨子,你听,无所谓悲哀
不悲哀,纵整条河流就这么流去
从你的腕上。　轻轻,贴你的耳朵
听两种律动日夜在赛跑
热血的脉搏对冷钢的脉搏
热血更快些,七十步对六十
最初是新血的一百四领先
童真的兔子遥遥在前面
但钢的节奏愈追愈接近
贴你的耳朵在腕上,细心地听
哪一种脉搏在敲奏你生命?

公无渡河

公无渡河,一道铁丝网在伸手
公竟渡河,一架望远镜在凝眸
堕河而死,一排子弹呼啸过去
当奈公何,一丛芦苇在摇头

一道探照灯警告说,公无渡海
一艘巡逻艇咆哮说,公竟渡海
一群鲨鱼扑过去,堕海而死
一片血水涌上来,歌亦无奈

蔡元培墓前

六十年后隔冷漠的白石
灼热的一腔心血
犹有余温，那淋漓的元气
破土而出化一丛雏菊
探首犹眷顾多难的北方
想墓中的臂膀在六十年前
殷勤曾摇过一只摇篮
那婴孩的乳名叫作五四
那婴孩洪亮的哭声
闹醒两千年沉沉的古国
从鸦片烟的浓雾里醒来
在惊魇和失眠交替的现代
却垂下摇倦了摇篮的手
再摇也不醒墓中的人
只留下孤儿三代来拜坟
黑头黄郎和白头周公
和斑头华发中间的一代
香火冷落来天南的孤岛
高阶千级仰瞻的孺慕
甘冒亚热带嘶蝉的溽暑
不觉回头已身在绝顶
一阵阵松风的清香过处

恍惚北京是近了,而坡底

千窗对万户一幢幢的新寓

樯连橹接波撼的市声

攘攘的香港仔,听,却远不可闻

注记

一九三七年抗战爆发,那年冬天蔡元培先生带了家人南来香港养病。一九四〇年三月五日逝于香港,葬于香港仔华人永远坟场。三月十日举殡,全港下半旗志哀。五四元老,新文化保姆长眠于此,是香港无上的光荣,但事隔四十年,似已不再为人注意。屡次向人问起,只悉蔡先生是葬在香港本岛西南端的香港仔,却苦于不知确切的墓址。去年初夏,诗人黄国彬终于打听到香港仔华人永远坟场的电话号码,打电话去问。守墓人显然不知道蔡元培是谁,几经盘诘,才犹豫说道:"也许你们是找'蔡老师'的墓吧。那我知道,可以为你们带路。"于是在六月二十五日那天,由我驾车,载了周策纵教授、黄国彬先生、吴彩华同学及我存,同去凭吊蔡墓。坟场依山面海,俯瞰日趋繁荣的香港仔市区,但山径上下,碑石纵横,若非守墓人殷勤引路,真要"踏遍北邙口三十里,不知何处葬斯人"了。蔡墓格局既隘,营造亦陋,一方碑石高不及人,除"蔡孑民先生之墓"七个红字以外,别无建墓何年立碑何人的字样,比起四周碑铭赫赫亭柱俨然的气派,显得十分萧条。扫墓人千千万万,知蔡元培者恐已日寡,知孑民何人者当就更少了。

诗中的"六十年"指"五四"距今之约数。"周公"指周策纵,"黄郎"指黄国彬,"中间的一代"是自称。三人齿分三代,而周公自美国来,黄郎在香港生,作者则来自台湾;足见人无少长,地无遐迩,孺慕之情同此一心。当时约定,事后必有诗文以志。周公笔健,新诗古体均早刊于《明报月刊》。黄郎的《游蔡元培之墓》也已见他的新诗集《地劫》。我的小品交卷最迟,但对周公、黄郎也总算有个交代了。

戊午年清明追记于沙田

再记

前文记于一九七八年四月,发表后不久,北大旅台港校友会在香港仔原址为蔡故校长扩建新墓落成,并于五四之日盛大公祭。今日游人所见蔡墓,不复旧日残景。

一九七九年三月补述

湘　逝

——杜甫殁前舟中独白

把漂泊的暮年托付给一棹孤舟

把孤舟托给北征的湘水

把湘水付给濛濛的雨季

似海洞庭,日夜摇撼着乾坤

夔府东来是江陵是公安

岳阳南下更耒阳,深入疠瘴

倾洪涛不熄遍地的兵燹

溆郁郁乘暴涨的江水回棹

冒着豪雨,在病倒之前

向汉阳和襄阳,乱后回去北方

静了胡尘,向再清的渭水

倒映回京的旌旗,赫赫衣冠

犹峥汉家的陵阙,镇着长安

出峡两载落魄的浪游

云梦无路杯中亦无酒

西顾巴蜀怎么都关进

巫山巫峡峭壁那千门

一层峻一层瞿塘的险滩?

草堂无主,苔藓侵入了屐痕

那四树小松,客中殷勤所手栽

该已高过人顶了？记得当年
蹇驴与驽马悲嘶，剑阁一过
秦中的哭声可怜便深锁
在栈道的云后，胡骑的尘里
再回头已是峡外望剑外
水国的远客羡山国的近旅

十四年一觉噩梦，听范阳的鼙鼓
遍地擂来，惊溃五陵的少年
李白去后，炉冷剑锈
鱼龙从上游寂寞到下游
辜负了匡山的云雾空悠悠
饮者住杯，留下诗名和酒友
更僵了，严武和高适的麾旗
蜀中是伤心地，岂堪再回楫？
劫后这病骨，即使挺到了京兆
风里的大雁塔与谁重登？
更无一字是旧游的岑参
过尽多少雁阵，湘江上
盼不到一札南来的音讯

白帝城下捣衣杵捣打着乡心
悲笳隐隐绕着多堞的山楼
窄峡深峭，鸟喧和猿啸
激起的回音：这些已经够消受
况又落花的季节，客在江南
乍一曲李龟年的旧歌
依稀战前的管弦，谁能下咽？
蛮荆重逢这一切，唉，都已近尾声

亦似临颍李娘健舞在边城
弟子都老了,夭矫公孙的舞袖
更莫问,莫问成都的街头
顾客无礼,白眼谁识得将军
南薰殿上毫端出神骏?

泽国水乡,真个是满地江湖
飘然一渔父,盟结沙鸥
船尾追随,尽是白衣的寒友
连日阴霖里长沙刚刚过了
总疑竹雨芦风湘灵在鼓瑟
哭舡后的太傅?舻前的大夫?
禹坟恍惚在九疑,坟下仍是
这水啊水的世界,潇湘浩荡接汨罗
那水遁诗人淋漓的古魂
可犹在追逐回流与盘涡?
或是兰桨齐歇,满船回眸的帝子
伞下簇拥着救起的屈子
正傍着枫崖要接我同去?

幻景逝了,冲起沙鸥四五
逝了,梦舟与仙侣,合上了楚辞
仍萧条隐几,在漏雨的船上
看老妻用青枫生火烧饭
好呛人,一片白烟在舱尾
何曾有西施弄桨和范蠡?
野猿啼晚了枫岸,看洪波淼漫
今夜又泊向哪一渚荒洲?
这破船,我流放的水屋

空载着满头白发,一身风瘫和肺气
汉水已无份,此生恐难见黄河
唯有诗句,纵经胡马的乱蹄
乘风,乘浪,乘络绎归客的背囊

有一天,会抵达西北的那片雨云下
梦里少年的长安

附记

　　杜甫之死,世多讹传。《明皇杂录》说:杜甫客耒阳,"颇为令长所厌。甫投诗于宰,宰遂致牛炙白酒以遗,甫饮过多,一夕而卒。"《旧唐书·文苑传》说:"甫尝游岳庙,为暴水所阻,旬日不得食。耒阳聂令知之,自棹舟迎甫而还。永泰二年,啖牛肉白酒,一夕而卒于耒阳。"《新唐书》亦然其说。浸至今日,坊间的文学史多以此为本,不但失实,抑且有损诗圣形象。

　　杜甫死后四十年,元稹为之作铭,时在《旧唐书》之前,只说"扁舟下荆楚间,竟以寓卒,旅殡岳阳",根本不涉"饫卒"之事。其实牛肉白酒之说,只要稍稍留意杜甫晚作,其诬自辨。大历五年,杜甫将往郴州,时值江涨,泊于耒阳附近之方田驿。聂令书致酒肉,杜甫写了一首长达十三韵的五古答谢。果真诗人一夕而卒,怎有时间吟咏一百三十字的长诗?而且诗中有句:"知我碍湍涛,半旬获浩溔",可见诗人断炊不过五日,并非十日。其实一夕饫卒虽有可能,十日绝粒而不死却违常理,世人奈何袭而不察。

　　答谢聂令的这首诗,题目很长,叫作《聂耒阳以仆阻水,书致酒肉,疗饥荒江;诗得代怀,兴尽本韵,至县呈聂令;陆路去方田驿四十里,舟行一日;时属江涨,泊于方田》此诗写成之后,杜甫还作了好几首诗,在季节上或为盛夏,或为凉秋,在行程上则显然有北归之计。《回棹》一诗说:"清思汉水上,凉忆岘山巅。顺浪翻堪倚,回帆又省牵。吾家碑不昧,王氏井依然……篙师烦尔送,朱夏及寒泉。"又说:

"蒸池疫疠偏……火云滋垢腻。"岘山在杜甫故乡襄阳,足见此时正当溽暑,疾风又病肺的诗翁畏湖南湿热,正要顺湘江而下,再溯汉水北归。《登舟将适汉阳》一首说:"春宅弃汝去,秋帆催客归……鹿门自此往,永息汉阴机。"可见归意已决,且已启程。《暮秋将归秦留别湖南幕府亲友》一首又说:"北归冲雨雪,谁悯敝貂裘?"则在季节上显然更晚于前诗了。

也许有人会说,这只能显示杜甫曾拟北归,不能证明时序必在耒阳水困之后。但是仇兆鳌早已辩之甚详,他说:"五年冬,有《送李衔》诗(按即《长沙送李十一》)云:'与子避地西康州,洞庭相逢十二秋。'西康州即同谷县,公以乾元二年冬寓同谷,至大历五年之秋,为十二秋。又有《风疾舟中》诗(按即《风疾舟中伏枕书怀三十六韵奉呈湖南亲友》)云:'十暑岷山葛,三霜楚户砧。'公以大历三年春适湖南,至大历五年之秋,为三霜。以二诗证之,安得云是年之夏卒于耒阳乎?"

前述《风疾舟中》一诗又云:"故国悲寒望,群云惨岁阴。水乡霾白屋,枫岸叠青岑。郁郁冬炎瘴,濛濛雨滞淫……葛洪尸定解,许靖力难任。家事丹砂诀,无成涕作霖。"可见杜甫之死,应在大历五年之冬,自潭北归初发之时。

前《湘逝》一首,虚拟诗圣殁前在湘江舟中的所思所感,时序在那年秋天,地理则在潭(长沙)岳(岳阳)之间。正如杜甫殁前诸作所示,湖南地卑天湿,闷热多雨,所以《湘逝》之中也不强调凉秋萧瑟之气。诗中述及故人与亡友,和晚年潦倒一如杜公而为他所激赏的几位艺术家。或许还应该一提他的诸弟和子女,只有将来加以扩大了。

己未端午于沙田

一九七九年五月二十六日

割盲肠记

一连两夜
害我痛到破晓的
原来竟是
这一截脓包

摸黑来犯
顶多是一件暗器
地下的行径
不像英雄

壮士断腕
烈士断肠
森罗的手术台上
断我内患

是医官,还是众金刚?
是护士,还是诸菩萨?
为我降魔
在莲花灯下?

药醒
妖擒

只留刀痕三寸
记我的新生

那医官说
很理想的伤口呢
从此话要少说
也不宜咳嗽

我想,既然要说话
就得像话
怎能降级
做含混的呻吟?

而所谓咳嗽
捧着肚子低着头
也只是半吞半吐的
双关语法

让理想的伤口
都贴上膏药
我的这张
要用来唱歌

一九七九年八月十六日

附记

八月十一日急性盲肠炎发作,狼狈入院。幸医院手术高明,医护周密,四日而愈。朋友多情,不免大惊小怪,纷往探视。一场小病赢来多般温馨,所失者小而所获者大,妙哉此病! 所以病是生得的,不过要预加选择。例如什么慢性支气管炎之类，缠绵日久，罪由自受，谁也不来疼你。要生，就生急性住院的病，最好还上手术台，引刀一快，速战速决；轰动亲友，也有个形象确定的名目。至于诗中所言，多为借喻，已少写实，只望为我伏魔的医师护士等等会心一笑，不要误解。

寻 李 白

——痛饮狂歌空度日，飞扬跋扈为谁雄

那一双傲慢的靴子至今还落在
高力士羞愤的手里，人却不见了
把满地的难民和伤兵
把胡马和羌马交践的节奏
留给杜二去细细地苦吟
自从那年贺知章眼花了
认你做谪仙，便更加佯狂
用一只中了魔咒的小酒壶
把自己藏起，连太太都寻不到你
怨长安城小而壶中天长
在所有的诗里你都预言
会突然水遁，或许就在明天
只扁舟破浪，乱发当风
——而今，果然你失了踪

树敌如林，世人皆欲杀
肝硬化怎杀得死你？
酒入豪肠，七分酿成了月光
余下的三分啸成剑气
绣口一吐就半个盛唐
从开元到天宝，从洛阳到咸阳
冠盖满途车骑的嚣闹

不及千年后你的一首
水晶绝句轻叩我额头
当地一弹挑起的回音

一眨世上已经够落魄
再放夜郎毋乃太难堪
至今成谜是你的籍贯
陇西或山东,青莲乡或碎叶城
不如归去归哪个故乡?
凡你醉处,你说过,皆非他乡
失踪,是天才唯一的下场
身后事,究竟你遁向何处?
猿啼不住,杜二也苦劝你不住
一回头囚窗下竟已白头
七仙,五友,都救不了你了
匡山给雾锁了,无路可入
仍炉火未纯青,就半粒丹砂
怎追蹑葛洪袖里的流霞?

樽中月影,或许那才是你故乡
常得你一生痴痴地仰望?
而无论出门向西笑,向西哭
长安都早已陷落
这二十四万里的归程
也不必惊动大鹏了,也无须招鹤
只消把酒杯向半空一扔
便旋成一只霍霍的飞碟
诡绿的闪光愈转愈快
接你回传说里去

一九八〇年四月二十七日

秋　分

——姮娥操刀之一

鹰隼眼明霜露警醒的九月
出炉后从不生锈的阳光
像一把神刀抖擞着金芒
绝早便在东方的地平线
光动长空地赫赫然出鞘
愈举愈高,愈高愈正
再高上去,高上去,到秋的顶点
地上,所有的钟楼都高举双手
到不能再崇高的方位
万钟齐鸣的典礼
金芒一动,刀光霍霍落处
精确似几何学家的神
把昼夜就这么断然平分
——了秋色

一九八〇年十月十三日

刺秦王

寒光一亮,锵的一声响
那凛凛冰刃在峻挺的铜柱上
只透进了三寸,仍在摇晃
徐夫人那剧毒的匕首
一片青芒,被田光的沥胆
被樊於期的溅血所淬亮
被燕太子羞愤的目光

缕血就丧命? 却注定不能够畅饮
那蜂眼暴君的腥血,让六国称庆
只能高悬在咸阳宫柱上
像一面悲哀的镜子,照着
那独夫在喘气,断袖的手中
还横着长剑,一滴滴,刺客的恨血
照着那刺客倚柱而箕踞

断了,左腿,败了,壮举
空流了太子的热泪,一滴滴
随森冷的易水,辜负了渡头
风里衣冠肃静,一座似霜雪
铿铿慷慨叩筑的声里,几人在垂涕?
几人的须发猖怒成乱戟?
朝落日的方向几人按剑
瞋目裂眦,睥睨着咸阳?

看匣里,亡命将军的断头
是白断了,瞑目又奋张
看上不得场面的那秦舞阳
脸色惊怖,犹自在颤抖
药囊散地,半开半卷的地图
半截余悸的断袖正遮住
时机未到,秦德正如水
胜利的黑徽在顺风里飘扬
看他,无助地独靠着铜柱
血从伤口大口地喷出

此生,咳,已不能再回燕市
和屠狗的弟兄们醉里悲歌
只留下,发光的一个名字
烫痛六国志士的嘴唇

遍天下的豪杰啊,谁来救他?
重瞳还正在学书学剑
隆准在市上还醉卧未醒
破关的,谁料到,是这两个少年?
陈胜几时才结交吴广?
亡国已三年,可恨那韩公子
几时,才找到狙击的力士?
百二斤重的大椎劈空一挥
也不到这暴君的冕顶

博浪沙,天色还未明
桥上正候着那褐衣的老人
鞋踢在桥下,兵书揣在怀里
说星罗一天,棋布满地
这一局阴幢幢的长夜一过
赢家的棋变输家的棋

关外所有的公鸡都在等
第一发曙光从千面黑旗下
赫赫地轰出
看那把匕首斜插在柱上
犹在闪动历史的镜子
隐隐,有楚兵千炬的影子
而在六国吞恨的哭声里,不久
也要随民间搜集的兵器
铸成十二座缄口的金人
预言,是再也不说的了

一九八一年清明节于厦门街

附记

　　在这首诗里,我设想当日荆轲生劫秦王不成,反为所创,倚柱待毙那一刹那的情况,并据以推测日后历史的发展。设想所本,俱见《史记》。荆轲"提一匕首入不测之强秦",壮图未举,已先牺牲了田光和樊於期两命;既败,又断送了自己和秦舞阳,不久更赔上了燕太子丹和高渐离,真是壮烈。秦祚虽短,始皇帝虽终日惴惴,恒在死亡的忧惧之中,但在他生前,刺客却屡不得手。如果此时荆轲知道在他之后还有高渐离和张良的力士也都行刺失败,他会有什么感想?希特勒那样的暴君都不曾被刺,死于狙击之手的反而是林肯、甘地、肯尼迪一类的贤人,真是一大讽刺。荆轲当然无由得知他日亡秦者,自有项羽、刘邦、张良之辈。其后二十一年,诸侯兵始入关。荆轲刺秦之时,张良国破家亡,正募力士,亦有逞于一击之计,但授他兵法的圯上老人,当知未来之事。因此我在诗中特别强调这位黄石公,以宽荆卿之恨,而伏亡秦之机。"赢家的棋"语带双关,因为"赢"和"嬴"同音,暗射始皇之名嬴政。"黑徽"的意象来自《秦始皇本纪》所载:"始皇推终始五德之传,以为周得火德,秦代周,德从所不胜。方今水德之始,改年始,朝贺皆自十月朔。衣服旄旌节旗,皆上黑。"

寄给画家

他们告诉我,今年夏天
你或有远游的计划
去看梵谷或者徐悲鸿
带着画架和一头灰发
和豪笑的四川官话

你一走台北就空了,吾友
长街短巷不见你回头
又是行不得也的雨季
黑伞满天,黄泥满地
怎么你不能等到中秋?

只有南部的水田你带不走
那些土庙,那些水牛
而一到夏天的黄昏
总有一只,两只白鹭
仿佛从你的水墨画图

记起了什么似的,飞起

　　　一九八一年五月二十八日夜于厦门街的雨巷

听　蝉

知了知了你知不知
在我午梦的边边上
是谁，一来又一往
拉他热闹的金锯子
锯齿锯齿又锯齿
在我院子的边边上

知了知了你知不知
岛上的夏天有多长
多长是夏天的故事
锯齿锯齿又锯齿
拉你天真的金锯子
试试夏天有多长

知了知了你知不知
岛上的巷子有多深
多深是巷子的故事
拉你稚气的金锯子
锯齿锯齿又锯齿
试试巷子有多深

知了知了你知不知

去年夏天是那一只
欢迎我回到古亭区
锯齿锯齿又锯齿
拉他兴奋的金锯子
迎接我回到古亭区

知了知了你知不知
同样是刺刺又嘶嘶
去年听来是迎接
拉你依依的金锯子
锯齿锯齿又锯齿
今年听来是惜别

知了知了你知不知
永恒的夏天多永恒
夏天的背后是秋季
锯齿参参又差差
可怜短短的金锯子
只怕拉不到秋季

知了知了你知不知
秋季来时这空巷子
不见我也不见你
歇了，热闹的金锯子
断了，锯齿与锯齿
秋季来时这空巷子

一九八一年六月三十日离台前夕于厦门街

踢 踢 踏
—— 木屐怀古组曲之二

踢踢踏
踏踏踢
给我一双小木屐
让我把童年敲敲醒
像用笨笨的小乐器
从巷头
到巷底
踢力踏拉
踏拉踢力

踢踢踏
踏踏踢
给我一双小木屐
童年的夏天在叫我
去追赶别的小把戏
从巷头
到巷底
踢力踏拉
踏拉踢力

跺了蹬

蹬了跶
给我一双小木拖
童年的夏天真热闹
成群的木拖满地拖
　　从日起
　　到日落
　　跶了蹬蹬
　　蹬了跶跶

　　踢踢踏
　　踏踏踢
给我一双小木屐
魔幻的节奏带领我
走回童话的小天地
　　从巷头
　　到巷底
　　踢力踏拉
　　踏拉踢力

　　　　　　一九八二年五月十二日

橄榄核舟

——故宫博物院所见

不相信一寸半长的橄榄细核
谁的妙手神雕又鬼刻
无中生有能把你挖空
剔成如此精致的小船
轻脆,易碎,像半透明的蝉蜕
北宋的江山魔指只一点
怎么就缩小了,缩小了,缩成
水晶柜里,不可思议的比例
在夸张的放大镜下,即使
也小得好诡异,令人目迷
舱里的主客或坐,或卧
恍惚的侧影谁是东坡
一绺长髯在千古的崩涛声里
飘然迎风? 就算我敢
在世间的岸上隔水呼喊
(惊动厅上所有的观众)
舷边那须翁真的会回头?
一柄桂桨要追上三国的舳舻
击空明,溯流光,无论怎样
那夜的月色是永不褪色的了
——前身是橄榄有幸留仁

九百年后回味犹清甘

看时光如水荡着这仙船

在浪淘不尽的《赤壁赋》里

随大江东去又东去，而并未逝去

多少的豪杰如沙，都淘尽了

只剩下镜底这一撮小舟

船头对着夏口，船尾隐约

（只要你凝神静听）

还袅袅不绝地曳着当晚

　　那一缕箫声

后记

　　苏轼赤壁之游，流传千古，时在北宋元丰五年，合公元一〇八二年，距今正为九个世纪，值得追念。橄榄核舟为清人陈祖章所镌，舟长不及二寸，有篷有窗，中有八人，情态各异，在放大镜下亦光影迷离，难以细辨。舟底并刻《赤壁赋》全文，鬼技神工，令人惊诧难信。七月初回台，在故宫博物院俯玩此物，已作是篇，暂不发表，留待今日（九月三日合阴历恰为"壬戌之秋，七月既望"），只为对九百年前那一个诗情哲理的水月之夜，表示无限的神往。东坡爱石成癖，《雪浪石》等作咏案头山水，皆有奇想，盖亦有柳子厚玩造化于衽席之意。以小喻大，将假作真，本东坡赤子之心，今以核舟戏之，料髯公不嗔也。

一九八二年七月十二日于厦门街

甘地之死

绝食和禁欲之后
那一排瘦瘦的肋骨
已经是无可再瘦
却避不了尖啸而来
三颗更瘦的弹头
释迦和基督之后
最热的一腔鲜血
从三个弹孔里溅出
那样高贵的殷红
刺客，你应该满足
西妲琴的迷幻
吠陀经的喃喃
临去的老巴普啊
一切从印度来的
要还给哀伤的印度
檀香木烧得化的
还给印度的天空
骨灰罐装得下的
还给印度的河水
连印度也装不下的
沛然而大的灵魂
就还给整个人类

解下腰围和头巾
恢复原始的赤裸
一行赤裸的脚印
从此踏回了永恒
只留下一双旧木拖
证明最后的圣人
真的在世上走过
而忙于街斗的群童
谁也不肯先住手
不肯转头去听一听
那椎骨唐突的老头
在无框的眼镜背后
究竟,有什么叮咛

一九八三年五月二十二日

初 春

古中国蠢蠢的胎动
一直传到这南方
神经末端的小半岛了吗？
一阵毛细雨过后
泥土被新芽咬得发痒
斜向北岸的长坡路上
随手拣一块顽石
抛向漠漠的天和海
怕都会化成呢喃的燕子
一路从小时候的檐下
飞寻而来

一九八四年三月十日

布　谷

阴天的笛手,用叠句迭迭地吹奏

嘀咕嘀咕嘀咕

苦苦呼来了清明

和满山满谷的雨雾

那低回的咏叹调里

总是江南秧田的水意

当蝶伞还不见出门

蛙鼓还没有动静

你便从神农的古黄历里

一路按节气飞来

躲在野烟最低迷的一角

一声声苦催我归去

不如归去吗,你是说,不如归去?

归哪里去呢,笛手,我问你

小时候的田埂阡阡连陌陌

暮色里早已深深地陷落

不能够从远处伸来

来接我回家去了

扫墓的路上不见牧童

杏花村的小店改卖了啤酒

你是水墨画也画不出来的

细雨背后的那种乡愁

放下怀古的历书
我望着对面的荒山上
礼拜天还在犁地的两匹
悍然牛吼的挖土机

一九八四年三月十九日

十年看山

十年看山,不是看香港的青山
是这些青山的背后
那么无穷无尽的后土
四海漂泊的龙族,叫它做大陆
壮士登高叫它做九州
英雄落难叫它做江湖

看山十年,恨这些青山挡在门前
把那片朝北的梦土遮住
只为了小时候,一点顽固的回忆
看山十年,竟然青山都不曾入眼
却让紫荆花开了,唉,又谢了
十年过去,这门外的群峰
在诀别的前夕,猛一抬头
忽然青青都涌到了眼里,猛一回头
早已青青绵亘在心里
每当有人问起了行期
青青山色便哽塞在喉际
他日在对海,只怕这一片苍青
更将历历入我的梦来
——凌波的八仙,覆地的大帽
　　镇关的狮子,昂首的飞鹅
将缩成一堆多妩媚的盆景

再一回头，十年的缘分
都化了盆中的寸水寸山
顿悟那才是失去的梦土
十年一觉的酣甜，有青山守护
门前这一列，唉，无言的青山
把嚣嚣的口号挡在外面

一九八五年六月八日

望　海

比岸边的黑石更远,更远的
　　是石外的晚潮
比翻白的晚潮更远,更远的
　　是堤上的灯塔
比孤立的灯塔更远,更远的
　　是堤外的货船
比出港的货船更远,更远的
　　是船上的汽笛
比沉沉的汽笛更远,更远的
　　是海上的长风
比浩浩的长风更远,更远的
　　是天边的阴云
比黯黯的阴云更远,更远的
　　是楼上的眼睛

一九八五年十二月二十一日

控诉一支烟囱

用那样蛮不讲理的姿态
翘向南部明媚的青空
一口又一口,肆无忌惮
对着原是纯洁的风景
像一个流氓对着女童
喷吐你满肚子不堪的脏话
你破坏朝霞和晚云的名誉
把太阳挡在毛玻璃的外边
有时,还装出戒烟的样子
却躲在,哼,夜色的暗处
向我噩梦的窗口,偷偷地吞吐
你听吧,麻雀都被迫搬了家
风在哮喘,树在咳嗽
而你这毒瘾深重的大烟客啊
仍那样目中无人,不肯罢手
还随意掸着烟屑,把整个城市
当做你私有的一只烟灰碟
假装看不见一百三十万张
——不,两百六十万张肺叶
被你熏成了黑恹恹的蝴蝶
在碟里蠕蠕地爬动,半开半闭

看不见,那许多矇矇的眼瞳
　　　正绝望地仰向
连风筝都透不过气来的灰空

　　　　　一九八六年二月十六日

秘　密

　　无海不圆,无圆不空
　　每一只瓶都知道
　　不信,把耳朵交给瓶口
　　万籁便翻翻滚滚而来
　　万籁便旋旋转转而去
　　　　而去而去
　　旋成渺渺的潮声
　　　　千年的风声
　　　　万里的涛声
　　所有水手和水禽的叫声
　　　　而去而去
　　这秘密,唉,凡瓶都知道
　　唯你不知道

一九八六年五月

珍珠项链

滚散在回忆的每一个角落
半辈子多珍贵的日子
以为再也拾不拢来的了
却被那珠宝店的女孩子
用一只蓝瓷的盘子
带笑地托来我面前，问道
十八寸的这一条，合不合意？
就这么，三十年的岁月成串了
一年还不到一寸，好贵的时光啊
每一粒都含着银灰的晶莹
温润而圆满，就像有幸
跟你同享的每一个日子
每一粒，晴天的露珠
每一粒，阴天的雨珠
分手的日子，每一粒
牵挂在心头的念珠
串成有始有终的这一条项链
依依地靠在你心口
全凭这贯穿日月
十八寸长的一线因缘

一九八六年九月二日结婚三十周年纪念

雨声说些什么

一夜的雨声说些什么呢?
楼上的灯问窗外的树
窗外的树问巷口的车
一夜的雨声说些什么呢?
巷口的车问远方的路
远方的路问上游的桥
一夜的雨声说些什么呢?
上游的桥问小时的伞
小时的伞问湿了的鞋
一夜的雨声说些什么呢?
湿了的鞋问乱叫的蛙
乱叫的蛙问四周的雾
说些什么呢,一夜的雨声?
四周的雾问楼上的灯
楼上的灯问灯下的人
灯下的人抬起头来说

    怎么还没有停啊:
    从传说落到了现在
    从霏霏落到了湃湃
    从檐漏落到了江海
    问你啊,蠢蠢的青苔
一夜的雨声说些什么呢?

一九八六年九月九日

壁　虎

独行的灰衣客,履险如夷
走壁的轻功是你传授的吗?
贴游的步法,倒挂的绝技
什么是惧高症呢,你问
什么是陡峭,什么是倾斜?
仰面矗起的长夜
任你窜去又纵来
细尾倏忽在半空摇摆
蚊蝇和蜘蛛都难逃
你长舌一吐,猝到的飞镖
多少深夜感谢你伴陪
一抬头总见你在上面相窥
是为谁守宫呢,不眠的禁卫?
这苦练的书房并非
艺术之宫或象牙之塔
跟你一样我也是猎户
也惯于独征,却尚未练成
一扑就成擒的神技,像你
你的坦途是我的险路
却不妨寂寞相对的主客
结为垂直相交的伴侣
虽然你属虎而我属龙

你捕蝇而虎啸,我获句而龙吟
龙吟虎啸未必要斗争
此刻,你攀伏在窗玻璃外
背着一夜的星斗,五脏都透明
小小的生命坦然裸裎
在炯炯的灯下,全无戒心
让我为你写一篇小传
若是你会意,就应我一声吧!
——唧唧

一九八七年十月十九日

118

向 日 葵

木槌在克莉丝蒂的大厅上

　going

　going

　gone

砰然的一响,敲下去

三千九百万元的高价

买断了,全场紧张的呼吸

买断了,全世界惊羡的眼睛

买不回,断了,一只耳朵

买不回,焦了,一头赤发

买不回,松了,一嘴坏牙

买不回匆匆的三十七岁

木槌举起,对着热烈的会场

手枪举起,对着寂寞的心脏

　断耳,going

　赤发,going

　坏牙,going

　噩梦,going

　羊癫疯,going

　日记和信,going

　医师和病床,going

　亲爱的弟弟啊,going

砰然的一响,gone
一颗慷慨的心脏
迸成满地的向日葵满天的太阳

一九八八年四月九日

后记

一九八七年三月三十日,梵高诞辰九十七周年,他的一幅《向日葵》在伦敦克莉丝蒂拍卖公司卖出,破纪录的高价是美金三千九百八十五万元。Going, going, gone 是拍卖成交时的吆喝,语终而木槌敲下。

秦 俑
——临潼出土战士陶俑

铠甲未解,双手犹紧紧地握住
我看不见的弓箭或长矛
如果钲鼓突然间敲起
你会立刻转身吗,立刻
向两千年前的沙场奔去
去加入一行行一列列的同袍?
如果你突然睁眼,威棱闪动
胡髭翘着骁悍与不驯
吃惊的观众该如何走避?
幸好,你仍是紧闭着双眼,似乎
已惯于长年阴间的幽暗
乍一下子怎能就曝光?
如果你突然开口,浓厚的秦腔
又兼古调,谁能够听得清楚?
隔了悠悠这时光的河岸
不知有汉,更无论后来
你说你的咸阳吗,我呢说我的西安
事变,谁能说得清长安的棋局?
而无论你的箭怎样强劲
再也射不进桃花源了
问今是何世吗,我不能瞒你

始皇的帝国,车同轨,书同文
威武的黑旗从长城飘扬到交趾
只传到二世,便留下了你,战士
留下满坑满谷的陶俑
严整的纪律,浩荡六千兵骑

    岂曰无衣

    与子同袍

    王于兴师

    修我戈矛

慷慨的歌声里,追随着祖龙
统统都入了地下,不料才三年
外面不再是姓嬴的天下,
不再姓嬴,从此我们却姓秦
秦哪秦哪,番邦叫我们
秦哪秦哪,黄河清过了几次?
秦哪秦哪,哈雷回头了几回?
黑阒阒禁闭了两千年后
约好了,你们在各地出土
在博物馆中重整队伍
眉目栩栩,肃静无哗的神情
为一个失踪的帝国做证
而喧嚷的观众啊,我们
一转眼也都会转入地下
要等到哪年哪月啊才出土?
啊不能,我们是血肉之身
转眼就朽去,像你们陪葬的贵人
只留下不朽的你们,六千兵马
潼关已陷,唉,咸阳不守
阿房宫的火灾谁来抢救? 只留下

再也回不去了的你们,成了
隔代的人质,永远的俘虏
三缄其口岂止十二尊金人?
始作俑者谁说无后呢,你们正是
最尊贵的后人,不跟始皇帝遁入过去
却跟徐福的六千男女
奉派向未来探讨长生

一九八八年四月

听容天圻弹古琴

七弦泠泠,十指轻轻
才起更落,拂罢还拢
向龙眼树下的午梦
召来一片古穆的琴音
有的,滑下了青苔
有的,飘落在石阶
有的,被山风带走
有的,随涧水流去
还有一些更加悠扬的
就伴着宛转的炉烟
　　上升而回旋
穿过满树初结的龙眼
越飘越淡,越飞越远
化作六龟一带的晚凉

　　　　　　　　一九八八年五月十六日
　　　　写于六龟兰园之临流台,主人为林琴亮先生

124

后半夜

四十岁时他还不断地仰问
问森罗的星空,自己是谁
为何还在这下面受罪
难道高高在上的神明
真的有一尊,跟他作对?
而今六十都过了,他不再
为忧惧而烦恼,他的额头
和星宿早已停止了争吵
夜晚变得安静而温柔
如一座边城在休战之后
当少年的同伴都吹散在天涯
有谁呢,除了桌灯,还照顾着他
像一切故事说到了尽头
总有只老犬眷眷地守候
一位英雄独坐的晚年
有灯的地方就有侧影
他的侧影就投在窗前
后半夜独醒着对着后半生
听山下,潮去潮来的海峡
一样的水打两样的岸
回头的岸是来时的岸吗?
水光茫茫正如时光茫茫

有什么岸呢是可以回头的吗？
问港上热闹的灯火，哪一盏
能给他回答，只有对峙的灯塔
在长堤的尽头交换着眼色
而堤外，半泊在海峡
半浮在天上，那一艘接一艘
货柜舳舻排列的阵势
辉煌的蜃楼终夜不熄
水上的灯阵应着天上的星图
有意无意地通着旗语
光与光一夜问答的水域
安静而温柔如永生，他不再
仰面求答了，一切的答案
星陨成石都焚落他掌心
天上和掌上又何足计较
此岸和彼岸是一样的浪潮
前半生无非水上的倒影
无风的后半夜格外地分明
他知道自己是谁了，对着
满穹的星宿，以淡淡的苦笑
终于原谅了躲在那上面的
无论是哪一尊神

一九八九年四月七日

三生石

当渡船解缆

当渡船解缆
风笛催客
只等你前来相送
在茫茫的渡头
看我渐渐地离岸
水阔,天长
对我挥手

我会在对岸
苦苦守候
接你的下一班船
在荒荒的渡头
看你渐渐地靠岸
水尽,天回
对你招手

就像仲夏的夜里

就像仲夏的夜里

并排在枕上,语音转低
唤你不应,已经睡着
我也困了,一个翻身
便跟入了梦境
而留在梦外的这世界
　　分分,秒秒
　　答答,滴滴
都交给床头的小闹钟

一生也好比一夜
并排在枕上,语音转低
唤我不应,已经睡着
你也困了,一个翻身
便跟入了梦境
而留在梦外的这世界
　　春分,夏至
　　谷雨,清明
都交给坟头的大闹钟

找到那棵树

苏家的子瞻和子由,你说
来世仍然想结成兄弟
让我们来世仍旧做夫妻
那是有一天凌晨你醒来
惺忪之际喃喃的痴语
说你在昨晚恍惚的梦里
和我同靠在一棵树下
前后的事,一翻身都忘了

只记得树荫密得好深
而我对你说过一句话
"我会等你，"在树荫下

树影在窗，鸟声未起
半昧不明的曙色里，我说
或许那就是我们的前世了
一过奈何桥就已忘记
至于细节，早就该依稀
此刻的我们，或许正是
那时痴妄相许的来生
你叹了一口气说
要找到那棵树就好了
　或许当时
遗落了什么在树根

红　烛

三十五年前有一对红烛
曾经照耀年轻的洞房
——且用这么古典的名字
　　追念厦门街那间斗室
迄今仍然并排地烧着
仍然相互眷顾地照着
照着我们的来路，去路
　　烛啊愈烧愈短
　　夜啊愈熬愈长
最后的一阵黑风吹过
哪一根会先熄呢，曳着白烟？

剩下另一根流着热泪
独自去抵抗四周的夜寒
最好是一口气同时吹熄
让两股轻烟绸缪成一股
同时化入夜色的空无
那自然是求之不得,我说
但谁啊又能够随心支配
无端的风势该如何吹?

一九九一年九月二十二日

小毛驴

——兼赠文飞

你说,锅铲刮锅底和驴子叫
是世上最最难听的声音
别这么说吧,我笑道
锅铲我管不着,可是驴子
那样嘶叫,一定有他的隐情
衬着北方多空旷的风景
一切牲口里我最爱驴子
你仔细看他温柔的眼睛
有什么比那更忧郁,更寂寞
如果北方是一座大磨,他的一生
就绕着磨子,拖不完地拖
不是歇在颤风的白杨树下
默默地守住他主人,就是
拂着高柳在车道旁慢踱
冒着尘土,跟在全世界的背后
竖着长耳,举着细蹄,望着
无始无终,直到天涯的远路
——那侧影,瘦褐而涩苦
需要棱角峥峥的木刻
而非黄胄倩巧的水彩
才能匹配北地的村民

用深邃的额纹和更深的眼色
迎向肃杀的霜雪，千古的风沙
正说着，又传来长城下
载货路过的一声驴鸣

一九九二年九月二十六日

浪子回头

鼓浪屿鼓浪而去的浪子
清明节终于有岸可回头
掉头一去是风吹黑发
回首再来已雪满白头

一百六十里这海峡,为何
渡了近半个世纪才到家?
当年过海是三人同渡
今日着陆是一人独飞

哀哀父母,生我劬劳
一穴双墓,早已安息在台岛
只剩我,一把怀古的黑伞
撑着清明寒雨的霏霏
不能去坟头上香祭告

说,一道海峡像一刀海峡
四十六年成一割,而波分两岸
旗飘二色,字有繁简
书有横直,各有各的气节
不变的仍是廿四个节气
布谷鸟啼,两岸是一样的咕咕
木棉花开,两岸是一样的艳艳
一切仍依照神农的历书
无论在海岛或大陆,春雨绵绵
在杜牧以后或杜牧以前

一样都沾湿钱纸与香灰
浪子已老了,唯山河不变
沧海不枯,五老的花岗石不烂
母校的钟声悠悠不断,隔着
一排相思树淡淡的雨雾
从四十年代的尽头传来
恍惚在唤我,逃学的旧生
骑着当日年少的跑车
去白墙红瓦的囊萤楼上课

一阵掌声噼啪,把我在前排
从钟声的催眠术里惊醒
主席的介绍词刚结束
几百双年轻的美目,我的听众
也是我隔代的学妹和学弟
都炯炯向我聚焦,只等
迟归的校友,新到的贵宾
上台讲他的学术报告

一九九五年四月十五日

后记

　　清明时节回到厦门,参加母校厦门大学七十四周年校庆,并在中、外文系各演讲一场(当地谓之"学术报告")。四十六年前随双亲乘船离开厦门,从此便告别了大陆。他们双墓同穴,已葬在碧潭永春祠堂。厦大也在海边,鼓浪屿屏于西岸,五老峰耸于北天。囊萤楼,多令人怀古的名字,是我负笈当日外文系的旧馆。李师庆云早已作古,所幸当日的老校长汪德耀教授仍然健在,且在校庆典礼上重逢,忘情互拥。

母难日（三题）

今生今世

今生今世
我最忘情的哭声有两次
一次，在我生命的开始
一次，在你生命的告终
第一次，我不会记得，是听你说的
第二次，你不会晓得，我说也没用
但两次哭声的中间啊
有无穷无尽的笑声
一遍一遍又一遍
回荡了整整三十年
你都晓得，我都记得

矛盾世界

快乐的世界啊
当初我们见面
你迎我以微笑
而我答你以大哭
惊天，动地

悲哀的世界啊
最后我们分手
我送你以大哭
而你答我以无言
关天,闭地

矛盾的世界啊
不论初见或永别
我总是对你大哭
哭世界始于你一笑
而幸福终于你闭目

天国地府

每年到母难日
总握着电话筒
很想拨一个电话
给久别的母亲
只为了再听一次
一次也好
催眠的磁性母音

但是她住的地方
不知是什么号码
何况她已经睡了
不能接我的电话
"这里是长途台
究竟你要
接哪一个国家?"

我该怎么回答呢
天国,是什么字头
地府,有多少区号
那不耐的接线生
咔哒把线路切断
留给我手里一截
算是电线呢还是
若断若连的脐带
就算真的接通了
又能够说些什么
"这世界从你走后
变得已不能指认
唯一不变的只有
对你永久的感恩"

一九九五年十一月五日

夜读曹操

夜读曹操，竟起了烈士的幻觉
震荡腔腔的节奏忐忑
依然是暮年这片壮心
依然是满峡风浪
前仆后继，轮番摇撼这孤岛
依然是长堤的坚决，一臂
把灯塔的无畏，一拳
伸向那一片恫吓，恫黑
寒流之夜，风声转紧
她怜我深更危坐的侧影
问我要喝点什么，要酒呢要茶
我想要茶，这满肚郁积
正须要一壶热茶来消化
又想要酒，这满怀忧伤
岂能缺一杯烈酒来浇淋
苦茶令人清醒，当此长夜
老酒令人沉酣，对此乱局
但我怎能饮酒又饮茶
又要醉中之乐，又要醒中之机
正沉吟不决，她一笑说
"那就，让你读你的诗去吧"
也不顾海阔，楼高

竟留我一人夜读曹操

独饮这非茶非酒,亦茶亦酒

独饮混茫之汉魏

独饮这至醒之中之至醉

一九九六年一月二十三日

客从蒙古来

有客从蒙古来
我带他去八楼的看台
看海。他吃了一惊
说，没见过这么多水
集合在一起。我说
也不能想象在你家
有那么多用不完的沙
让骆驼乱盖蹄印
说着，主客都大笑
直到流下了泪来
我说，在我们这边
总觉得水太多了
就留下一片地做沙滩
又觉得你们沙太多了
就叫你们家作瀚海
是瀚海呢还是旱海？
说着，主客又大笑
直到他背后似乎
隐隐，有沙尘暴崛起
而我楼下的沙滩
暗暗，正鼓动着海啸
立刻，我们止住了自己

挥走了沙尘,斥退浪阵
他赠我一漏斗细沙
说,久了,蒙古会漏完
叫我及时去瀚海
我赠他半瓶咸水
说,久了,海峡会干掉
叫他莫忘了西子湾

原载二〇一一年九月二十七日《联合报》

粥　颂

记得稚岁你往往
安慰渴口与饥肠
病了，就更加苦盼
你来轻轻地按摩
舌焦，唇燥，喉干
与分外娇懦的枯肠
若是母亲所煮
更端来病榻旁边
一面吹凉，一面
用调羹慢慢地劝喂
世界上有什么美味
——别提可口可乐了
能比你更加落胃？

现在轮到了爱妻
用慢火熬了又熬
惊喜晚餐桌上
端来这一碗香软
配上豆腐乳，萝卜干
肉松，姜丝，或皮蛋
来宠我疲劳的胃肠
而如果，无意，从碗底

捞出熟透的地瓜
古老的记忆便带我
灯下又回到儿时
分不清对我笑的
是母亲呢,还是妻子

二〇〇三年八月三日

藕神祠

——济南人在大明湖畔为李清照立藕神祠

天妒佳偶,只横刀一分
就把美满截成了两半
一半归战前,一半给乱后
亦如金兵劈大宋的江山
成南宋与北宋,即使岳飞
也无力用头颅讨还
无情的刃锋啊过处
国破之痛更添上家亡
凭爱情,怎么能拼得拢呢
才女沦落江湖成难民
爱妻一回首成了遗孀
菩萨蛮
鹧鸪天
声声慢
难堪最是迟暮的心情
最怕是春归了秣陵树
人老了偏在建康城
梦里的沧桑,镜中的眉眼
难掩半生曾经的明艳
曾经战前两小的亲昵
绰约风姿,只能寻寻觅觅

向小令的字里行间
莲子虽心苦,藕节却心甘
情人遗憾,用诗来补偿
历史不足,有庙可瞻仰
你是济南的最爱,藕神
整面大明湖是你的妆镜
映照甜蜜的哀愁,高贵的美
藕断千年,有丝纤纤
袅袅不绝,仍一缕相牵
恰似黑瓦红扉的藕神祠前
四足铜炉的香烛迎风
仍牵动所有祷客的思

二〇〇七年八月三十一日

散文编

猛虎和蔷薇

英国当代诗人西格夫里·萨松（Siegfried Sassoon, 1886—1967）曾写过一行不朽的警句：In me the tiger sniffs the rose. 译成中文，便是："我心里有猛虎在细嗅蔷薇。"

如果一行诗句可以代表一种诗派（有一本英国文学史曾举柯尔律治《忽必烈汗》中的三行诗句："好一处蛮荒的所在！如此的圣洁，鬼怪，像在那残月之下，有一个女人在哭她幽冥的欢爱！"为浪漫诗派的代表），我就愿举这行诗为象征诗派艺术的代表。每次念及，我不禁想起法国现代画家昂利·卢梭（Henri Rousseau, 1844—1910）的杰作"沉睡的吉普赛人"。假使卢梭当日所画的不是雄狮逼视着梦中的浪子，而是猛虎在细嗅含苞的蔷薇，我相信，这幅画同样会成为杰作。惜乎卢梭逝世，而萨松尚未成名。

我说这行诗是象征诗派的代表，因为它具体而又微妙地表现出许多哲学家所无法说清的话；它表现出人性里两种相对的本质，但同时更表现出那两种相对的本质的调和。假使他把原诗写成了"我心里有猛虎雄踞在花旁"，那就会显得呆笨，死板，徒然加强了人性的内在矛盾。只有原诗才算恰到好处，因为猛虎象征人性的一方面，蔷薇象征人性的另一面，而"细嗅"刚刚象征着两者的关系，两者的调和与统一。

原来人性含有两面：其一是男性的，其一是女性的；其一如苍鹰，如飞瀑，如怒马；其一如夜莺，如静池，如驯羊。所谓雄伟和秀美，所谓外向和内向，所谓戏剧型的和图画型的，所谓戴奥尼苏斯艺术和阿波罗艺术，所谓"金刚怒目，菩萨低眉"，所谓"静如处女，动如脱兔"，所谓"骏马秋风冀北,杏花春雨江南",所谓"杨柳岸,晓风残月"和"大江东去",一句话,姚姬传所谓的阳刚和阴柔,都无非是这两种气质的注脚。两者粗看若相反,实则乃相成。实际上每个人多多少少都兼有这两种气质,只是比例不同而已。

东坡有幕士,尝谓柳永词只合十七八女郎,执红牙板,歌"杨柳岸,晓风残月";东坡词须关西大汉,铜琵琶,铁绰板,唱"大江东去"。东坡为之"绝倒"。他显然因此种阳刚和阴柔之分而感到自豪。其实东坡之词何尝都是"大江东去"?"笑渐不闻声渐杳,多情却被无情恼";"绣帘开,一点明月窥人";这些词句,恐怕也只合十七八女郎曼声低唱吧?而柳永的词句:"长安古道马迟迟,高柳乱蝉嘶",以及"渡万壑千岩,越溪深处。怒涛渐息,樵风乍起;更闻商旅相呼,片帆高举。"又是何等境界!就是晓风残月的上半阕那一句"暮霭沉沉楚天阔",谁能说它竟是阴柔?他如王维以清淡胜,却写过"一身转战三千里,一剑曾当百万师"的诗句;辛弃疾以沉雄胜,却写过"罗帐灯昏,哽咽梦中语"的词句。再如浪漫诗人济慈和雪莱,无疑地都是阴柔的了。可是清唳的夜莺也曾唱过:"或是像精壮的科德慈,怒着鹰眼,凝视在太平洋上。"就是在那阴柔到了极点的《夜莺曲》里,也还有这样的句子:"同样的歌声时常——迷住了神怪的长窗——那荒僻妖土的长窗——俯临在惊险的海上。"至于那只云雀,他那《西风歌》里所蕴藏的力量,简直是排山倒海,雷霆万钧! 还有那一首十四行诗《阿西曼地亚斯》(Qzymandias)除了表现艺术不朽的思想不说,只其气象之伟大,魄力之雄浑,已可匹敌太白的"西风残照,汉家陵阙"。

也就是因为人性里面,多多少少地含有这相对的两种气质,许多人才能够欣赏和自己气质不尽相同,甚至大不相同的人。例如在英国,华兹华斯欣赏弥尔顿;拜伦欣赏蒲柏;夏绿蒂·勃朗特欣赏萨克雷;司各特欣赏简·奥斯丁;斯温伯恩欣赏兰多;兰多欣赏白朗宁。在我国,辛弃疾的欣赏李清照也是一个最好的例子。

但是平时为什么我们提起一个人,就觉得他是阳刚,而提起另一个人,又觉得他是阴柔呢? 这是因为各人心里的猛虎和蔷薇所成的形势不同。有人的心原是虎穴,穴口的几朵蔷薇免不了猛虎的践踏;有人的心原是花园,园中的猛虎不免给那一片香潮醉倒。所以前者气质近于阳刚,而后者气质近于阴柔。然而踏碎了的蔷薇犹能盛开,醉倒了的猛虎有时醒来。所以霸王有时悲歌,弱女有时杀贼;梅村、子山晚作悲凉,萨松在第一次大战后出版了低调的《心旅》(*The Heart's Journey*)。

"我心里有猛虎在细嗅蔷薇。"人生原是战场,有猛虎才能在逆流里立定脚跟,在逆风里把握方向,做暴风雨中的海燕,做不改颜色的孤星。有猛虎,才能创作慷慨悲歌的英雄事业;涵蕴耿介拔俗的志士胸怀,才能做到孟郊所谓的"镜破不改光,兰死不改香!"同时人生又是幽谷,有蔷薇才能烛隐显幽,体贴入微;有蔷薇才能看到苍蝇搓脚,蜘蛛吐丝,才能听到暮色潜动,春草萌芽,才能做到"一沙一世界,一花一天国"。在人性的国度里,一只真正的猛虎应该能充分地欣赏蔷薇,而一朵真正的蔷薇也应该能充分地尊敬猛虎;微蔷薇,猛虎变成了菲力斯旦(Philistine);微猛虎,蔷薇变成了懦夫。韩黎诗:"受尽了命运那巨棒的痛打,我的头在流血,但不曾垂下!"华兹华斯诗:"最微小的花朵对于我,能激起非泪水所能表现的深思。"完整的人生应该兼有这两种至高的境界。一个人到了这种境界,他能动也能静,能屈也能伸,能微笑也能痛哭,能像二十世纪人一样的复杂,也能像亚当夏娃一样的纯真,一句话,他心里已有猛虎在细嗅蔷薇。

一九五二年十月二十四日夜

鬼 雨

——But the rain is full of ghosts tonight.

Edna St. Vincent Millay

一

"请问余光中先生在家吗？噢，您就是余先生吗？这里是台大医院小儿科病房。我告诉你噢，你的小宝宝不大好啊，医生说他的情形很危险……什么？您知道了？您知道了就行了。"

"喂，余先生吗？我跟你说噢，那个小孩子不行了，希望你马上来医院一趟……身上已经出现黑斑，医生说实在是很危险了……再不来，恐怕就……"

"这里是小儿科病房，我是小儿科黄大夫……是的，你的孩子已经……时间是十二点半，我们曾经努力急救，可是……那是脑溢血，没有办法。昨夜我们打了土霉素，今天你父亲守在这里……什么？你就来办理手续？好极了，再见。"

二

"今天我们要读莎士比亚的一首挽歌 Fear No More。翻开诗选，第五十三页。这是莎士比亚晚年的作品 Cymbeline 里面摘出来的一首挽歌。你们读过 Cymbeline 吗？据说丁尼生临终之前读的一卷书，就是 Cymbeline。这首诗咏叹的是生的烦恼，和死的恬静，生的无常，和死的确定。它咏叹的是死的无所不在,无所不容(死就在你的肘边)。前面三段是沉思的,它们泛论死亡的 omnipresence 和 omnipotence,最后一段直接对死者而言,像是念咒,有点'孤魂野鬼,不得相犯,呜呼哀哉尚飨!'的味道。读到这里,要朗声而吟,像道士诵经超度亡魂那样。现在,听我读:

> No exorciser harm thee!
> Nor no witchcraft charm thee!
> Ghost unlaid forbear thee!
> Nothing ill come near thee!

"你们要是夜行怕鬼,不妨把莎老头子这段诗念出来壮壮胆。这没有什么好笑的。再过三十年,也许你们会比较欣赏这首诗。现在我们再从头看起。第一段说,你死了,你再也不用怕太阳的毒焰,也不用畏惧冬日的严寒了(那孩子的痛苦已经结束)。哪怕你是金童玉女,是 Anthony Perkins 或者 Sandra Dee,到时候也不免像烟囱扫帚一样,去拥抱泥土。噢,这实在没有什么好笑。不到半个世纪。这间教室里的人都变成一堆白骨,一把青丝,一片碧森森的磷光(那孩子三天,仅仅是三天啊,停止了呼吸)。对不起,也许我不应该说得这么可怕,不过,事实就是如此(我刚从雄辩的太平间回来)。青春从你们的指隙潺潺地流去,那么昂贵,那么甜美的青春(停尸间的石脸上开不出那种植物)!青春不是常春藤,让你像戴指环一样戴在手上。等你们老些,也许你们会握得紧些,但那时你们只抓到一些痛风症和糖尿病,一些变酸了的记忆。即使把满头的白发编成渔网,也网不住什么东西……

"一来这里,我们就打结,打一个又一个的结,可是打了又解,解了再打,直到死亡的边缘。在胎里,我们就和母亲打一个死结。但是护士的剪刀在前,死亡的剪刀在后(那孩子的脐带已经解缆,永远再看不到母亲)。然后我们又忙着编织情网,然后发现神话中的人鱼只是神话,爱情是水,再密的网也网不住一滴湛蓝……

"这世界,许多灵魂忙着来,许多灵魂忙着去。来的原来都没有名字,去的,也不一定能留下名字。能留下一个名字已经不容易,留下一个形容词,像 Shakespearean,更难。我来。我见。我征服。然后死亡征服了我。(那孩子,那尚未睁眼的孩子,什么也没有看见)这一阵,死亡的黑氛很浓。Pauline 请你把窗子关上。好冷的风!这似乎是祂的丰年。一位现代诗人(他去的地方无所谓古今)。一位末代的孤臣(春草年年绿,王孙归不归)。一位考古学家(不久他就成考古的对象了)。

"莎士比亚最怕死。一百五十多首十四行诗,没有一首不提到死,没有一首不是在自我安慰。毕竟,他的蓝墨水冲淡了死亡的黑色。可是他仍然怕死,怕到要写诗来诅咒侵犯他骸骨的人们。千古艰难唯一死,满口永恒的人,最怕死。凡大天才,没有不怕死的。愈是天才,便活得愈热烈,也愈怕丧失它。在死亡的黑影里思想着死亡,莎士比亚如此。李贺如此。济慈和狄伦·托马斯亦如此。啊,我又打岔了……Any questions? 怎么已经是下课铃了? Sea nymphs hourly ring his knell……(怎么已经是下课铃了?)

"再见,江玲,再见,Carmen,再见,Pearl(Those are pearls that were his eyes)。这雨怎么下不停的? 谢谢你的伞,我有雨衣。Sea nymphs hourly ring his knell,他的丧钟。(他的丧钟。他的小棺材。他的小手。握得紧紧的,但什么也没有握住。Nobody, not even the rain, has such small hands.)江玲再见。女孩子们再见!"

三

南山何其悲,鬼雨洒空草。雨在海上落着。雨在这里的草坡上落着。雨在对岸的观音山落着。雨的手很小,风的手帕更小,我腋下的小棺材更小更小。小的是棺材里的手。握得那么紧,但什么也没有握住,除了三个雨夜和雨天。潮天湿地。宇宙和我仅隔层雨衣。

雨落在草坡上。雨落在那边的海里。海神每小时摇他的丧钟。

"路太滑了。就埋在这里吧。"

"不行。不行。怎么可以埋在路边？"

"都快到山顶了，就近找一个角落吧。哪，我看这里倒不错。"

"胡说！你脚下踩的不是墓石？已经有人了。"

"该死！怎么连黄泉都这样挤！一块空地都没有。"

"这里是乱葬岗呢。好了好了，这里有四尺空地了。就这里吧，你看怎么样？要不要我帮你抱一下棺材？"

"不必了，轻得很。老侯，就挖这里。"

"怎么这一带都是葬的小朋友？你看那块碑！"

顺着白帆指的方向，看见一座五尺长的隆起的小坟。前面的碑上，新刻红漆的几行字：

一九五八年七月生
一九六三年九月殁

爱女苏小菱之墓

母　孙婉宜

父　苏鸿文

"那边那个小女孩还要小，"我把棺材轻轻放在墓前的青石案上。"你看这个。一九六〇年生。一九六二年殁。好可怜。好可怜，唉，怎么有这许多小幽灵。死神可以在这里办一所幼稚园了。"

"那你的宝宝还不够入园的资格呢。他妈妈知不知道？"

"不知道。我暂时还不告诉她。唉，这也是没有缘分，我们要一个小男孩。神给了我们一个，可是一转眼又收了回去。"

"你相信有神？"

"我相信有鬼。I'm very superstitious, your know. I'm as superstitious as Byron. 你看过我译的《缪斯在地中海》没有？雪莱在一年之内，抱着两口小棺材去墓地埋葬……

　　"小时候我有个初中同学，生肺病死的。后来我每天下午放学，简直不敢经过他家门口。天一黑，他母亲就靠在门口，脸又瘦又白，看见我走过，就死盯着我，嘴里念念有词，喊她儿子的名字。那样子，似笑非笑，怕死人！她儿子秋天死的。她站在白杨树下，每天傍晚等我。今年的秋天站到明年的秋天，足足喊了她儿子三年。后来转了学，才算躲掉这个巫婆……话说回来，母亲爱儿子，那真是怎么样也忘不掉的。"

　　"那是在哪里的时候？"

　　"丰都县。现在我有时还梦见她。"

　　"梦见你同学？"

　　"不是。梦见他妈妈。"

　　上风处有人在祭坟。一个女人。哭得怪凄厉地。荨麻草在雨里直眨眼睛。一只野狗在坡顶边走边嗅。隐隐地，许多小亡魂在呼唤他们的姆妈。这里的幼稚园冷而且潮湿，而且没有人在做游戏。只有清明节，才有家长来接他们回去。正是下午四点，吃点心的时候。小肚子又冷又饿哪。海神按时敲他的丧钟。无所谓上课。无所谓下课。虽然海神敲凄其的丧钟，按时。

　　"上午上的什么课？"

　　"英诗，莎士比亚的 Fear No More 和 Full Fathom Five。同学们不知道为什么要选这两首诗。Sea nymphs hourly ring……好了，好了，够深了。轻一点，轻一点，不要碰……"

　　大铲大铲的黑泥扑向土坑。很快地，白木小棺便不见了。我的心抖了一下。一扇铁门向我关过来。

　　"回去吧。"我的同伴在伞下喊我。

四

文兴:接到你自雪封的艾奥瓦城寄来的信,非常为你高兴。高兴你竟在零下的异国享受熊熊的爱情。握着小情人的手,踏过白晶晶的雪地,踏碎满地的黄橡叶子。风来时,翻起大衣的貂皮领子,看雪花落在她的帽檐上。我可以想见你的快意,因为我也曾在那座小小的大学城里,被禁于六角形盖成的白宫。易地而居,此心想必相同。

我却困在森冷的雨季之中。有雪的一切烦恼,但没有雪的爽白和美丽。湿天潮地,雨气蒸浮,充盈空间的每一个角落。木麻黄和犹加利树的头发全湿透了,天一黑,交叠的树影里拧得出秋的胆汁。伸出脚掌,你将踩不到一寸干土。伸出手掌,凉蠕蠕的泪就滴入你的掌心。太阳和太阴皆已篡位。每一天都是日食。每一夜都是月食。雨云垂翼在这座本就无欢的都市上空,一若要孵出一只凶年。长此以往,我的肺里将可闻蚋群的悲吟,蟑螂亦将顺我的脊椎而上。

在信里你曾向我预贺一个婴孩的诞生。我不知道该怎么回答你。我只能告诉你,那婴孩是诞生了,但不在这屋顶下面。他屋顶比这矮小得多。他睡得很熟,在一张异常舒适的小榻上。总之我已经将他全部交给了户外的雨季。那里没有门牌,也无分昼夜。那是一所非常安静的幼稚园,没有秋千,也没有荡船。在一座高高的山顶,可以俯瞰海岸。海神每小时摇一次铃铛。雨地里,腐烂的熏草化成萤,死去的萤流动着神经质的碧磷。不久他便要捐给不息的大化,汇入草下的冻土,营养九茎的灵芝或是野地的荆棘。扫墓人去后,旋风吹散了纸马,马踏着云。秋坟的络丝娘唱李贺的诗,所有的耳朵都凄然竖起。百年老鸦修炼成木魅,和山魈争食祭坟的残肴。蓦然,万籁流窜,幼稚园恢复原始的寂静。空中回荡着诗人母亲的厉斥:

是儿要呕出心乃已耳!

最反对写诗的总是诗人的母亲。我的母亲已经不能反对我了。她已经在浮图下聆听了五年,听殿上的青铜钟摇撼一个又一个的黄昏,当幽魂们从塔底啾啾地飞起,如一群畏光的蝙蝠。母亲。母亲。最悦耳的音乐该是木鱼伴奏着铜磬。雨在这里下着。雨在远方的海上下着。雨在公墓的小坟顶,坟顶的野雏菊上下着。雨在母亲的塔上下着。雨在海峡的这里下着雨在海峡的那边,也下着雨。巴山夜雨。雨在二十年前下着的雨在二十年后也一样地下着,这雨。桐油灯下读古文的孩子。雨下得更大了。雨声中唤孩子去睡觉的母亲。同一盏桐油灯下,为我扎鞋底的母亲。氧化成灰烬的,一吹就散的母亲。巴山的秋雨涨肥了秋池。少年听雨巴山上。桐油灯支撑黑穿穿的荒凉。(而今听雨僧庐下,鬓已星星也?)中年听雨,听鬼雨如号,淋在孩子的新坟上,淋在母亲的古塔上,淋在苍茫的回忆回忆之上。雨更加猖狂。屋瓦腾腾地跳着。空屋的心脏病志忐到高潮。妻在产科医院的楼上,听鬼雨叩窗,混合着一张小嘴喊妈妈的声音。父亲辗转在风湿的床上,咳声微弱,沉没在浪浪的雨声之中。一切都离我怎远,今夜,又离我怎近。今夜的雨里充满了鬼魂。湿漓漓,阴沉沉,黑淋淋,冷冷清清,惨惨凄凄切切。今夜的雨里充满了寻寻觅觅,今夜这鬼雨。落在莲池上,这鬼雨,落在落尽莲花的断肢断肢上。连莲花也有诛九族的悲剧啊。莲莲相连,莲瓣的千指握住了一个夏天,又放走了一个夏天。现在是秋夜的鬼雨,哗哗落在碎萍的水面,如一个乱发盲睛的萧邦在虐待千键的钢琴。许多被鞭笞的灵魂在雨地里哀求大赦。魑魅呼喊着魍魉回答着魑魅。月食夜,迷路的白狐倒毙,在青狸的尸旁。竹黄。池冷。芙蓉死。地下水腐蚀了太真的鼻和上唇。西陵下,风吹雨,黄泉酝酿着空前的政变,芙蓉如面。蔽天覆地,黑风黑雨从破穿破苍的裂隙中崩溃了下来,八方四面,从罗盘上所有的方位向我们倒下,捣下,倒下。女娲炼石补天处,女娲坐在彩石上绝望地呼号。《石头记》的断线残编。石头城也泛滥着六朝的鬼雨。郁孤台下,马嵬坡上,羊公碑前,落多少行人的泪。也落在湘水。也落在潇水。也落在苏小小的西湖。黑风黑雨打熄了冷翠烛,在苏小小的小小的石墓。潇潇的鬼雨从大禹的时代便潇潇下起。雨落在中国的泥土上。雨渗入中国的地层下。中国的历史浸满了雨渍。似乎从石器时代到现在,同一个敏感的灵魂,在不同的躯体里忍受无尽的荒寂和震惊。哭过了曼卿,滁州太守也加入白骨的行列。哭湿了青衫,江州司马也变成苦竹和黄芦。即使是王子乔,也带不走李白和他的酒瓶。今夜的雨中浮多少蚯蚓。

　　这已是信笺的边缘了。盲目的夜里摸索着盲目的风雨。一切都黯然,只有胡髭在唇下茁长。明晨,我剃刀的青刃将享受一顿丰收的早餐。这轻飘飘的国际邮简,亦将冲出厚厚的雨云,在孔雀蓝的晴脆里向东飞行了。

一九六三年十二月十日

逍 遥 游

如果你有逸兴作太清的逍遥游行,如果你想在十二宫中缘黄道而散步,如果在蓝石英的幻境中你欲冉冉升起,蝉蜕蝶化,遗忘不快的自己,总而言之,如果你何幸患上,如果你不幸患了"观星癖"的话,则今夕,偏偏是今夕,你竟不能与我并观神话之墟,实在是太可惜太可惜了。

我的观星,信目所之,纯然是无为的。两睫交瞬之顷,一瞥往返大千,御风而行,泠然善也,泠然善也。原非古代的太史,若有什么冒失的客星,将毛足加诸皇帝的隆腹,也不用我来烦心。也不是原始的舟子,无须在雾气弥漫的海上,裂眦辨认北极的天蒂。更非现代的天文学家或太空人,无须分析光谱或驾驶卫星。科学向太空看,看人类的未来,看月球的新殖民地,看地球人与火星人不可思议的星际战争。我向太空看,看人类的过去,看占星学与天宫图,祭司的梦,酋长的迷信。

于是大度山从平地涌起,将我举向星际,向万籁之上,霓虹之上。太阳统治了钟表的世界。但此地,夜犹未央,光族在钟表之外闪烁。亿兆部落的光族,在令人目眩的距离,交射如是微渺的清辉。半克拉的孔雀石。七分一的黄玉扇坠。千分之一克拉的血胎玛瑙。盘古斧下的金刚石矿,天文采不完万分之一。天河蜿蜒着敏感的神经,首尾相衔,传播高速而精致的触觉,南天穹的星阀热烈而显赫地张着光帜,一等星、二等星、三等星,争相炫耀他们的家谱,从 Alpha 到 Beta 到 Zeta 到 Omega,串起如是的辉煌,迤逦而下,尾扫南方的地平。亘古不散的假面舞会,除倜傥不羁的彗星,除爱放烟火的陨星,除垂下黑面纱的朔月之外，星图上的姓名全部亮起。后羿的逃妻所见如此。自大狂的李白，自虐狂的李贺所见如此。利玛窦和徐光启所见亦莫不如此。星象是一种最晦涩的灿烂。

北天的星貌森严而冷峻，若阳光不及的冰柱。最壮丽的是北斗七星。这局棋下得令人目摇心悸，大惑不解。自有八卦以来，任谁也挪不动一只棋子，从天枢到瑶光，永恒的颜面亿代不移。棋局未终，观棋的人类一代代死去。维北有斗，不可以挹酒浆。圣人以前，诗人早有这狂想。想你在平旷的北方，峨巍地升起，阔大的斗魁上斜着偌长的斗柄，但不能酌一滴饮早期的诗人。那是天真的时代，圣人未生，青牛未西行。那是青铜时代，云梦的瘴疠未开，鱼龙遵守大禹的秩序，吴市的吹箫客白发未白。那是多神的时代，汉族会唱歌的时代，摽有梅野有蔓草，自由恋爱的时代。快乐的 Pre-Confucian 的时代。

百仞下，台中的灯网交织现代的夜。湿红流碧，林荫道的彼端，霓虹茎连的繁华。脚下是，不快乐的 Post-Confucian 的时代。凤凰不至，麒麟绝迹，龙只是观光事业的商标。八佾在龙山寺凄凉地舞着。圣裔饕餮着国家的俸禄。龙种流落在海外。诗经蟹行成英文。谁谓河广，一苇杭之。招商局的吨位何止一苇，奈何河广如是，浅浅的海峡隔绝如是！人人尽说江南好，游人只合江南老。今人竟羡古人能老于江南。江南可哀，可哀的江南。唯庾信头白在江南之北，我们头白在江南之南。嘉陵江上，听了八年的鹧鸪，想了八年的后湖，后湖的黄鹂。过了十五个台风季，淡水河上，并蜀江的鹧鸪亦不可闻。帝遣巫阳招魂，在海南岛上，招北宋的诗人。"魂兮归来，南方不可以止些！"这里已是中国的至南，雁阵惊寒，也不越浅浅的海峡。雁阵向衡山南下。逃亡潮冲击着香港。留学女生向东北飞，成群的孔雀向东北飞，向新大陆。有一种候鸟只去不回。

怒而飞，其翼若垂天之云，抟扶摇而上者九万里。喷射机在云上滑雪，多逍遥的游行！曾经，我们也是泱泱的上国，万邦来朝，皓首的苏武典多少属国。长安矗第八世纪的纽约，西来的驼队，风沙的软蹄踏大汉的红尘。曾几何时,五陵少年竟亦洗碟子,端菜盘,背负摩天楼沉重的阴影。而那些长安的丽人,不去长堤,便深陷书城之中,将自己的青春编进洋装书的目录。当你的情人已改名玛丽,你怎能送她一首菩萨蛮?历史健忘,难为情的,是患了历史感的个人。三十六岁,常怀千岁的忧愁。千岁前,宋朝第一任天子刚登基,黄袍犹新,一朵芬芳的文化欲绽放。欧洲在深邃的中世纪深处冬眠,拉丁文的祈祷有若梦呓。知晦朔的朝菌最可悲。八股文。裹脚巾。阿Q的辫子。鸦片的毒氛。租界流满了惨案流满了租界。大国的青睐翻成了白眼。小国反复着排华运动。朝菌死去,留下更阴湿的朝菌,而晦朔犹长,夜犹未央。东方的大帝国纷纷死去。巴比伦死去。波斯和印度死去。亚洲横陈史前兽的遗骸,考古家的乐园是废墟。南有冥灵,以五百岁为春,五百岁为秋。惠蛄啊惠蛄,我们是阅历春秋的惠蛄。不,我们阅历的,是战国,是军阀,是太阳旗,是弯弯的镰刀如月。

夜凉如浸。虫吟如泣。星子的神经系统上,挣扎着许多折翅的光源,如果你使劲拧天蝎的毒尾,所有的星子都会呼痛。但那只是一瞬间的幻觉罢了。天苍苍何高也,绝望的手臂岂得而扪之?永恒仍然在拍打密码,不可改不可解的密码,自补天自屠日以来,就写在那上面,那种磷质的形象!似乎在说:就是这个意思。不周山倾时天柱倾时是这个意思。长城下,运河边是这个意思。扬州和嘉定的大屠城是这个意思。卢沟桥上,重庆的山洞里,莫非是这个意思。然则御风飞行,冷然善乎,冷然善乎?然则孔雀东北飞,是逍遥游乎,是行路难乎?曾经,也在密西西比的岸边,一座典型的大学城里,面对无欢的西餐,停杯投叉,不能卒食。曾经,立在密歇根湖岸的风中,看冷冷的日色下,钢铁的芝城森寒而黛青。日近,长安远。迷失的五陵少年,鼻酸如四川的泡菜。曾经啊,无寐的冬夕,立在雪霁的星空下,流泪想刚死的母亲,想初出世的孩子。但不曾想到,死去的不是母亲,是古中国,初生的不是女婴,是五四。喷射云两日的航程,感情上飞越半个世纪。总是这样。松山之后是东京之后是阿拉斯加是西雅图。上有青冥之长天,下有渌水之波澜。长风破浪,云帆可济沧海。

行路难。行路难。沧海的彼岸,是雪封的思乡症,是冷冷清清的圣诞,空空洞洞的信箱,和更空洞的学位。

是的,这是行路难的时代。逍遥游,只是范蠡的传说。东行不易,北归更加艰难。兵燹过后,江南江北,可以想见有多荒凉。第二度去国的前夕,曾去佛寺的塔影下祭告先人的骨灰。锈铜钟敲醒的记忆里,二百根骨骼重历六年前的痛楚。六年了!前半生的我陪葬在这小木匣里。我生在王国维投水的次年。封闭在此中的,是沦陷区的岁月,抗战的岁月,仓皇南奔的岁月,行路难的记忆,逍遥游的幻想。十岁的男孩,已经咽下国破的苦涩。高淳古刹的香案下,听一夜妇孺的惊呼和悲啼。太阳旗和游击队拉锯战的地区,白昼匿太湖的芦苇丛中,日落后才摇橹归岸,始免于锯齿之噬。舟沉太湖,母与子抱宝丹桥础始免于溺死。然后是上海的法租界。然后是香港海上的新年。滇越路的火车上,览富良江岸的桃花桃花。高亢的昆明。险峻的山路。母子颠簸成两只黄鱼。然后是海棠溪的渡船,重庆的团圆。月圆时的空袭,迫人疏散。于是六年的中学生活开始,草鞋磨穿,在悦来场的青石板路。令人涕下的抗战歌谣。令人近视的教科书和油灯。桐油灯的昏焰下,背新诵的古文,向鬓犹未斑的父亲,向扎鞋底的母亲,伴着瓦上急骤的秋雨急骤地灌肥巴山的秋池……钟声的余音里,黄昏已到寺,黑僧衣的蝙蝠从逝去的日子里神经质地飞来。这是台北的郊外,观音山已经卧下来休憩。

栩栩然蝴蝶。蘧蘧然庄周。巴山雨。台北钟。巴山夜雨。拭目再看时,已经有三个小女孩喊我父亲。熟悉的陌生,陌生的变成熟悉。千级的云梯下,未完的出国手续待我去完成。将有远游。将经历更多的关山难越,在异域。又是松山机场的挥别,东京御河的天鹅,太平洋的云层,芝加哥的黄叶。六年后,北太平洋的卷云,犹卷着六年前乳色的轻罗。初秋的天一天比一天高。初秋的云,一片比一片白净比一片轻。裁下来,宜绘唐寅的扇面,题杜牧的七绝。且任它飞去,且任它羽化飞去。想这已是秋天了,内陆的蓝空把地平都牧得很辽很远。北方的黄土平野上,正是驰马射雕的季节。雕落下。雁落下。萧萧的红叶红叶啊落下，自枫林。于是下面是冷碧零丁的吴江。于是上面，只剩下白寥寥的无限长的楚天。怎么又是九月又是九月了呢？木兰舟中，该有楚客扣舷而歌，"悲哉秋之为气也，憭栗兮若在远行！"

远行。远行。念此际，另一个大陆的秋天，成熟得多美丽。碧云天。黄叶地。艾奥瓦的黑土沃原上，所有的瓜该又重又肥了。印第安人的落日熟透时，自摩天楼的窗前滚下。当瞑色登上楼的电梯，必有人在楼上忧愁。摩天三十六层楼，我将在哪一层朗吟登楼赋？可想到，即最高的一层，也眺不到长安？当我怀乡，我怀的是大陆的母体，啊，诗经中的北国，楚辞中的南方！当我死时，愿江南的春泥覆盖在我的身上，当我死时。

当我死时。当我生时。当我在东南的天地间漂泊。战争正在海峡里焚烧。饿殍和冻死骨陈尸在中原。黄巾之后有董卓的鱼肚白有安禄山的鱼肚白后有赤眉有黄巢有白莲。始皇帝的赤焰们在高呼，战神万岁！战争燃烧着时间燃烧着我们，燃烧着你们的须发我们的眉睫。当我死时，老人星该垂下白髯，战火烧不掉的白髯，为我守坟。吾所以有大患者，为吾有身。当我物化，当我归彼大荒，我必归彼芥子归彼须弥归彼地下之水空中之云。但在那之前，我必须塑造历史，塑造自己的花岗石面，当时间在我的呼吸中燃烧。当我的三十六岁在此刻燃烧在笔尖燃烧在创造创造里燃烧。当我狂吟，黑暗应匍匐静听，黑暗应见我须发奋张，为了痛苦地欢欣地热烈而又冷寂地迎接且抗拒时间的巨火，火焰向上，挟我的长发挟我如翼的长发而飞腾。敢在时间里自焚，必在永恒里结晶。

维北有斗，不可以挹酒浆。有一种疯狂的历史感在我体内燃烧，倾北斗之酒亦无法烧熄。有一种时间的乡愁无药可医。台中的夜市在山麓奇幻地闪烁，紫水晶的盘中眨着玛瑙的眼睛。相思林和凤凰木外，长途巴士沉沉地自远方来，向远方去，一若公路起伏的鼾息。空中弥漫着露滴的凉意，和新割过的草根的清香。当它沛沛然注入肺叶，我的感觉遂透彻而无碍，若火山脚下，一块纯白多孔的浮石。

清醒是幸福的。未来的大劫中,唯清醒可保自由。星空的气候是清醒的秩序。星空无限,大罗盘的星空啊,创宇宙的抽象大壁画,玄妙而又奥秘,百思不解而又百读不厌,而又美丽得令人绝望地赞叹。天河的巨瀑喷洒而下,蒸起螺旋的星云和星云,但水声夐渺得永不可闻。光在卵形的空间无休止地飞啊飞,在天河的旋涡里作星际航行,无所谓现代,无所谓古典,无所谓寒武纪或冰河时期。美丽的卵形里诞生了光,千轮太阳,千只硕大的蛋黄。美丽的卵形诞生了我,亦诞生后稷和海伦。七夕已过,织女的机杼犹纺织多纤细的青白色的光丝。五千年外,指环星云犹谜样在旋转。这婚礼永远在准备,织云锦的新娘永远年轻。五千年前,我的五立方的祖先正在昆仑山下正在黄河源濯足。然则我是谁呢?我是谁呢?呼声落在无回音的、岛宇宙的边陲。我是谁呢?我——是——谁?一瞬间,所有的光都息羽回顾,猬集在我的睫下。你不是谁,光说,你是一切。你是侏儒中的侏儒,至小中的至小。但你是一切。你的魂魄烙着北京人全部的梦魇和恐惧。只要你愿意,你便立在历史的中流。在战争之上,你应举起自己的笔,在饥馑在黑死病之上。星裔罗列,虚悬于永恒的一顶皇冠,多少克拉多少克拉的荣耀,可以为智者为勇者加冕,为你加冕。如果你保持清醒,而且屹立得够久。你是空无。你是一切。无回音的大真空中,光,如是说。

一九六四年八月二十日于台北

黑 灵 魂

　　一片畸形的黑影压在我的心上,虽然这是正午。我和艾弟坐在人家石阶边沿的黑漆铁栏杆上,不快乐地默视着小巷的风景。这里应该算是巴尔的摩的贫民区。黑人的孩子们在烟熏的古红砖屋的后门口,跳舞、踩滑车,而且大声吵架。地下室的木板门,防空洞似的,斜向街面开着。突目、厚唇,毫无腰身的黑妇们,沿着斜落的石级,累赘地出入其间,且不时鸦鸣一般嘎声呵止她们的顽童。一个佝偻的黑叟,蹒蹒跚跚,自巷尾徐徐踱来,被破呢帽檐遮了一大半的阔鼻下,一张瘪嘴喃喃地诉说着什么。那种尼格罗式的英文,子音迟钝,母音含糊,磨锐你全部的听觉神经,也割不清。

　　"嗨,他们到底什么时候来开门?"

　　"你说什么?"

　　"我问你,看屋子的人什么时候才来开门?"

　　"看屋子的人……"破帽檐下的乱髭抖动着,"开谁的门嘛?"

　　"开爱伦坡这间破屋子的门嘛!"

　　"爱伦坡? 谁是爱伦坡? 从来没有……"

　　一个彪形的中年汉子停下步来,恶狠狠地瞪着我们。我向他解释,我们是特地赶来参观爱伦坡故宅的,开放的时间已到,门上铁锁依然拒人。

　　"我也不清楚。"黑彪皱起浓眉,他指指对街另一个黑人,"你们问他好了。"

　　"哦,你们要看坡屋吗?"一个满脸黑油满身污渍的工人,从一辆福特旧车下面钻了出来,"这家伙说不定的。有时候来,有时候不来。

要是三点还不来,大概就不来了。"

我和艾弟再度走向坡屋。三级木梯上面,白漆的木门上悬着一面长方形的牌子,上书"艾米替街二〇三号,爱伦坡之屋。参观时间:每星期三,星期六,下午一至四时。"门首右侧上端,钉了一块铜牌,浮刻着"爱伦坡昔日居此"的字样。和这条艾米替街两旁的黑人住宅一样,二〇三号也是一幢两层的红砖楼房。十九世纪中叶典型的低级住宅,门面狭窄,玻璃窗外另装两扇百叶木扉,地下室的小门开向街上,斜落的屋顶上,另开一面阁楼的小窗。我和艾弟绕到屋后,隔着铁栅窥看了半天,除了湫隘局促的小天井外,什么也看不见。

来巴尔的摩,这已是第四次了。第二次和王文兴来,冒着豪雨。第三次,作客高捷女子学院昆教授(Prof. Olive W. Quinn of Goucher College)之家。那是星期天的上午,一半的巴尔的摩在教堂里,另一半,在席梦思上。正是樱花当令的季节,樱花盛放如十里锦绣,泣樱(weeping cherry)在霏微的春雨中垂着粉红的羞赧,木兰夹在其间,白瓣上走着红纹。人家的芳草地上,郁金香孤注一掷地红着,猩红的花萼如一滴滴凝固的血。我们开车慢慢地滑行,沿宽宽的查理大街南下,转入萨拉托加,折进这条艾米替街。因为下雨,我们仅在车中,隔着雨水纵横的玻璃一瞥这座古楼。之后我们又停车在港口,蒸腾氤氲的雨气中,看十八世纪末遗下的白漆楼船"星座号"。那是一个应该收进诗集的雨晨,虽然迄今无诗为证。

第四次,这一次重来巴城,是应高捷女子学院之邀,来讲中国古典诗的。演讲在晚上八时,我有一整个下午可以在巴城的红尘里访爱伦坡的黑灵,遂邀昆教授的公子艾弟(Eddie)俱行。两个坡迷,从下午一点等到三点一刻,坡宅的守屋人仍未出现。我要亲自进入坡宅,因为自一八三二至一八三五,坡在此中住了三年多。事实上,这是坡的姨妈孀妇克莱姆夫人(Mrs. Maria Clemm)的寓所,坡只是寄居在此。也就是在这条街上,坡和他的小表妹,患肺病的维琴妮亚(Vriginia)开始恋爱。一八三五年夏末,坡南下里支蒙去做编辑,维琴妮亚和她妈妈克莱姆夫人跟了去。第二年五月十六日,他们就在里支蒙结婚。这是坡早期作品和恋爱的地方,这四面红砖之中。我想进去,看壁炉上端坡的油画像,看四栏垂帷的高架古床,和他驰骋Gothic幻想的阁楼。可能的话,我甚至准备用十元美金贿赂阍者,让我今夜演讲后回来,在坡的床上勇敢地一宿。不入鬼宅,焉得鬼诗?我很想尝试一下,和这个黑灵魂,这个恐怖王子这个忧郁天使共榻的滋味。即使在那施巫的时辰,从冷汗涔涔的恶魔中惊觉,盲睛的黑猫压在我胸腔,邪恶的大鸦栖在窗棂,整个炼狱的火在它的瞳中。即使次晨,有人发现我被谋杀在坡的床上,僵直的手中犹紧握坡的《红死》,那也不是最坏的结局……

"都快三点半了,"艾弟说,"那家伙还不来。我们走吧。"

"走!找坡的墓去。"

五月的巴尔的摩,梅荪·狄克生线以南的太阳已经很烈了。正是巴城新闻业罢工的期间。太阳报罢工,太阳自己却未罢工。辐射热溶化着马路上的石油。鸟雀无声。市廛的嚣骚含混而沉闷。黑人歌者的男低音令人心烦。红灯亮时,被阻的车队首尾相衔,引擎卜卜呼应,如一群耸背腹语的猫。沿格林大街北上,走到法耶横街的转角,我们停了下来。地图上说,坡墓应该在此。从不到五英尺的红砖围墙外望进去,是一片不到半英亩的长方形的墓地,零乱地竖着白石的墓碑,一座双层的教堂自彼端升起,狭长而密的排窗,挺秀而瘦的钟楼,俯视着死亡的领域。忽然,艾弟喊我:

"余先生,我找到了!"

顺着艾弟的呼声跑去,我转过墓园的西北角。黑漆的铁栅上,挂着一面铜牌,上刻"爱伦坡之墓",下刻"西敏寺长老会教堂"。推开未上锁的铁门,我和艾弟跨了进去,坡的墓赫然就在墙角。说是"赫然",是因为我的心灵骤受一震;对于无心找寻的路人,它实在不是一座显赫的建筑。大理石的墓碑,不过高达一人,碑下石基只三英尺见方。碑呈四面,正面朝东,上端的图案,刻桂叶与竖琴,如一般传统的文艺象征。中部浮雕青铜的诗人半身像,大小与真人相当。这是一面力贯顽铜的浮雕,大致根据柯尔纳(Thomas C. Corner)的画像制成。

分披在两侧的鬈发，露出应该算是宽阔的前额，郁然而密的眉毛紧压在眼眶的悬崖上，崖下的深穴中，痛苦、敏感、患得患失的黑色灵魂，自地狱最深处向外探射，但森寒而逼人的目光，越过下午的斜阳，落入空无。这种幻异的目光，像他作品中的景色一样，有光无热，来自一个死去的卫星，是月光，是冰银杏中滴进的酸醋。尖端下伸的鼻底，短人中上的法国短髭覆盖着上唇。那表情，介于喜剧与悲剧，嘲谑与恫吓，自怜与自大之间。青铜的鼻梁与鼻尖，因百年来坡迷的不断爱抚而灿然，一若镀金。不自觉地，我也伸手去抚摸了一刻。青铜在五月的烈日下，传来一股暖意。我的心打了一个寒战，鸡皮疙瘩，一波波，溯我的前臂和面颊而上。忽然，巴尔的摩的市声向四周退潮，太阳发黑，我站在十九世纪，不，黝暗无光的虚无里，面对一双深陷而可疑的眼睛，黑灵魂鬼哭神号，迷路的天使们绝望地盲目飞撞，有疯狂的笑声自渊底螺旋地升起。我的心痛苦而麻痹……

"你看后面——"渊面的对岸，传来我同伴的声音。我撼了自己一下，回到巴尔的摩。绕到碑的背面，读上面镌刻的生卒日期，"一八〇九年一月二十日——一八四九年十月七日"。才如江海命如丝。这里，一抔荒土下，葬着新大陆最不快乐的灵魂，葬着侦探故事的鼻祖，浪漫到象征的桥梁，德意志的战栗，法兰西的清晰，葬着地狱的瘟疫，天才的病，生前的痛苦，死后的萧条，葬着最纯粹的恐惧，最残忍的美。百年后，灵散形殁，他已变成春天的草，草下的尸蛆。然而那敏感的、精致的灵魂泯灭在何处？他并未泯灭。只是，曾经是凝聚的，现在分散，曾经作用在一具肉体的，现在作用在无数的肉体。当你昼思夜梦，当你狐疑不安，当你经验最纯粹的恐怖，你便是坡的化身。真正强烈地感受过的经验，永远永远不会泯灭。

坡死于一八四九年。最初，他的遗骸葬在祖父大卫·坡（David Poe）墓旁，虽然也在西敏寺教堂的坟场，但不见于格林街和法耶街的交角。三十六年后，才移葬到西北角，即今日石碑所在。同时，坡的夫人和岳母，也一并移骸埋此。坡是死在巴尔的摩的，但是他的死因迄今仍是一个谜。据说，一八四九年九月二十七日那天，坡自里支蒙

169

乘汽船北上巴尔的摩,但最终的目的地是费城。当时他声名渐起,生活也稍宽裕。他终于抵达费城没有,我们无法确定,但是百年来的学者们都以为,在这段时期,坡曾拜访费城的几位朋友,而且不断饮酒。果真如此,则十月二日或三日左右,诗人必已重回巴尔的摩,因为我们确知一件事实,即是坡以半昏迷的状态出现于东龙巴街(East Lombard Street,在今巴城东南部,靠近港口)一家低级酒肆中所设的投票所外。发现他的是一个叫华尔克(Walker)的印刷工人。后之学者乃有一说,说诗人是给人在酒中下了蒙药,软禁起来,然后被打手们挟持着,在许多投票所之间反复投票。当日政党竞选剧烈,据说这种卑劣的手段甚为流行。可恨一代天才,竟充了增加几张烂票的无聊工具。华尔克立刻召来坡在巴尔的摩的一位朋友,叫史纳德格拉斯大夫(Dr. J. E. Snodgrass)的,将昏厥中的诗人送去华盛顿学院医院急救。十月七日,一个星期天的早晨,坡即在那家医院逝世。临终前的几天,他始终不曾清醒过来,解释自己何以昏迷在酒肆之中。

当晚八时,在高捷女子学院的学生中心,我的演说这样开始:"今天是值得纪念的,不但因为我竟有此殊荣,能来这里为各位介绍中国的古典诗,更因为今天下午,我在巴尔的摩城南瞻仰了你们的大作家,爱德嘉·爱伦·坡的故居,墓地,和普赖德图书馆中的坡室。坡的诗观和中国古典诗观遥遥呼应。他主张诗贵精炼,不以篇幅取胜,所以长诗非诗。此说当为中国绝句的诗人们欣然接受。如果坡,带了他那卷薄薄的诗集,跨一匹瘦瘦的小毛驴,出现在八世纪的长安市上,由于不懂天可汗帝都的交通规则,他将撞到,请放心,不是为政党暴力竞选的恶棍,而是市长韩愈博士的轿舆。韩愈会邀请他同舆回府,把他介绍给长安的青年诗人们。必然必然,他会遇见李贺,一谈之下,狐仙山魅,固同好也。于是长安市民,五陵少年,将会见两人共乘蹇驴。坡的诗句,也会投入小奚奴的古锦囊中。迟早,他会因酗酒被李贺的妈妈赶出大门。最后,长安的市民将看见他和贾岛,在破庙的廊下,比赛捉虱子。我真高兴,今天下午找到了坡的墓碑。我摸了他的鼻子。将来回到中国,我可以为中国的诗人们形容今日之游,而且也摸摸他们的鼻子,让他们传染一点才气……我真宁愿此刻自己不是在这讲台上,而是在坡的墓地,在月光下。今晚有很美的月光,不是吗?看到坡,你就会联想李贺的名句:'秋坟鬼唱鲍家诗'。And amidst yon autumn graves ghosts are chanting Pao's poetry. 坡与鲍,Poe 与 Pao,只是一字母之差吧……"

那夜演讲后,从巴城开车回来,月色奇幻得如此有意,又如此不可置信。已然是五月中旬了,太阳一落,气温仍会降低二十度。一上了围城的六道宽路,所谓 Beltway 者,所有的车辆都变成噬英里的野豹,疾驰起来。时速针颤颤地指向七十。迅趋冰凉的夜气,淌淌灌进车来。旋上左侧的玻璃窗,打了一个喷嚏。绿地白字的路牌,纷纷扑向车尾。风景在两侧潺潺泻过。巴城渐渐抛在后面。唯有浑圆的月一路追了上来,在左后侧的窗外滚着清芒,牵动已经下垂的夜底面纱,和纱上疏疏朗朗的星子。此刻,八荒之外,六合之中,唯有这一个圆形主宰着一切。其他的形象皆暧昧难分,而且一瞬即逝,如生命的万态。夜凉在窗外唱太阳的挽歌。昼,夜,两个截然不同的世界。太阳与太阴是两个朝代。太阴推翻了太阳下面的一切,她的领域伸向过去,伸过历史,伸过青铜,伸过石器,伸向燧人氏火光不及的盲目和浑沌。

我的小道奇向前平稳而急骤地航行,挺直的超级公路向前延伸,如一道牛奶的运河。月光的透明雨下着无声,无形的塑胶。而运河始终满而不溢,而疾转的轮胎始终溅不起月光的浪花。青莹莹,白悠悠,太阴氏的谜面下,一切死去的,逝去的,失去的,都在那边的转弯处,在你的背后你的肘边复活。只要你回头,历史和神话和传说和一切荒诞不经就在你背后显形。

不知道坡坟上的夜色何其?月光下,那雕像的眼睛必已睁开了,而且窥见我们窥不见的一切,听命于太阴氏的暗号的一切,望远镜、显微镜、潜水镜窥不见的一切。当我也到那边境,当我也死去、逝去、失去,当我告别这五英尺三英寸告别这一百一十五磅,我将看见什么,我将听见什么,当我再也听不见太阳的男高音,春天的芳草,夏天池塘的蛙鸣？忽有一股风来自颈背，来自死月穴的洞底，且吹向灵魂的每一道叠缝。车窗四面紧闭如故。然则风从何来，风从何来？风乎风乎，汝从何而来？停车路堤之上，跨出前座，拧亮车顶的小圆灯，向后座搜索了一阵。发觉并无任何可疑的痕迹，这才回到驾驶座上，发动引擎，拉下联动机柄，继续前驶。我虽崇拜坡，并无让他 hitch-hike，让他搭便车去葛底斯堡之意。不，我毫无此意，绝无此意。我可向冥王星发誓，我不欢迎坡跟我回古战场，古战场上，那座三层七瓴的古屋。梁实秋一再警告我，不要在美国开车。"诗人怎么可以开车！"我仍记得他当时的表情，似乎已经目睹一场日食星陨的车祸。我的心打了一个寒战。我是迷信的，比拜伦加上坡加上叶芝还要迷信。如果我确信，这车上只有一个，仅仅是一个诗人，而不是两个，则我可以安然抵达葛底斯堡。但是万一真有两个。万一。万一。万一。子魂魄兮为鬼雄。今夕何夕。后有黑灵。前有国殇。古战场已有鬼满之患。而夜色苍老。而月光诡诈。今夕，今夕是何夕？

一九六五年五月十五夜于葛底斯堡

咦呵西部

一

一过密苏里河，内布拉斯加便摊开它全部的浩瀚，向你。坦坦荡荡的大平原，至阔，至远，永不收卷的一幅地图。咦呵西部。咦呵咦呵咦——呵——我们在车里吆喝起来。是啊，这就是西部了。超越落基山之前，整幅内布拉斯加是我们的跑道。咦呵西部。昨天量艾奥瓦的广漠，今天再量内布拉斯加的空旷。

芝加哥在背后，矮下去，摩天楼群在背后。旧金山终会在车前崛起，可兑现的预言。七月，这是。太阳打锣太阳擂鼓的七月。草色呐喊连绵的鲜碧，从此地喊到落基山那边。穿过印第安人的传说，一连五天，我们朝西奔驰，踹着篷车的陈迹。咦呵西部。滚滚的车轮追赶滚滚的日轮。日轮更快，旭日的金黄滚成午日的白热滚成落日的满地红。咦呵西部。美利坚大陆的体魄裸露着。如果你嗜好平原，这里有巨幅巨幅的空间，任你伸展，任你射出眺望像亚帕奇的标枪手，抖开浑圆浑圆的地平线像马背的牧人。如果你瘾在山岳，如果你是崇石狂的患者米颠，科罗拉多有成亿成兆的岩石，任你一一跪拜。如果你什么也不要，你说，你仍可拥有犹他连接内华达的沙漠，在什么也没有的天空下，看什么也没有发生在什么也没有之上。如果你什么也不要，要饥饿你的眼睛。

咦呵西部，多辽阔的名字。一过密苏里河，所有的车辆全撒起野来，奔成嗜风沙的豹群。直而且宽而且平的超级国道，莫遮拦地伸向

173

地平,引诱人超速、超车。大伙儿施展出七十五、八十英里的全速。眨眨眼,几条豹子已经蹿向前面,首尾相衔,正抖擞精神,在超重吨卡车的犀牛队。我们的白豹追上去,猛烈地扑食公路。远处的风景向两侧闪避。近处的风景,躲不及的,反向挡风玻璃迎面泼过来,溅你一脸的草香和绿。

风,不舍昼夜地刮着,一见日头,便刮得更烈,更热。几百英里的草原在风中蒸腾的暑气中晃动如波涛。风从落基山上扑来,时速三十英里,我们向落基山扑去。风挤车,车挤风。互不相让,车与风都发脾气地啸着。虽是七月的天气,拧开通风的三角窗,风就尖啸着灌进窗来,呵得你两腋翼然。

眨眼间,豹群早已吞噬了好几英里,将气喘咻咻的犀牛队丢得老远。于是豹群展开同类的追逐,维持高速兼长途的马拉松。底特律产的现代兽群,都有很动听的名字。三四〇马力的凯地赖克,三六五马力的科维持,以及绰号野马的麦士坦以及其他,在摩天楼围成的峡谷中憋住的一腔闷气,此时,全部吐尽,在地旷人稀的西部,施出缩地术来。一时圆颅般的草原上,孤立的矮树丛和偶然的红屋,在两侧的玻璃窗外,霍霍逝去,向后滑行,终于在反光镜中缩至无形。只剩下右前方的一座远丘,在大撤退的逆流中作顽固的屹立。最后,连那座顽固也放弃了追赶,绿底白字的路标,渐行渐稀。

"看看地图,我们到了哪里?"

"刚才的路标怎么说?"

"Arlington."

"那就快到 Fremont 了。"

"今天我们已经开了一百七八十英里路了。"

"今晚究竟要在哪里过夜呢?"

"你看看地图吧。开得到 North Platte 吗?"

"开不到。绝对开不到。"

"那至少要开到 Grand Island。今天开不到大岛,明天就到不了丹佛。你累不累?"

"还好。坐惯了长途,就不累了。"

"是啊,一个人的肌肉是可以训练的,譬如背肌。习惯了之后,不一次一口气开个三四百英里,还不过瘾呢。不过一个人开车,就是太寂寞。你来了以后,长途就不那么可怕了。以前,一个人开长途,会想到一生的事情。抗战的事情,小时候的事情。开得愈快,想得愈远。想累了就唱歌,唱厌了就吟唐诗,吟完了又想。有时候,扭开收音机听一会。还有一次,就幻想你坐在我右边,向你独语,从 Ohio 一直嘀咕到 Pennsylvania……"

"怪不得我在家里耳朵常发烧。"

"算了,还讲风凉话!你们在国内,日子过得快。在国外,有时候一个下午比一辈子还长。"

"太阳又偏西了,晒得好热。"

"其实车外蛮凉的。不信你摸玻璃。"

"真的哪。再说热,还是比台湾凉快。"

"那当然了。你等到九月看,早晚冷得你要命,有时候还要穿大衣。"

"听说旧金山七月也很凉快。"

"旧金山最热最热也不过七十多度。"

"真的啊?我们到旧金山还有好多路?"

"我想想看。呃——大概还有,从 Grand Island 去,大概还有一千——不忙,有人要超车。这小子,开得好快,我们已经七十五了,他至少有八十五英里。你说,这是什么车?"

"——Mustang."

"Thunderbird。你不看,比野马长多了。从大岛去旧金山,我想,至少少少,还有一千五百多英里,就是说,还有两千五六百公里。"

"那好远。还要开几天?"

"不耽搁的话,嗯,五天吧。不过——你知道吧,从芝加哥到旧金山,在中国,差不多等于汉口到哈密了。在大陆的时候,这样子的长途简直不能想像——"

"绝对不可能!"

"小时候,听到什么新疆、青海,一辈子也不要想去啊。在美国,连开五六天车就到了。哪,譬如内布拉斯加,不说有甘肃长,至少也有绥远那么大,拼命开它一天,还不是过了。美国的公路真是——将来回国,我最怀念的,就是这种superhighway——"

"小心! 对面在超车!"

"该死的家伙! 莫名其妙! 这么近还要超车,命都不要了! 我真应该按他喇叭的!"

"真是危险!"

"可不是! 差一点回不了厦门街。真是可恶。有一次在纽约——"

"好热哟,太阳正射在身上。"

"我们去 Fremont 歇一歇吧。"

"也好。"

二

七月的太阳,西晒特别长。在弗里蒙特吃罢晚餐,又去一家电影院避暑。再出来时,落日犹曳着满地的霞光,逡巡在大草原的边缘。再上路时,已经快九点了。不久暮色四合,旷野上,只剩下我们的一辆车,独闯万亩的苍茫。捻亮车首灯,一片光扑过去,推开三百英尺的昏黑。小道奇轻快地向前窜着,不闻声息,除了车轮卷地,以及小昆虫偶或扑打玻璃的微响。毕竟这是七月之夜,暑气未退的草原上,有几亿的小生命在鼓动翅膀? 不到十五分钟,迎着车灯扑来的蚊蚋、甲虫及其他,已经血浆飞溅,陈尸在挡风玻璃上,密密麻麻地,到严重妨碍视域的程度。而新的殉光者,仍不断地拼死扑来。即使喷洒洗涤剂且开动扫雨器,仍不能把虫尸们扫净。普拉特河静静地向东流,去赴边境上,密苏里河的约会。我们沿普拉特西驶,向分水岭下的河源。内布拉斯加之夜在车窗外酿造更浓的不透明,且拌和草香与树的鼾息与泥土的鸡尾酒。我们在桑德堡的无韵诗里无声地前进。美利坚在我们的四周做梦。隔了很久,才会遇见东行的车辆,迎面驶来。两个陌生人同时减低首灯的强光,算是交换一个沉默的哈啰。但一瞬间,便朝相反的方向,投入相同的夜,不分州界,也不分国界的黑天鹅绒之夜了。

三

大岛之后是丹佛,丹佛之后便是落基山了。

丹佛,芝加哥和西海岸间唯一的大城,落基山天栈的入口,西部大英雄水牛比尔埋骨之地。昔日篷车队扬尘的红土驿道,铺上了柏油,文明便疾驶而来,疾驶而去。

咦呵西部。我们也是疾驰而来的远游客啊,骑的不是英雄的白驹,是底特律种的白色道奇。饶是底特律种的一四五马力的白兽或雪豹,上了落基大山,一样得小心翼翼,减速蛇行。于是内布拉斯加的阳关大道,蜿蜒成一盘接一盘的忍耐和惊险。方向盘也是一种轮盘,赌下一个急转弯的凶吉。现代的车队,紧跟着一辆二十轮的铝壳大卡车,形成一条长长的蜈蚣。如果有谁冒冒失失要超车,千仞下,将有一个黑酋长在等他,名字叫死亡。出了丹佛才二三十英里,七月便赖在底下的红土高原,不肯追上来了。绰号"一里高城"的丹佛,仍在华氏八十多度中喘气。到了情关(Loveland Pass),气温骤降二十多度,现代骑士们,在峭达一万二千英尺的情土上,皆寒心而颤抖起来。车队在雪线上走钢索,左倾不得,右倾也不得。绕过左边的石壁,视域豁豁敞开,一万四千英尺的雪峰群赫赫在望。左面是艾文思山和更高的格雷峰,右面是哈加峰和奇诡的赤峰。森严的气象当顶盖下,打不到撑不开的皑皑压迫着黯黮与黛青,凛凛俯视我们。万籁在下,火炎炎的酷暑在下。但此地孤峻而冷,矗一座冬之塔。即使全世界在下面齐呼,说夏天来了啊太阳在平原上虐待我们啊怎么你们还是在旁观,你以为哈加峰会扔一粒松子下去,为他们遮阴?事实上,过了情关,世界便关在脚底,冥冥不可闻了。面对聋哑的山岳如狱,呼吸困难,分不清因为空气稀薄,或是一口气吸不进全部的磅礴。睫毛太纤细,怎么挑得起这些沉甸的雄奇?

因为这是落基大山,最最有名的岩石集团。群峰横行,挤成千排交错的狼牙,咬缺八九州的蓝天。郁郁垒垒,千百兆吨的花岗岩片麻岩,自阿拉斯加自加拿大西境滚滚辗来,龙脉参差,自冰河期自火山的记忆蟠来,有一只手说,好吧,就在此地,于是就劈出科罗拉多州,削成大半个西部。因为这是落基大山,北美洲的背脊,一切江河的父亲。大陆的分水岭,派遣江河向东海岸向西海岸远征,且分割气候,屏障成迟到的上午和早来的黄昏。因为这是落基大山,年富而且男性,鼠蹊下,正繁殖热烘烘的黄铜与金。而且,也没有任何剃刀,敢站起来说,它可以为他剃须。

但如果米芾当真要创一个拜石教,我倒要建议他不忙在此地设庙了。情关南北,一万四千英尺的高峰交臂叠肩,怕不有数十座,但山势连绵,苍茫一体,这翠连环好难拆。至于奇峰崛起,或是无端端地数石耸然对立,或是从天外凭空插下一柄巨石若斧,或是毫无借口地从平地长出一根顽石如笋,或是谁莫名其妙切出一整幅的绝壁像切蛋糕,怎么说也不能令人相信,那真是要好怪有好怪——至于这种奇迹,我说,就要过了大分水岭,才朝拜得到了。

科罗拉多西陲,峙立犹他州入口附近,悍然俯觑大章克申(Grand Junction)的不毛石山,便是这种奇迹之一。蟠蛟走蟒,饿成爪形的山系,水浸风吹,凿成体魄摄人的雕塑巨构,在平旷的科罗拉多河域上,供数十英里的峥嵘。那气象,全看你怎样去赞叹。欲观其实,则你看见峻嶒竞起的连嶂之上有连嶂。欲观其虚,则连嶂阻隔,形成好深邃好险峭的峡谷。寸草不生的巨幅绝壁上,露出层次判然的地质年代,造石的纹路切得好整齐。氧化铁的砂岩,在湿度近零能见度至远的高原气候里,迎着灿亮但不燠闷的阳光,晃动黄褐欲赤的面容。阔大的肃穆并列着,如一页页公开的史前秘密,恐怕连印第安的老祭师也读不出什么暗示。但表情笨拙的岩石,反而令你感到单纯的温暖和亲切。

车在百折的危崖旁继续爬行，大气稀薄的高亢之上，引擎温度可忧地在上升。每每转过一个峰头，停在长且宽的峡谷尽处。两个石壁蓦然推开如门，一时平原在门外向你匍匐，几个郡伏在你脚下，刹那，你是神。你是米南宫，你面石而坐，坐众石之间。即使红蕃摇旌挥戈鼓声盈耳来追你，米南宫，你也舍不得走了。

至于岩石们自己，应该是无所谓的。面容古朴而迟钝，不悲，不喜，如一列列红人酋长僵坐在那里，在思索一些脑力不能负担的玄学，就这样以相同的沉默接受太阳，接受风雨和一切。高原上，石的哑剧永远在演出，很少观众，也很难见到什么动作。只要太阳有耐性看下去，我想，他们一时还不会就结束。但是我们也不必担心了，米芾。

四

滚下落基山的西坡，就卷起了大半个科罗拉多州了。绝对有毒的太阳，在犹他的沙漠上等待我们。十亿支光的刑询灯照着，就只等我们去自首了。咦呵西部我来了。

咦呵咦呵我来了，没遮没拦的西部。犹他。内华达。令人苍老的名字，曳着多空洞多辽阔的母音，而且同韵。犹他犹他内华达——令人迷失令人四顾茫然的咒语。冰河期的洪泽大撤退后，一切都距离得很远很远很远。芝加哥在吃奶纽约在换牙之前就是这样子。淘金潮湿不了沙漠。篷车队之前就是，联邦的蓝骑兵之前，呼阵的红蕃武士之前，喝道而来的火车之前就是这样子。风为它沐浴，落日为它文身。五月花之前哥伦布船长之前早就是这个样子。大智若愚的样子，绝无表情的荒沙台地，兼盲兼聋兼会装死，什么也看不见听不见而且一躺下去就是我操他表妹好几百英里再也别想他爬起来了。说他不毛，他忽然就毛几丛给你看看。紫蕊满地爬的魔鬼指。长颈长茎的龙舌兰。红英烂漫大盏大盏的鹿角羊齿。大球大球的紫针插。

以及莫名其妙的抵死不肯剃胡子的那伙仙人掌,绰号沙瓜罗,雀刺,千刺梨以及其他。植物里的 Beatniks,名字都蛮好听的,且相信存在主义。也就罢了。以前总觉得沙漠之为物——或者为人,随你怎么说——干净是干净没话说,就是缺那么一点点幽默感。大谬不然。他只是装死罢了。仔细看,他还是在呼吸的。嘘息拂动,不时会有一缕沙,在炎风中螺纹一般盘旋上升,像龙卷风的小型样品。黄沙浩浩,假面具下窝藏多少鼠和狐,蜥蜴和蜘蛛?生命以不同的方式在沙下在沙面在沙上存在而且活动。旱灾到底不是那样不美丽的一种天谴。

去盐湖城的六号公路上,车辆仍然在奔驰,车首灯下挂着水囊。大气炎炎,自沙面蒸起,幻化单调的景象。煎熔了的柏油在轮胎下哭泣。水!水啊水啊哪里有清凉的水?海神在旧金山湾外听不见此地的旱灾。最近的加油站在三十英里外。最近的湖距此两个半小时。水在降低,引擎的热度可忧地在上升。因为这是沙漠的七月,拜火教在焚烧所有的异教徒,且扛着太阳在示威。我们不容于天地之间。辐射热当空炙下来,曲折反射成网。车厢是烤箱,翻过来覆过去是一样的不可逃避。深绿的太阳眼镜软弱地抵抗十亿支光的刑询灯。犹他的太阳鞭笞着我们。一连七小时的疲劳审问,在最白热的牢狱最最黑暗最最隔音的斗室,我已经准备招供了,招认我是拜水教的信徒我私恋水神私恋所有湖泊的溪涧的水神事实上我正企图越境去投奔。

"水壶给我。"

"一滴水都没有了。"

"该死的犹他!除了沙,什么也没有!科罗拉多只有一堆红石。犹他,穷得剩一把黄沙。"

"骂也没有用,还有一百多英里才到盐湖城呢。"

"就不要提盐湖了。想想都令人喉痛。"

"真是。这样热!四面都是黄沙。"

"我们在西部片里了。你看,那边一列红土岗子。应该冒出红蕃在上面列阵才对。”

“只要他们给我水喝，就被他们捉去也甘心。”

“算了吧。先剥我的头皮，再俘你去给酋长生小红番。”

“不要瞎说！”

“你看看自己。不是晒得跟红番一样红彤彤油光光的？这种沙漠里的太阳最毒辣。狠狠熬上三天，这两条臂膀准烙上犹他的州徽。回国去，可以向人炫耀，看哪，我是从犹他的炼狱里逃出来的，这便是我的惩罚。”

“你不是崇拜阿拉伯的劳伦斯吗？才这么几天，又不是骑骆驼，就满口炼狱炼狱的了。”

“我倒觉得你煨得更腆了，雌得一塌糊涂！女人本来就应该晒得红一截白一截的，那样特别诱——”

“Oh, shut up！看！前面的火车！好长好长！你说是不是去盐湖城的？啊，是吗？真像西部片子一样！火车走得好快！你说，就凭骑马追得上火车吗？我倒不信。”

“我也不信，骑马最多四十英里。这火车怕不有七十多英里。”

“我们追追看。”

“咦呵西部！劫火车的来了！”

五

那天我们一路追那辆火车，追到盐湖城。那确是一场够刺激的比赛，尽管对方不知道它是假想敌。在平野上，看那种重吨而长的现代兽呼啸踹奔，黑而漂亮，是令人振奋且诱人追逐的。几度它窜进了山洞，令我们奇怪它怎么忽然失踪了。

三天后，我们闯过了这一大片荒原，驰近加州的边境。会施术的太阳还不肯放过我们。每天从背后追来，祭起火球。每天下午他都超过我们，放起满地的火，企图在西方的地平拦截。幸而我们都闯过来了，没有归化为拜火的蜥蜴和蜘蛛，但我们的红肤泄漏了受刑的经

181

过。我们想，一进加州就安全了。水。我们在梦里总是看见水，清凉而汪洋而慷慨的蓝色，蓝色的生命。我们想，有一个湖就好了。

我们果然有了一个湖。

湖在内华达的西部。由于它在派犹特印第安人的保护区内，虽然柔丽得像一个印第安小公主，到底还没有出嫁，有勇气闯进去幽会的单身汉一直不多。由于她的诱惑不是公开的，我说，没有白人游客成群来去，像他们集体蹂躏尼亚加拉大瀑布那样；因此我们更有理由认为，她是我们的。我们相互保证，无论将来是战争或是和平，她永远属于我们。就这样将她留在寂天寞地的内华达山国，虽然没有什么不放心，究竟有些难于分割。尽管有一天，我们可能回去看她，只怕她还是那样年轻，而我们却老得狼狈了。

派犹特族人叫她金字塔湖（Pyramid Lake），倒令我们想起尼罗河畔，另一种沙漠熏成的暗媚。而无论是爱伊达或者波卡杭达，她给人的印象，总是一种丰满的沃艳，一种茶褐色的秘密，被湛湛的蓝水汪汪的蓝所照亮。内华达的大盆地，比犹他更阔大。原子武器的试验场，不毛的大漠中闪闪怒开炸弹的死亡县花县花幻化成有毒的菌啊膨胀得多诡谲的白菌。任你蹂躏人造的炼狱，此地的山中一无所闻。世界很少闯进来过。越战和东柏林，像凯撒的战争一样不现实。华尔街的股票涨起又落下，你以为平滑的湖面会牵动一条波纹？站在金字塔湖边，我们恍然了，面对这隔音的隔世的隔音。山静着公元前的静。湖蓝着忘记身世的蓝。不知名的白水禽，以那样的蓝为背景，翔着一种不自知的翩翩，不芭蕾给谁看也不看我们。

因为那是金字塔湖，冰河期的洪泽龙潭（Lake Lahontan）浸吞之地。大半个内华达泡在淼淼的龙潭之中，直到冰河期宣告大退却，仅留下零零落落的几汪小湖。金字塔便是遗孤之一。困在内华达的犬齿山阵里，已经是高海拔的湖面，倒映海拔更高的山峰。七千八百英尺的拔伦峰蔽于北。八千一百英尺的托哈肯阻于东。更高的巴拉山和土垒峰围成西南的崇峻。整块内华达结成一片咸咸的台地，黏着西犹他的大盐湖沙漠。说那是沙漠，并不正确，因为不毛的童山之间,尽是含盐甚浓的白沙黏土。寸绿不生,氯化钠的荒原有一种死亡的美。白色的死亡散布在金字塔湖四周,像一块块病态的白癣皮,形成了烟涧沙和黑石沙漠,形成了咸原和亨伯特洼地,和涸了的温尼缪加湖。

最大的一块,南北百英里,东西四十英里,横阻在盐湖城和内华达之间。那便是险恶的大盐湖沙漠,我们曾在其上抛锚。地质学家说,此地原是古代的庞巍泽(Lake Bonnevilce),渐渐干去,留下了沙漠,未干的部分,形成有名的大盐湖。站在金字塔湖的洁蓝之上,我们想起那夜在大盐湖泛舟的经验,胃里泛起一股酸涩。多狰恶的水之汇合!七十五英里长,五十英里阔,十三呎叹深的巨盐池,西半球的死海,盛多少万吨的盐!平底船在腥咸的黑波间颠踬前进,沙漠的热风吹来,拂我们满脸满臂的盐花,像为了悲悼什么而刚刚哭过。鼻孔如煽,火辣辣的喉头难咽口水。黑舌黑舌舐过的地方,以手扶舷,立刻黏上薄薄的一层粗盐。无月夜。岸上也无光。四周吮吸有声的是黑波不可测的黑波黑涛黑波涛,浴几匹轮廓可疑的岛。众人在昏茫中交换忧虑的面容,似乎在说,今夜大概是难以幸免了。不是水鬼,也溺为阴诈的腌鱼。

"水里是没有鱼的,"向导安慰我们,"这大盐湖含盐量五分之一,除了死海,便是最咸的海了。所以一条鱼也没有。可是水里还是有生命的——"

"什么生命?"一个声音不安地说。

"哦,没有什么,只是一种极小极小的虾,淡红色的,叫盐虾,满湖都是。今晚浪是大些。放心,船没事。就算有人要跳水自杀,也沉不下去的。"

"那不是可以放心大胆游到对岸去吗?"

"是有人试过。死了。"

"死了?为什么?"

"湖好宽,你不看?游到半路,力尽了,灌了太多咸水。"

那真是一次自虐的死亡航行。想起来,犹有余悸。大分水岭的晕眩之后沙漠的煎烤之后是盐池的腌渍之后，才遁入金字塔原始的静谧，安全。从南方进入印第安保护区，一路是空廓廓的平台地。山路渐渐斜下去，视野向前向下作纵深的推移。忽然，我说是忽然，因为在你来得及准备之前，一汪最抒情的蓝便向你车首卷了过来。谁能一口气咽下这么开阔的静呢？下一瞬，十英里的清澄便匍匐在你脚下了。停车在阔软如双人床的沙岸上。我们向完整的纯蓝奔去，拨开被高原的太阳晒得又干又松的空气。已然是七月中旬了，湖水却冰得踝骨发痛。遂在水边的凝灰岩上坐下来怔怔地望湖。古代热喷泉的遗迹，多孔如海绵的凝灰岩，像一些笨重的哑谜，散乱成堆地在湖边排成费解的阵图。纯净的阳光照在上面，增加多少阴影的侧面。我们倚坐的一块特别大，玲珑的白珊瑚凝结成一具巨型的螺壳，壳缘回旋，我们立在螺中，探出头去，望远处峥嵘的瘦石，僵立成贾可美蒂的画廊，排出参差的小小列屿，逦迤入水，止于一座圆锥形的褐色小峰。那便是金字塔了。

忽然有异声来自背后。回头眺寻，发现有波动的褐色曳成一线，自巴拉山下的牧场向这边蜿蜒游来。"是马群！是马群！"我们跳出螺壳，向上面跑去。不久我们便看清楚，那是十几匹栗色马中间夹一匹白驹，正向我们扬尾奔驰。兴奋的等待中，马群已经踢起滚滚的尘埃，首尾相衔，十码外，正超越前面的公路。一时马蹄拨地，艳阳下，晒得汗光生油的黄褐肌腱澎湃如涨潮，长颈和丰臀起伏流动，修鬣和尾巴飐在风中。白驹紧随母亲，通体纯白，对照鲜明地在褐流中浮沉前进，栗色的骍披着黑鬣，黄色的駆曳着金鬣，奔腾中，一匹比一匹俊逸，不能决定最喜欢哪一匹神骏。但那只是几分钟的过程，褐波如泻，一转瞬便只见消逝中的背影了。金字塔湖更显得寂静。

但我们不能久留。今晚我们必须到雷诺。世界在外面现代在外面等待我们，等我们去增加拥挤去忍受现代街道的喧嚣和寂寞和摩天大厦千窗漠视的冷酷。美仅仅是一种迷信，是否永恒，还很难说，因为谁也不能跳出时间之流。也许地球有一天会化成一阵烟，不预先寄一套莎剧给火星人保管，怎能确知莎士比亚为永恒？也许有禽兽比马比孔雀更美丽,当时未登诺亚的方舟。也许疑来疑去,龙并非一种显赫的传说。蛇鼠遍地,蚊蝇繁殖,虎在亚洲日减,鹰在西部可能要绝迹。也许我们不该诉苦,说美是如何短暂。也许恰恰相反,我们该庆祝,因为美仍然可能,即使仅仅是一瞬。咦呵西部,天无碍,地无碍,日月闲闲,任鸟飞,任马驰,任牛羊在草原上咀嚼空旷的意义。但我们不能久留。有一条海船在洛杉矶等我,东方,有一个港在等船。九命猫。三窟兔。五分尸。因为我们不止生活在一个世界,虽然不一定同时。因为有一个幼婴等待认她的父亲,有一个父亲等待他的儿子。因为东方的大蛛网张着,等待一只脱网的蛾,一些街道,一些熟悉的面孔织成的网,正等待你投入,去呼吸一百万人吞吐的尘埃五千年用剩的文化。而俯仰于其中,而伤风于其中,而患得患失于其中。今晚我们必须到里诺,里诺,西部的后门,扑克牌搭成的赌都。咦呵西部。但我们必须回去,没有选择。咦呵艾奥瓦。咦呵内布拉斯加。咦呵科罗拉多。咦呵犹他和内华达。咦呵西部。

一九六六年九月十九日

伐桂的前夕

最后,他在一块鼓形石上坐了下来。幽森森的月光将满园子的荒芜浸在凉凉的回忆里。一切都过去了。曾经是"家"的一切(就叫它做"家"吧),只留下一堆瓦砾,木条,玻璃屑。曾经是黑压压的那幢日式古屋,平房特有的那种谦逊和亲切,夏午的风凉和冬日早晨户内一层比一层深的阴影,桧木高贵的品德,白蚂蚁多年的阴谋,以及泻下鸽灰色的温柔和忧郁的鳞鳞屋瓦:这一切,经过拆屋队一星期的努力,都已经夷成平地了。曾经为他抵抗过十六季的台风和黄梅雨,那古屋,已经被肢解,被寸砾,被一片一片地鳞批,连尸体都不留下。可用的部分,也像换肾人的新肾一样,移植到别的躯体上去了。十六年!上面的一代在古屋的幽灵中老去,死去,落发,落牙,如落花;下面的一代,在其中,一个接一个诞生,生日蛋糕的红烛,一年比一年辉煌;而他,中间的一代,也在其中恋爱,结婚,做了爸爸,长出胡子,剃了再长,黑的变灰,灰的变白。生,老,病,死。对于他,这古屋就是一个小型的世界。在他回忆中浮现的,不是单纯的一景,而是重重底片的叠影。悲剧喜喜剧悲悲喜剧亦悲亦喜。母亲的癌症。一位三轮车夫的溺毙,就在后面的河里。一位下女被南部的家人追踪,寻获。另一位,生下一个胖胖的私生子。交游满天下:旧的朋友去,新的朋友来,各式各样的鞋子将他的玄关泊成一种诗的海港。朝北的书斋里,曾经辉煌过好些侧面好些名字。好些名字,有一阵子,连下女都念得舌头发烫;另外的一些,光度渐渐弱下来,生冷得像拉丁文,在他学生们的眼中,激不起一丝反光。学生们也一样。一九六零那一班,曾经泊平底鞋高跟鞋在玄关的小湖里的,大半越过远海,不再回来。于是又换了一九六一级后是一九六二、六三……

疑真疑幻的月光下,那古屋,为这一切作见证的鸽灰色的精灵,只留下了一片蒙胧的废墟。他侧耳聆听,似乎只有蚯蚓在那边墙角下吟掘土之清歌,此外,万籁都歇,市声和蛙鸣两皆沉沉。十六年的种种,那些晴美的早晨和阴霾窒人的黄昏,不再留下任何见证,任何见证,除了后院子里这些美丽的树。除了那边的三株杜鹃,从岁末开到初夏,向韩国草上挥霍好几个月的缤缤纷纷。除了更远处的那丛月季和那树月桂,轮流维持半个后院的清芬。还有头顶的这棵枫树,修直挺拔,战胜过无数的毛虫和台风。他从冰屁股的鼓形石面上站起来,就着清朗的月色,企图寻找苍老多裂纹的树干上,他曾经刻过的英文字母。那是 YLM 三个字首,十五年前,在一阵激越而白热的日子里,用一柄小刀虐待这枫树的结果。至于它们代表的是什么,他从来没有对人说过,包括那位 M。这是我们之间的一项秘密啊,他时常拍拍枫树,这么戏谑地说。南宋诗人的"鸥盟",他羡慕而无能分享,但是诗人与树之间,也可以订"枫盟"的,是不是? 说着,他又拍了枫树一下。十几年来,他一直喜欢这枫树。秋天的大孩子,竟然流落在没有秋天的亚热带这岛上。而他,也是从北方来而且想秋天想得要死的一种灵魂啊。思秋症的患者,理应相怜。因此,对于这棵英俊散朗的枫树,他一直特别"照顾"。每年十一月,树上飘落几张勾勒锈红色的三瓣叶子,他总高兴得说不出话来,心里满是故土的温柔。

但刻字那件事毕竟很久很久了。冰冰的月色里,已经辨不出谁是字,谁是裂纹。他抚摩了一会,终于放弃。一生的历史,是用许多小小的疯狂串成的,他想。在年轻的世界里,爱情是最流行的一种疯狂。YLM! 幸好那种焚心的焦灼只维持了两年。当一切疯狂都痊愈,他的疯狂仍然是诗。像爱情一样,那里面也有狂喜和失意,成功的满足和妒忌的刺痛,但是那缪斯,她永远那样年轻而且惑人,今天,比起二十年前开始追逐的时候,更其如此。这样子的疯狂,毋宁是一种高度的清醒吧。

这么想着,他踏过瓦砾堆,向东边的围墙走去。月光从桂叶丛中泻下来,沾了他一身凉湿。现在他完全进入它的芬芳了。冰薄荷的夜空气中,他贪馋地吸了好一阵子。好遥好远的回忆啊,那嗅觉!因为那是大陆的泥香,古中国幽渺飘忽的品德,近时,浑然不觉,但愈远愈令人临风神往。秋天。多桥多水的江南。水上有月。月里有古代渺茫的箫声。舅舅的院子里。高高的桂树下,满地落花,泛起一层浮动的清香,像一张看不见躲不开的什么魔网。他便和表兄妹们一火柴匣又一火柴匣地拾起来,拿回房去。于是一整个秋季,他都浮在那种高贵的氛围里,像一个仙人。

但那是二十多年前的事了。眼前这树桂花,只有八尺多高,唯它的馥郁已足够使他回到舅舅的那个院子里。如果说,枫是秋的血,那桂就是秋的魂魄了。满园树木中,他最宝贝这棵小桂树,因为在他的迷信里,它形成了一个"情意结",桂树,秋天,月亮,诗,四个意象交叠成形,丰富而清朗地象征着许多东西。譬如说,他叫它做秋之魂,王维却叫它做桂魄,西方人把它戴在诗人的头上,而秋天,是他的,也是它的生日。十六年来,他的笔锋愈挥愈利,他的名字在港湾之间颇有回声;在他的迷信里,这一切,都和他园子里这一片芬芳有关。第一次去新大陆,他曾站在旧大陆的这片芬芳里,面对青青的小树,默默祝福自己的家国,也祝福自己,和自己的诗。他的祝福没有落空。在艾奥瓦的河边,他颇得缪斯的垂青。第二年回国时,原来才到他眉毛的桂树竟已高过了他的头发。他高兴极了,说:"看你,真的长大了呢!我的诗也该长高些才行。"第二次再从新大陆回来,他的鬓发怎么带回寒带的薄霜,但是这桂树依旧青青,竟比他高出一个半头了。可以说,他是看着它长大的,但在另一方面,它也是他的见证啊,见证他的希望和恐惧,光荣和空虚。

十六年的岁月,他是既渡的行人,过去种种,犹如隔岸的风景,倒影在水中。木讷而健忘的灰色老屋,曾经覆他载他在烈日中在寒流中蔽翼他的那老屋,终于死了,只留下满园子的树木,那些重碧交翠的灵魂,做他无言的见证。但你们也不能久留了啊,月光下,他对那桂树说。今晚,是你最后的一夕芬芳,在永恒的月辉中,徐徐呼吸。

然后你们就死去,去那老屋刚去的地方。

白血飞溅白屑飞溅啊白血。锯断绿色的灵魂流乳白的血,当钢齿咬进年轮无辜的年轮。明天早晨,伐木工人将全副武装涌至,一下子就占据这园子,展开屠杀。顷刻间,这些和平的生命将集体死亡,而这花园,这绿色的共和国,将沦为一片水泥的平原,一寸绿色也不留下。于是重吨的巨兽将气吁吁在门口停下。他们将掘出一立方呎又一立方呎的泥土,种下永不开花一束又一束的钢筋和铁骨,阴郁的地下室,拼花地板,磨石子,嵌磁,嵌磁,最后,一幢不温柔更不美丽的怪物从地面上升起,到空中,去参加这都市的千百只现代恐龙。

因为凡有根的都必须连根拔起。他也是一柯桂一张枫叶,从旧大陆的肥沃中连根拔起。这岛屿,是海波镶边的一种乡愁。在新大陆无根的岁月里,他发现自己是一棵植物,乡土观念那么重那么深的一棵树,每一圈年轮都是江南的太阳。因为他最欣赏嘉木那种无言的谦逊,忍耐无争的美德,和不为谁而绿的蔼蔼清荫,戴一朵云,栖一只鸟,或者垂首聆一只蟋蟀的徐徐歌吟。他相信古印度一位先知的经验:只要你立得够久,够静,升入树顶的那种生命力,亦将从泥下透过你脚底而上升。这样出神地想着想着,在浸渍记忆的月光下,他觉得自己已经成为一棵树,绿其发而青其肢,大地的乳汁逆他的血管而上,直达于他的心脏。他是一棵青青的桂树,集秋天和月和诗于一身。但今晚是他最后的一次芬芳,因为现代的吴刚一点也不神话,因为不神话的吴刚执的是高速的链锯,一举手就招来机械的杀戮,因为锯断了的桂树不会在神话里再生。而且所谓月,只是一颗死了的顽石,种不活桂,养不活蟾蜍。于是一片霍霍飞旋的锋芒,向他热乎乎的喉核滚来,一瞬间,高速的痛苦自顶至踵,一切神经张紧如满弓,剖他成两半。凡有根的都躲不掉斧斤。

"月桂树啊,这是你最后的一次清芬!"他忽然有跪下去的冲动,跪下去,请求无辜者的饶恕。

一轮满月,牵动半个夜的冰冰清光,向那边人家的电视天线上落下。阴影在许多院落里延长。哪家厨房的洋铁皮屋顶,两只猫在捉对儿叫春。这都市已经陷在各式各样的梦或恶魔之中，许多灵魄在许多鼾声里扑翅飞起，各式的盆花在各层阳台上想家而且叹气。牧神的羊蹄声在远方的天桥上消逝……

五小时后东方将泛白。红彤彤的太阳将升起，自蓝淼淼自蓝浩浩的太平洋上，于是亚热带这城市，千门万户，将在朝霞里醒来。贪婪无餍，这膨胀的城市将吞噬摩肩接踵的行人和川流不绝的车群，像一只消化不良的巨食蚁兽。于是千贝百贝的嚣喊呼喝，真空管、汽笛、喇叭、引擎，不同的噪音自不同的喉中呕出吐出，符咒一般网住这城市。喷射机是一切的高潮，逆着百万人扭曲的神经，以一种撕去所有屋顶的声威迫害天使。同时另一个恢恢巨网，以这城市为直径，从八方四面冉冉升起，无声，无形，染毒你呼吸的每一口空气，且美其名曰红尘，滚滚十丈。于是在两张巨网的围袭下，一百五十万只毒蜘蛛展开大规模的集体屠杀，在天上，在地上，在地下。没有一只不中毒。

机器一占领这城市，牧歌就复不可闻了。马达声代替了蛙声蝉声。到夜里，还剩下一些阴暗的角落还有些伶仃的纺织娘，蟋蟀，蚯蚓，企图负隅抵抗那声声。十六年前，在水源路的那一边在金门街在同安街迷宫似的小巷子里还可以作晚餐后的散步，在初夏勃然的蛙鸣中从容构思一首有韵的田园诗。但现在，那一带诗的走廊早已让给了计程车的红蟹队电单车的虾群去横行。所以一到黄昏，许多苍白的脸上许多饥饿的眼睛，从许多交通车流动的牢狱里向外饕餮，许多建筑物空隙里的一片晚云。

所以机器一占领这城市，牧神就死了。他们在高高的烟囱下屠宰牧歌，装成大大小小的罐头。他们在广告牌上写诗，在大大小小的围墙上张贴哲学。他们用钢铁，玻璃和铝把城市举到虹的旁边，然后从观光酒店从公寓顶上俯瞰延平祠和孔庙，清真寺和基督教堂。

所以机器一占领这城市，绿色的共和国就亡了。植物是一种少数民族，日趋毁灭。莲是一种羞赧的回忆，像南宋词选脱线的零页零叶，散在地上。柳是江南长长的头发飘起，在日式院子亚热带的风中，许多树许多古宅必须倒下，因为有更多的公寓，更多的人笼子必须升起。因为机器说，七十年代在那上面等待我们。

所以月亮就挂在电视的天线上。该有天使在高压线上呼救。再过三小时东方将泛白。手执机器的吴刚将来伐桂，而他，即使是一位诗人，也无力保卫。一只螳螂怎能抵抗一架开路机？最后的芬芳总是最感人。那样的嗅觉，从鼻孔一直达到他灵魂。秋天。成熟的江南。古典的庭院。月光。童时。诗。

他作了最后的一次深呼吸。他扫了好几簇桂瓣在掌心，用手帕小心翼翼地包起来。

"Good-bye, my laurel. Good-bye."

他转过身去，向高高挺挺的枫树看了一眼。

"再见了，我的枫。这里本来不是你故乡。"

说着，他踏过玻璃屑和断木条，踏过遍地的残残缺缺，向虚掩的大门走去。都已停歇，狗吠，蛙鸣，人语，车声。整个城市像一个荒坟。落月的昏蒙中，树影屋影融成一片灰蓬蓬的温柔。空气新酿地清新。他锁上木门，触到金属的坚与冷。他走下厦门街的巷子，听自己的步履空洞的回声。水源路的河堤上似有人在喊谁的名字。他停下来，仔细听了好一阵。桂花的幽香从手帕里散出来。

"没有。没有谁在喊我。"

他继续向前走。

霍霍的链锯声在背后升起……

一九六九年五月二十日

听听那冷雨

惊蛰一过，春寒加剧。先是料料峭峭，继而雨季开始，时而淋淋漓漓，时而淅淅沥沥，天潮潮地湿湿，即连在梦里，也似乎把伞撑着。而就凭一把伞，躲过一阵潇潇的冷雨，也躲不过整个雨季。连思想也都是潮润润的。每天回家，曲折穿过金门街到厦门街迷宫式的长巷短巷，雨里风里，走入霏霏令人更想入非非。想这样子的台北凄凄切切完全是黑白片的味道，想整个中国整部中国的历史无非是一张黑白片子，片头到片尾，一直是这样下着雨的。这种感觉，不知道是不是从安东尼奥尼那里来的。不过那一块土地是久违了，二十五年，四分之一的世纪，即使有雨，也隔着千山万山，千伞万伞。二十五年，一切都断了，只有气候，只有气象报告还牵连在一起。大寒流从那块土地上弥天卷来，这种酷冷吾与古大陆分担。不能扑进她怀里，被她的裙边扫一扫吧也算是安慰孺慕之情。

这样想时，严寒里竟有一点温暖的感觉了。这样想时，他希望这些狭长的巷子永远延伸下去，他的思路也可以延伸下去，不是金门街到厦门街，而是金门到厦门。他是厦门人，至少是广义的厦门人，二十年来，不住在厦门，住在厦门街，算是嘲弄吧，也算是安慰。不过说到广义，他同样也是广义的江南人，常州人，南京人，川娃儿，五陵少年。杏花春雨江南，那是他的少年时代了。再过半个月就是清明。安东尼奥尼的镜头摇过去，摇过去又摇过来。残山剩水犹如是。皇天后土犹如是。纭纭黔首纷纷黎民从北到南犹如是。那里面是中国吗？那里面当然还是中国永远是中国。只是杏花春雨已不再，牧童遥指已不再，剑门细雨渭城轻尘也都已不再。然则他日思夜梦的那片土地,究竟在哪里呢?

在报纸的头条标题里吗?还是香港的谣言里?还是傅聪的黑键白键马思聪的跳弓拨弦?还是安东尼奥尼的镜底勒马洲的望中?还是呢,故宫博物院的壁头和玻璃橱内,京戏的锣鼓声中太白和东坡的韵里?

杏花。春雨。江南。六个方块字,或许那片土就在那里面。而无论赤县也好神州也好中国也好,变来变去,只要仓颉的灵感不灭美丽的中文不老,那形象,那磁石一般的向心力当必然长在。因为一个方块字是一个天地。太初有字,于是汉族的心灵他祖先的回忆和希望便有了寄托。譬如凭空写一个"雨"字,点点滴滴,滂滂沱沱,淅沥淅沥淅沥,一切云情雨意,就宛然其中了。视觉上的这种美感,岂是什么 rain 也好 pluie 也好所能满足?翻开一部《辞源》或《辞海》,金木水火土,各成世界,而一入"雨"部,古神州的天颜千变万化,便悉在望中,美丽的霜雪云霞,骇人的雷电霹雳,展露的无非是神的好脾气与坏脾气,气象台百读不厌门外汉百思不解的百科全书。

听听,那冷雨。看看,那冷雨。嗅嗅闻闻,那冷雨,舔舔吧那冷雨。雨在他的伞上这城市百万人的伞上雨衣上屋上天线上雨下在基隆港在防波堤在海峡的船上,清明这季雨。雨是女性,应该最富于感性。雨气空濛而迷幻,细细嗅嗅,清清爽爽新新,有一点点薄荷的香味,浓的时候,竟发出草和树沐发后特有的淡淡土腥气,也许那竟是蚯蚓和蜗牛的腥气吧,毕竟是惊蛰了啊。也许地上的地下的生命也许古中国层层叠叠的记忆皆蠢蠢而蠕,也许是植物的潜意识和梦吧,那腥气。

第三次去美国,在高高的丹佛他山居了两年。美国的西部,多山多沙漠,千里干旱,天,蓝似安格罗·萨克逊人的眼睛,地,红如印地安人的肌肤,云,却是罕见的白鸟。落基山簇簇耀目的雪峰上,很少飘云牵雾。一来高,二来干,三来森林线以上,杉柏也止步,中国诗词里"荡胸生层云",或是"商略黄昏雨"的意趣,是落基山上难睹的景象。落基山岭之胜,在石,在雪。那些奇岩怪石,相叠互倚,砌一场惊心动魄的雕塑展览,给太阳和千里的风看。那雪,白得虚虚幻幻,冷得清清醒醒,那股皑皑不绝一仰难尽的气势,压得人呼吸困难,心寒眸酸。不过要领略"白云回望合,青霭入看无"的境界,仍须回来中国。台湾湿度很高,最饶云气氤氲雨意迷离的情调。两度夜宿溪头,树香沁鼻,宵寒袭肘,枕着润碧湿翠苍苍交叠的山影和万籁都歇的岑寂,仙人一样睡去。山中一夜饱雨,次晨醒来,在旭日未升的原始幽静中,冲着隔夜的寒气,踏着满地的断柯折枝和仍在流泻的细股雨水,一径探入森林的秘密,曲曲弯弯,步上山去。溪头的山,树密雾浓,蓊郁的水汽从谷底冉冉升起,时稠时稀,蒸腾多姿,幻化无定,只能从雾破云开的空处,窥见乍现即隐的一峰半壑,要纵览全貌,几乎是不可能的。至少入山两次,只能在白茫茫里和溪头诸峰玩捉迷藏的游戏。回到台北,世人问起,除了笑而不答心自闲,故作神秘之外,实际的印象,也无非山在虚无之间罢了。云缭烟绕,山隐水迢的中国风景,由来予人宋画的韵味。那天下也许是赵家的天下,那山水却是米家的山水。而究竟,是米氏父子下笔像中国的山水,还是中国的山水上纸像宋画。恐怕是谁也说不清楚了吧?

　　雨不但可嗅,可观,更可以听。听听那冷雨。听雨,只要不是石破天惊的台风暴雨,在听觉上总是一种美感。大陆上的秋天,无论是疏雨滴梧桐,或是骤雨打荷叶,听去总有一点凄凉,凄清,凄楚,于今在岛上回味,则在凄楚之外,更笼上一层凄迷了。饶你多少豪情侠气,怕也经不起三番五次的风吹雨打。一打少年听雨,红烛昏沉。两打中年听雨,客舟中,江阔云低。三打白头听雨在僧庐下,这便是亡宋之痛,一颗敏感心灵的一生:楼上,江上,庙里,用冷冷的雨珠子串成。十年前,他曾在一场摧心折骨的鬼雨中迷失了自己。雨,该是一滴湿漓漓的灵魂,窗外在喊谁。

　　雨打在树上和瓦上,韵律都清脆可听。尤其是铿铿敲在屋瓦上,那古老的音乐,属于中国。王禹偁在黄冈,破如椽的大竹为屋瓦。据说住在竹楼上面,急雨声如瀑布,密雪声比碎玉,而无论鼓琴,咏诗,下棋,投壶,共鸣的效果都特别好。这样岂不像住在竹筒里面,任何细脆的声响,怕都会加倍夸大,反而令人耳朵过敏吧。

雨天的屋瓦,浮漾湿湿的流光,灰而温柔,迎光则微明,背光则幽暗,对于视觉,是一种低沉的安慰。至于雨敲在鳞鳞千瓣的瓦上,由远而近,轻轻重重轻轻,夹着一股股的细流沿瓦漕与屋檐潺潺泻下,各种敲击音与滑音密织成网,谁的千指百指在按摩耳轮。"下雨了。"温柔的灰美人来了,她冰冰的纤手在屋顶拂弄着无数的黑键啊灰键,把响午一下子奏成了黄昏。

在古老的大陆上,千屋万户是如此。二十多年前,初来这岛上,日式的瓦屋亦是如此。先是天暗了下来,城市像罩在一块巨幅的毛玻璃里,阴影在户内延长复加深。然后凉凉的水意弥漫在空间,风自每一个角落里旋起,感觉得到,每一个屋顶上呼吸沉重都覆着灰云。雨来了,最轻的敲打乐敲打这城市,苍茫的屋顶,远远近近,一张张敲过去,古老的琴,那细细密密的节奏,单调里自有一种柔婉与亲切,滴滴点点滴滴,似幻似真,若孩时在摇篮里,一曲耳熟的童谣摇摇欲睡,母亲吟哦鼻音与喉音。或是在江南的泽国水乡,一大筐绿油油的桑叶被啮于千百头蚕,细细琐琐屑屑,口器与口器咀咀嚼嚼。雨来了,雨来的时候瓦这么说,一片瓦说千亿片瓦说,说轻轻地奏吧沉沉地弹,徐徐地叩吧挞挞地打,间间歇歇敲一个雨季,即兴演奏从惊蛰到清明,在零落的坟上冷冷奏挽歌,一片瓦吟千亿片瓦吟。

在日式的古屋里听雨,听四月,霏霏不绝的黄梅雨,朝夕不断,旬月绵延,湿黏黏的苔藓从石阶下一直侵到他舌底,心底。到七月,听台风台雨在古屋顶上一夜盲奏,千英寻海底的热浪沸沸被狂风挟来,掀翻整个太平洋只为向他的矮屋檐重重压下,整个海在他的蜗壳上哗哗泻过。不然便是雷雨夜,白烟一般的纱帐里听羯鼓一通又一通,滔天的暴雨滂滂沛沛扑来,强劲的电琵琶忐忐忑忑忐忐忑忑,弹动屋瓦的惊悸腾腾欲掀起。不然便是斜斜的西北雨斜斜,刷在窗玻璃上,鞭在墙上打在阔大的芭蕉叶上,一阵寒濑泻过,秋意便弥漫日式的庭院了。

在日式的古屋里听雨,春雨绵绵听到秋雨潇潇,从少年听到中年,听听那冷雨。雨是一种单调而耐听的音乐是室内乐是室外乐,户内听听,户外听听,冷冷,那音乐。雨是一种回忆的音乐,听听那冷雨,回忆江南的雨下得满地是江湖下在桥上和船上,也下在四川在秧田和蛙塘下肥了嘉陵江下湿布谷咕咕的啼声。雨是潮潮润润的音乐下在渴望的唇上舐舐那冷雨。

因为雨是最最原始的敲打乐从记忆的彼端敲起。瓦是最最低沉的乐器灰濛濛的温柔覆盖着听雨的人,瓦是音乐的雨伞撑起。但不久公寓的时代来临,台北你怎么一下子长高了,瓦的音乐竟成了绝响。千片万片的瓦翩翩,美丽的灰蝴蝶纷纷飞走,飞入历史的记忆。现在雨下下来下在水泥的屋顶和墙上,没有音韵的雨季。树也砍光了,那月桂,那枫树,柳树和擎天的巨椰,雨来的时候不再有丛叶嘈嘈切切,闪动湿湿的绿光迎接。鸟声减了啾啾,蛙声沉了阁阁,秋天的虫吟也减了唧唧。七十年代的台北不需要这些,一个乐队接一个乐队便遣散尽了。要听鸡叫,只有去诗经的韵里寻找。现在只剩下一张黑白片,黑白的默片。

正如马车的时代去后,三轮车的时代也去了。曾经在雨夜,三轮车的油布篷挂起,送她回家的途中,篷里的世界小得多可爱,而且躲在警察的辖区以外。雨衣的口袋越大越好,盛得下他的一只手里握一只纤纤的手。台湾的雨季这么长,该有人发明一种宽宽的双人雨衣,一人分穿一只袖子,此外的部分就不必分得太苛。而无论工业如何发达,一时似乎还废不了雨伞。只要雨不倾盆,风不横吹,撑一把伞在雨中仍不失古典的韵味。任雨点敲在黑布伞或是透明的塑胶伞上,将骨柄一旋,雨珠向四方喷溅,伞缘便旋成了一圈飞檐。跟女友共一把雨伞,该是一种美丽的合作吧。最好是初恋,有点兴奋,更有点不好意思,若即若离之间,雨不妨下大一点。真正初恋,恐怕是兴奋得不需要伞的,手牵手在雨中狂奔而去,把年轻的长发和肌肤交给漫天的淋淋漓漓,然后向对方的唇上颊上尝凉凉甜甜的雨水。不过那要非常年轻且激情,同时,也只能发生在法国的新潮片里吧。

大多数的雨伞想不会为约会张开。上班下班,上学放学,菜市来回的途中,现实的伞,灰色的星期三。握着雨伞,他听那冷雨打在伞上。索性更冷一些就好了,他想。索性把湿湿的灰雨冻成干干爽爽的白雨,六角形的结晶体在无风的空中回回旋旋地降下来,等须眉和肩头白尽时,伸手一拂就落了。二十五年,没有受故乡白雨的祝福,或许发上下一点白霜是一种变相的自我补偿吧。一位英雄,经得起多少次雨季?他的额头是水成岩削成还是火成岩?他的心底究竟有多厚的苔藓?厦门街的雨巷走了二十年与记忆等长,一座无瓦的公寓在巷底等他,一盏灯在楼上的雨窗子里,等他回去,向晚餐后的沉思冥想去整理青苔深深的记忆。前尘隔海。古屋不再。听听那冷雨。

一九七四年春分之夜

197

尺素寸心

接读朋友的来信,尤其是远自海外犹带着异国风云的航空信,确是人生一大快事,如果无须回信的话。回信,是读信之乐的一大代价。久不回信,屡不回信,接信之乐必然就相对减少,以至于无,这时,友情便暂告中断了,直到有一天在赎罪的心情下,你毅然回起信来。蹉跎了这么久,接信之乐早变成欠信之苦,我便是这么一位累犯的罪人,交游千百,几乎每一位朋友都数得出我的前科来的。英国诗人奥登曾说,他常常搁下重要的信件不回,躲在家里看他的侦探小说。王尔德有一次对韩黎说:"我认得不少人,满怀光明的远景来到伦敦,但是几个月后就整个崩溃了,因为他们有回信的习惯。"显然王尔德认为,要过好日子,就得戒除回信的恶习。可见怕回信的人,原不止我一个。

回信,固然可畏,不回信,也绝非什么乐事。书架上经常叠着百多封未回之信,"债龄"或长或短,长的甚至在一年以上,那样的压力,也绝非一个普通的罪徒所能负担的。一叠未回的信,就像一群不散的阴魂,在我罪深孽重的心底幢幢作祟。理论上说来,这些信当然是要回的。我可以坦然向天发誓,在我清醒的时刻,我绝未存心不回人信。问题出在技术上。给我一整个夏夜的空闲,我该先回一年半前的那封信呢,还是七个月前的这封?隔了这么久,恐怕连谢罪自谴的有效期也早过了吧?在朋友的心目中,你早已沦为不值得计较的妄人。"莫名其妙!"是你在江湖上一致的评语。

其实,即使终于鼓起全部的道德勇气,坐在桌前,准备偿付信债于万一,也不是轻易能如愿的。七零八落的新简旧信,漫无规则地充塞在书架上,抽屉里,有的回过,有的未回,"只在此山中,云深不知处",要找到你决心要回的那一封,耗费的时间和精力,往往数倍于回信本身。再想象朋友接信时的表情,不是喜出望外,而是余怒重炽,你那一点决心就整个崩溃了。你的债,永无清偿之日。不回信,绝不等于忘了朋友,正如世上绝无忘了债主的负债人。在你惶恐的深处,恶魔的尽头,隐隐约约,永远潜伏着这位朋友的怒眉和冷眼,不,你永远忘不了他。你真正忘掉的,而且忘得那么心安理得,是那些已经得你回信的朋友。

有一次我对诗人周梦蝶大发议论,说什么"朋友寄赠新著,必须立刻奉覆,道谢与庆贺之余,可以一句'定当细细拜读'作结。如果拖上了一个星期或个把月,这封贺信就难写了,因为到那时候,你已经有义务把全书读完,书既读完,就不能只说些泛泛的美词。"梦蝶听了,为之绝倒。可惜这个理论,我从未付之行动,一定丧失了不少友情。倒是有一次自己的新书出版,兴冲冲地寄赠了一些朋友。其中一位过了两个月才来信致谢,并说他的太太、女儿,和太太的几位同事争读那本大作,直到现在还不曾轮到他自己,足见该书的魅力如何云云。这一番话是真是假,令我存疑至今。如果他是说谎,那真是一大天才。

据说胡适生前,不但有求必应,连中学生求教的信也亲自答复,还要记他有名的日记,从不间断。写信,是对人周到,记日记,是对自己周到。一代大师,在著书立说之余,待人待己,竟能那么的周密从容,实在令人钦佩。至于我自己,笔札一道已经招架无力,日记,就更是奢侈品了。相信前辈作家和学人之间,书翰往还,那种优游条畅的风范,应是我这一辈难以追摹的。梁实秋先生名满天下,尺牍相接,因缘自广,但是廿多年来,写信给他,没有一次不是很快就接到回信,而笔下总是那么诙谐,书法又是那么清雅,比起当面的谈笑风生,又别有一番境界。我素来怕写信,和梁先生通信也不算频。何况《雅舍小品》的作者声明过,有十一种信件不在他收藏之列,我的信,大概属于他所列的第八种吧。据我所知,和他通信最密的,该推陈之藩。陈之藩年轻时，和胡适、沈从文等现代作家书信往还，名家手迹收藏甚富，梁先生戏称他为 man of letters，到了今天，该轮到他自己的书信被人收藏了吧。

朋友之间，以信取人，大约可以分成四派。第一派写信如拍电报，寥寥数行，草草三二十字，很有一种笔挟风雷之势。只是苦了收信人，惊疑端详所费的工夫，比起写信人纸上驰骋的时间，恐怕还要多出数倍。彭歌、刘绍铭、白先勇，可称代表。第二派写信如美女绣花，笔触纤细，字迹秀雅，极尽从容不迫之能事，至于内容，则除实用的功能之外，更兼抒情，娓娓说来，动人清听。宋淇、夏志清可称典型。尤其是夏志清，怎么大学者专描小小楷，而且永远用廉便的国际邮简？第三派则介于两者之间，行乎中庸之道，不煴不火，舒疾有致，而且字大墨饱，面目十分爽朗。颜元叔、王文兴、何怀硕、杨牧、罗门，都是"样板人物"。尤其是何怀硕，总是议论纵横，而杨牧则字稀行阔、偏又爱用重磅的信纸，那种不计邮费的气魄，真足以笑傲江湖。第四派毛笔作书，满纸烟云，体在行草之间，可谓反潮流之名士，罗青属之。当然，气魄最大的应推刘国松、高信疆，他们根本不写信，只打越洋电话。

一九七六年五月

花　鸟

　　客厅的落地长窗外，是一方不能算小的阳台，黑漆的栏杆之间，隐约可见谷底的小村，人烟暖暖。当初发明阳台的人，一定是一位乐观外向的天才，才会突破家居的局限，把一个幻想的半岛推向户外，向山和海，向半空晚霞和一夜星斗。

　　阳台而无花，犹之墙壁而无画，多么空虚。所以一盆盆的花，便从下面那世界搬了上来。也不知什么时候起，栏杆三面竟已偎满了花盆，但这种美丽的移民一点也没有计划，欧阳修所谓的"浅深红白宜相间，先后仍须次第栽"，是完全谈不上的。这么十几盆栽，有的是初来此地，不畏辛劳，挤三等火车抱回来的，有的是同事离开中大的遗爱，也有的，是买了车后供在后座带回来的。无论是什么来历，我们都一般看待。花神的孩子，名号不同，容颜各异，但迎风招展的神态都是动人的。

　　朝西一隅，是茎藤四延和栏杆已绸缪难解的紫藤，开的是一串串粉白带浅紫的花朵。右边是一盆桂苗，高只近尺，花时竟也有高洁清雅的异香，随风漾来。近邻是两盆茉莉和一盆玉兰。这两种香草虽不得列于离骚狂吟的芳谱，她们细腻而幽邃的远芬，却是我无力抵抗的。开窗的夏夜，她们的体香回泛在空中，一直远飘来书房里，嗅得人神摇摇而意惚惚，不能久安于座，总忍不住要推纱门出去，亲近亲近。比较起来，玉兰修长的白瓣香得温醇些，茉莉的丛蕊似更醉鼻餍心，总之都太迷人。

　　再过去是两盆海棠。浅红色的花，油绿色的叶，相配之下，别有一种民俗画的色调，最富中国韵味，而秋海棠叶的象征，从小已印在心头。其旁还有一盆铁海棠,虬蔓郁结的刺茎上,开出四瓣对称的深红小花。此花生命力最强,暴风雨后,只有他屹立不摇,颜色不改。再向右依次是绣球花,蟹爪兰,昙花,杜鹃。蟹爪兰花色洋红而神态凌厉,有张牙奋爪作势攫人之意,简直是一只花魔,令我不敢亲近。昙花已经绽过三次,一次还是双葩对开,真是吉夕素仙。夏秋之间,一夕盛放,皎白的千层长瓣,眼看她恣纵迅疾地展开,幽幽地吐出粉黄娇嫩的簇蕊,却像一切奇迹那样,在目迷神眩的异光中,甫启即闭了。一年含蓄,只为一夕的挥霍,大概是芳族之中最羞涩最自谦最没有发表欲的一姝了。

在这些空中半岛,啊不,空中花园之上,我是两园丁之一,专掌浇水,每日夕阳沉山,便在晚霞的浮光里,提一把白柄蓝身的喷水壶,向众芳施水。另一位园丁当然是阳台的女主人,专司杀虫施肥,修剪枝叶,翻掘盆土。有时蓓蕾新发,野雀常来偷食,我就攘臂冲出去,大声驱逐。而高台多悲风,脚下那山谷只敞对海湾,海风一起,便成了老子所谓"虚而不屈,动而愈出"的一具风箱。于是便轮到我一盆盆搬进屋来。寒流来袭,亦复如此。女园丁笑我是陶侃运甓。美,也是有代价的。

无风的晴日,盆花之间常依偎一只白漆的鸟笼。里面的客人是一只灰翼蓝身的小鹦鹉,我为它取名蓝宝宝。走近去看,才发现翅膀不是全灰,而是灰中间白,并带一点点蓝;颈背上是一圈圈的灰纹,两翼的灰纹则弧形相掩,饰以白边,状如鱼鳞。翼尖交叠的下面,伸出修长几近半身的尾巴,毛色深孔雀蓝,常在笼栏边拂来拂去。身体的细毛蓝得很轻浅,很飘逸。胸前有一片白羽,上覆浑圆的小蓝点,点数经常在变,少则两点,长全时多至六点,排成弧形,像一条项链。

蓝宝宝的可爱,不止外貌的娇美。如果你有耐性,多跟它做一会伴,就会发现它的语言天才。它参加我们的生活成为最受宠爱的"小家人"才半年,韩惟全由美游港,在我们家小住数日,首先发现它在牙牙学语,学我们的人语。起先我们不信,以为它时发时歇的咿唔咳喋,不过是禽类的哓哓自语,无意识的饶舌罢了。经惟全一提醒,蓝宝宝的断续鸟语,在侧耳细听之下,居然有点人话的意思。只是有时嗫嚅吞吐,似是而非,加以人腔鸟调,句逗含混不清,那意境在人禽之间,恐怕连公冶长再世,也难以体会,更无论圣芳济了。

幸运的时候,蓝宝宝会吐出三两个短句:"小鸟过来""干什么?""知道了""臭鸟不乖",还有节奏起伏的"小鸟小鸟小小鸟"。小小曲喙的发音设备,毕竟和人嘴不可"同日而语",所以人语的唇音齿音等等,蓝宝宝虽有娓妮巧舌,仍是模拟难工的。听说要小鹦鹉认真学话,得先施以剪舌的手术,剪了之后就不会那么"大舌头"了。此举是否见效,我不知道,但为了推行人语而违反人道,太无聊也太残忍了,我是绝对不肯的。无所不载无所不容的这世界,属于人,也属于花、鸟、虫、鱼;人类之间,禁止别人发言或强迫人人千口一词,也就够威武的了,又何必向禽兽去行人政呢?因此,盆中的铁海棠,女园丁和我都任其自然,不加扭曲,而蓝宝宝呢,会讲几句人话,固然能取悦于人,满足主人的虚荣心,我们也任其自由发展,从不刻意去教它。写到这里,又听见蓝宝宝在阳台上叫了。不过这一次它是和外面的野雀呼应酬答,是在鸟语。

那样的啁啾,该是羽类的世界语吧。而无论蓝宝宝是在阳台上或是屋里,只要左近传来鸠呼或雀噪,它一定脆音相应,一逗一答,一呼一和,旁听起来十分有趣,或许在飞禽的世界里,也像人世一样,南腔北调,有各种复杂的方言,可惜我们莫能分辨,只好一概称为鸟语。

平时说到鸟语,总不免想起"生生燕语明如翦,呖呖莺声溜的圆"之类的婉婉好音,绝少想到鸟语之中,也有极其可怖的一类。后来参观底特律的大动物园,进入了笼高树密的鸟苑,绿重翠叠的阴影里,一时不见高楼的众禽,只听到四周怪笑吃吃,惊叹咄咄,厉呼磔磔,盈耳不知究竟有多少巫师隐身在幽处施法念咒,真是听觉上最骇人的一次经验。看过希区柯克的悚栗片"鸟",大家惊疑之余,都说真想不到鸟类会有这么"邪恶"。其实人类君临这个世界,品尝珍馐,饕餮万物,把一切都视为当然,却忘了自己经常捕囚或烹食鸟类的种种罪行有多么残忍了。兀鹰食人,毕竟先等人自毙;人食乳鸽,却是一笼一笼地蓄意谋杀。

想到此地,蓝光一闪,一片青云飘落在我的肩上,原来是有人把蓝宝宝放出来了。每次出笼,它一定振翅疾飞,在屋里回翔一圈,然后栖在我肩头或腕际。我的耳边、颈背、颏下,是它最爱来依偎探讨的地方。最温驯的时候,它会憩在人的手背,低下头来,用小喙亲吻人的手指,一动也不动地,讨人欢喜。有时它更会从嘴里吐出一粒"雀粟"来,邀你共享,据说这是它表示友谊的亲切举动,但你尽可放心,它不会强人所难的,不一会,它又径自啄回去了。有时它也会轻咬你的手指头,并露出它可笑的花舌头。兴奋起来,它还会不断地向你磕头,颈毛松开,瞳仁缩小,嘴里更是呢呢喃喃,不知所云。不过所谓"小鸟依人",只是片面的,只许它来亲人,不许你去抚它。你才一伸手,它立刻回过身来面对着你,注意你的一举一动,不然便是蓝羽一张,早已飞之冥冥。

不少朋友在我的客厅里,常因这一闪蓝云的猝然降临而大吃一惊。女作家心岱便是其中的一位。说时迟那时快,蓝宝宝华丽的翅膀一收,已经栖在她手腕上了。心岱惊神未定,只好强自镇静,听我们向她夸耀小鸟的种种。后来她回到台北,还在"联合副刊"发表《蓝宝》一文,以记其事。

我发现,许多朋友都不知道养一只小鹦鹉有多么有趣,又多么简单。小鹦鹉的身价,就它带给主人的乐趣说来,是非常便宜的。在台湾,每只约售六七十元,在香港只要港币六元,美国的超级市场里也常有出售,每只不过五六元美金。在丹佛时,我先后养过四只,其中黄底灰纹的一只毛色特别娇嫩,算是珍品,则是花十五元美金买来的。买小鹦鹉时,要注意两件事情。年龄要看额头和鼻端,额上黑纹愈密,鼻上色泽愈紫,则愈幼小,要买,当然要初生的稚婴,才容易和你亲近。至于健康呢,则要翻过身来看它的肛门,周围的细白绒毛要干,才显得消化良好。小鹦鹉最怕泻肚子,一泻就糟。

此外的投资,无非是一只鸟笼,两枝栖木,一片鱼骨,和极其迷你的水缸粟钵而已。鱼骨的用场,是供它啄食,以吸取充分的钙质。那么小的肚子,耗费的粟量当然有限,再穷的主人也供得起的。有时为了调剂,不妨喂一点青菜和果皮,让它啄个三五口,也就够了。熟了以后,可以放出笼来,任它自由飞憩,不过门窗要小心关好,否则它爱向亮处飞,极易夺门而去。我养过的近十头小鹦鹉之中,就有两头是这么无端飞掉的。有了这种伤心的教训,我只在晚上才敢把鸟放出笼来。

小鸟依人,也会缠人,过分亲狎之后,也有烦恼的。你吃苹果,它便飞来奇袭,与人争食。你特别削一小片喂它,它只浅尝三两口,仍纵回你的口边,定要和你分享大块。你看报,它便来嚼食纸边,吃得津津有味。你写字呢,它便停在纸上,研究你写些什么,甚至以为笔尖来回挥动是在逗它玩乐,便来追咬你的笔尖。要赶它回笼,可不容易。如果它玩得还未尽兴,则无论你如何好言劝诱或恶声威胁,都不能使它俯首归心。最后只有关灯的一招,在黑暗里,它是不敢飞的。于是你伸手擒来,毛茸茸软温温的一团,小心脏抵着你的手心猛跳,吱吱的抗议声中,你已经把它置回笼里。

蓝宝宝是大埔的菜市上六元买来的,在我所有的"禽缘"里,它是最乖巧最可爱的一只,现在,即使有谁出六千元,我也不肯舍弃它的。前年夏天,我们举家回台北去,只好把蓝宝宝寄在宋淇府上,劳宋夫人做了半个月的"鸟妈妈"。记得交托之时,还郑重其事,拟了一张"养鸟须知"的备忘录,悬于笼侧,文曰:

一　小米一钵,清水半缸,间日一换,不食烟火,俨然
　　羽仙。

二　风口日曝之处,不宜放置鸟笼。

三　无须为鸟沐浴,造化自有安排。

四　智商仿佛两岁稚婴。略通人语,颇喜传讹。闺中
　　隐私,不宜多言,慎之慎之。

一九七七年五月

催魂铃

　　一百年前发明电话的那人，什么不好姓，偏偏姓"铃"（Alexander Bell），真是一大巧合。电话之来，总是从颤颤的一串铃声开始，那高调，那频率，那精确而间歇的发作，那一迭连声的催促，凡有耳神经的人，没有谁不悚然惊魂，一跃而起的。最吓人的，该是深夜空宅，万籁齐寂，正自杯弓蛇影之际，忽然电话铃声大作，像恐怖电影里那样。旧小说的所谓"催魂铃"，想来也不过如此了。王维的辋川别墅里，要是装了一架电话，他那些静绝清绝的五言绝句，只怕一句也吟不出了。电话，真是现代生活的催魂铃。电话线的天网恢恢，无远弗届，只要一线袅袅相牵，株连所及，我们不但遭人催魂，更往往催人之魂，彼此相催，殆无已时。古典诗人常爱夸张杜鹃的鸣声与猿啼之类，说得能催人老。于今猿鸟去人日远，倒是格凛凛不绝于耳的电话铃声，把现代人给催老了。

　　古人鱼雁往返，今人铃声相迫。鱼来雁去，一个回合短则旬月，长则经年，那天地似乎广阔许多。"晚来天欲雪，能饮一杯无？"那时如果已有电话，一个电话刘十九就来了，结果我们也就读不到这样的佳句。至于"断无消息石榴红"，那种天长地久的等待，当然更有诗意。据说阿根廷有一位邮差，生就拉丁民族的洒脱不羁，常把一袋袋的邮件倒在海里，多少叮咛与嘱咐，就此付给了鱼虾。后来这家伙自然吃定了官司。我国早有一位殷洪乔，把人家托带的百多封信全投在江中，还祝道："沉者自沉，浮者自浮，殷洪乔不能作致书邮！"

　　这位逍遥殷公，自己不甘随俗浮沉，却任可怜的函书随波浮沉，结果非但逍遥法外，还上了《世说新语》，成了任诞趣谭。如果他生在现代，就不能这么任他逍遥，因为现代的大城市里，电话机之多，分布之广，就像工业文明派到家家户户去卧底的奸细，催魂的铃声一响，没有人不条件反射地一弹而起，赶快去接，要是不接，它就跟你没了没完，那高亢而密集的声浪，锲而不舍，就像一排排嚣张的惊叹号一样，滔滔向你卷来。我不相信魏晋名士乍闻电话铃声能不心跳。

　　至少我就不能。我家的电话，像一切深入敌阵患在心腹的奸细，竟装在我家文化中心的书房里，注定我一夕数惊，不，数十惊。四个女儿全长大了，连"最小偏怜"的一个竟也超过了《边城》里翠翠的年龄。每天晚上，热门的电视节目过后，进入书房，面对书桌，正要开始我的文化活动，她们的男友们(？)也纷纷出动了，我用问号，是表示存疑，因为人数太多，讲的又全是广东话，我凭什么分别来者是男友还是天真的男同学呢？总之我一生没有听过这么多陌生男子的声音。电话就在我背后响起，当然由我推椅跳接，问明来由，便扬声传呼，辗转召来"他"要找的那个女儿。铃声算是镇下去了，继之而起的却是人声的哼哼唧唧，喃喃喋喋。被铃声惊碎了的静谧，一片片又拼了拢来，却夹上这么一股昵昵尔汝、不听不行、听又不清的涓涓细流，再也拼不完整。世界上最令人分心的声音，还是人自己的声音，尤其是家人的语声。开会时主席滔滔的报告，演讲时名人侃侃的大言，都可以充耳不闻，别有用心，更勿论公车上渡轮上不相干的人声鼎沸，唯有这家人耳熟的声音，尤其是向着听筒的窃窃私语、叨叨独白，欲盖弥彰，似抑实扬，却又间歇不定，笑嗔无常，最能乱人心意。你当然不会认真听下去，可是家人的声音，无论是音色和音调，太亲切了，不听也自入耳，待要听时，却轮到那头说话了，这头只剩下了唯唯诺诺。有意无意之间，一通电话，你听到的只是零零碎碎、断断续续的"片面之词"，在朦胧的听觉上，有一种半盲的幻觉。

　　好不容易等到叮咛一声挂回听筒，还我寂静，正待接上断绪，重新投入工作，铃声响处，第二个电话又来了。四个女儿加上一个太太，每人晚上四五个电话，催魂铃声便不绝于耳了。像一个现代的殷洪乔，我成了五个女人的接线生。有时也想回对方一句"她不在"，或者干脆把电话挂断，又怕侵犯了人权，何况还是女权，在一对五票的劣势下，怎敢冒天下之大不韪？

绝望之余，不禁悠然怀古，想没有电话的时代，这世界多么单纯，家庭生活又多么安静，至少房门一关，外面的世界就闯不进来了，哪像现代人的家里，肘边永远伏着这么一枚不定时的炸弹。那时候，要通消息，写信便是。比起电话来，书信的好处太多了。首先，写信阅信都安安静静，不像电话那么吵人。其次，书信有耐性和长性，收到时不必即拆即读，以后也可以随时展阅，从容观赏，不像电话那样即呼即应，一问一答，咄咄逼人而来。"星期三有没有空？""那么，星期四行不行？"这种事情必须当机立断，沉吟不得，否则对方会认为你有意推托。相比之下，书信往还，中间有绿衣人或蓝衣人作为缓冲，又有洪乔之误周末之阻等等的借口，可以慢慢考虑，转肘的空间宽得多了。书信之来，及门而止，然后便安详地躺在信箱里等你去取，哪像电话来时，登堂入室，直捣你的心脏，真是迅铃不及掩耳。一日二十四小时，除了更残漏断、英文所谓"小小时辰"之外，谁也抗拒不了那催魂铃武断而坚持的命令，无论你正做着什么，都得立刻放下来，向它"交耳"。周公"一沐三握发，一饭三吐哺"，是为接天下之贤士，我们呢，是为接电话。谁没有从浴室里气急败坏地裸奔出来，一手提裤，一手去抢听筒呢？岂料一听之下，对方满口日文，竟是错了号码。

电话动口，书信动手，其实写信更见君子之风。我觉得还是老派的书信既古典又浪漫；古人"呼儿烹鲤鱼，中有尺素书"的优雅形象不用说了，就连现代通信所见的邮差、邮筒、邮票、邮戳之类，也都有情有韵，动人心目。在高人雅士的手里，书信成了绝佳的作品，进则可以辉照一代文坛，退则可以怡悦二三知己，所以中国人说它是"心声之献酬"，西洋人说它是"最温柔的艺术"。但自电话普及之后，朋友之间要互酬心声，久已勤于动口而懒于动手，眼看这种温柔的艺术已经日渐没落了。其实现代人写的书信，甚至出于名家笔下的，也没有多少够得上"温柔"两字。

也许有人不服，认为现代人虽爱通话，却也未必疏于通信，耶诞新年期间,人满邮局信满邮袋的景象,便是一大例证。其实这景象并不乐观,因为年底的函件十之八九都不是写信,只是在印好的贺节词下签名而已。通信"现代化"之后,岂但过年过节,就连贺人结婚、生辰、生子、慰人入院、出院、丧亲之类的场合,也都有印好的公式卡片任你"填表"。"听说你离婚了,是吗? 不要灰心,再接再厉,下一个一定美满!"总有一天会出售这样的慰问明信片的。所谓"最温柔的艺术",在电话普及、社交卡片泛滥的美国,是注定要没落的了。

甚至连情书,"最温柔的艺术"里原应最温柔的一种,怕也温柔不起来了。梁实秋先生在《雅舍小品》里说:"情人们只有在不能喁喁私语时才要写信。情书是一种紧急救济。"他没有料到电话愈来愈发达,情人情急的时候是打电话,不是写情书,即使山长水远,也可以两头相思一线贯通。以前的情人总不免"肠断萧娘一纸书",若是"玉珰缄札何由达",就更加可怜了。现代的情人只拨那小小的转盘,不再向尺素之上去娓娓倾诉。麦克鲁恒说得好:"消息端从媒介来",现代情人的口头盟誓,在十孔盘里转来转去,铃声叮咛一响,便已消失在虚空里,怎能转出伟大的爱情来呢? 电话来得快,消失得也快,不像文字可以永垂后世,向一代代的痴顽去求印证。我想情书的时代是一去不返了,不要提亚伯拉德和哀绿绮思,即使近如徐志摩和郁达夫的多情,恐也难再。

有人会说:"电话难道就一无好处吗? 至少即发即至,随问随答,比通信快得多啊! 遇到急事,一通电话可以立刻解决,何必劳动邮差摇其鹅步,延误时机呢?"这我当然承认,可是我也要问,现代生活的节奏调得这么快,究竟有什么意义呢? 你可以用电话去救人,匪徒也可以用电话去害人,大家都快了,快又有什么意义?

> 客从远方来,遗我一书札:
> 上言长相思,下言久离别。
> 置书怀袖中,三岁字不灭;
> 一心抱区区,惧君不识察。

在节奏舒缓的年代，一切都那么天长地久，耿耿不灭，爱情如此，一纸痴昧的情书，贴身三年，也是如此。在高速紧张的年代，一切都即生即灭，随荣随枯，爱情和友情，一切的区区与耿耿，都被机器吞进又吐出，成了车载斗量的消耗品了。电话和电视的恢恢天网，使五洲七海千城万邑缩小成一个"地球村"，四十亿兆民都迫到你肘边成了近邻。人类愈"进步"，这大千世界便愈加缩小。英国记者魏克说，孟买人口号称六百万，但是你在孟买的街头行走时，好像那六百万人全在你身边。据说有一天附带电视的电话机也将流行，那真是无所逃于天地之间了。《二〇〇一年：太空放逐记》的作者克拉克曾说：到一九八六年我们就可以跟火星上的朋友通话，可惜时差是三分钟，不能"对答如流"。我的天，"地球村"还不够，竟要去开发"太阳系村"吗？

　　野心勃勃的科学家认为，有一天我们甚至可能探访太阳以外的太阳。但人类太空之旅的速限是光速，一位太空人从二十五岁便出发去寻织女星，长征归来，至少是七十七岁了，即使在途中他能因"冻眠"而不老，世上的亲友只怕也半为鬼了。"空间的代价是时间"，一点也不错。我是一个太空片迷，但我的心情颇为矛盾。从《二〇〇一年》到《第三类接触》，一切太空片都那么美丽、恐怖、而又寂寞，令人"念天地之悠悠，独怆然而涕下"。而尤其是寂寞，唉，太寂寞了。人类即使能征服星空，也不过是君临沙漠而已。

　　长空万古，渺渺星辉，让一切都保持点距离和神秘，可望而不可即，不是更有情吗？留一点余地给神话和迷信吧，何必赶得素娥青女都走投无路，"逼神太甚"呢？宁愿我渺小而宇宙伟大，一切的江河不朽，也不愿进步到无远弗届，把宇宙缩小得不成气象。

　　对无远弗届的电话与关山阻隔的书信，我的选择也是如此。在英文里，叫朋友打个电话来，是"给我一声铃"。催魂铃吗，不必了。不要给我一声铃，给我一封信吧。

一九八〇年愚人节

牛蛙记

惊蛰以来，几场天轰地动的大雷雨当顶砸下，沙田一带，嫩绿稚青养眼的草木，到处都是水汪汪的，真有江湖满地的意思。就在这一片淋漓酣饱之中，蛙声遍地喧起，来势可惊。雨下听新蛙，阡陌呼应着阡陌，好像四野的水田，一夜之间蠢蠢都活了过来。这是一种比寂静更蛮荒的寂静。群蛙噪夜，可以当作一串串彼此引爆的地雷，不，水雷，当然没有天雷那么响亮，只能算天雷过后，满地隐隐的回声罢了。

不知怎地，从小对蛙鸣便有好感。现在反省起来，这种好感之中，不但含有乡土的亲切感，还隐隐藏着自然的神秘感，于是一端近乎水草，另一端却通于玄想和禅境了。孔稚珪庭草不翦，中有蛙鸣。王晏闻之曰："此殊聒人"，稚珪答曰："我听鼓吹殆不及此。"所谓鼓吹，是指鼓钲箫笳之乐，足见孔稚珪认为人籁终不及天籁，真是蛙的知己。

沙田在南中国最南端的一角小半岛上，亚热带的气候，正是清明过了，谷雨方甘。每到夜里，谷底乱蛙齐噪，那一片野籁袭人而来，可以想见在水浒草间，无数墨绿而黏滑的乡土歌手，正摇其长舌，鼓其白腹，阁阁而歌。那歌声此起彼落，一递一接，可说是一场"接力唱"。那充沛富足的中气，就像从春回夏凯的暖土里传来，生机勃勃，比黑人的灵歌更肥沃更深沉。夜蛙四起，我坐其中，听初夏的元气从大自然丹田的深处叱咤呼喝，漫野而来。正如韩愈所说："天之于时也亦然，择其善鸣者而假之鸣"，冥冥之中，蛙其实是夏的发言人，只可惜大家太忙了，无暇细听。当然，天籁里隐藏的天机，玄乎其玄，也不是完全听得懂的。有时碰巧夜深人静，独自盘腿闭目，行瑜珈吐纳之术，一时血脉畅通，心境豁然，蛙声盈耳，浑然忘机，竟似户外鼓腹鼓噪者为我，户内鼓腹吐纳者为蛙，人蛙相契，与夏夜合为一体了。

但是有一种蛙却令我难以浑然忘机，那便是蛙中之牛，所谓牛蛙。大约在五年前的夏天，久旱无雨，一连几夜听到它深沉而迟缓的低哞，不识其为何物，只有暗自纳罕。不久，我存也注意到了。晚饭后我们在屋后的坡上散步，山影幢幢，星光幽诡之中，其声闷闷然，郁郁然，单调而迟滞地从谷底传来，一哼一顿，在山间低震而隐隐有回声，像巨人病中的呻吟。两人停下步来，骇怪了一会，猜想那不是谷底的牛叫，就是樟树滩村里哪户人家在推磨。但哪家的牛会这么一迭连声地哞之不休，哪家的人会这么勤奋，走马灯似的推磨不停，又教我们好生不解。后来睡到床上，万籁寂寞，天地之间只有那谜样的魔样的怪声时起时歇，来枕边祟人。有时那声音一呼一应，节拍紧凑，又像是有两条牛在对吟，益增疑惧。

这么过了几夜，其声忽歇，天地清静。日子一久，也就把这事给忘了：牛魔王也好，鬼推磨也好，随它去吧，只要我一枕酣然，不知东方之既白。直到有一晚，其声无缘无故，忽焉又起。我们照例散步上山，一路狐疑不解，但其声远在谷底，我们无法求证，也莫可奈何。就在这时，迎面来了光生伉俪，四人停下来聊天。提起怪声，我不免征询他们的意见，不料光生立刻答道：

"那是牛蛙。"

"什么？是牛蛙？"我们大吃一惊。

"对呀，就在楼下的阴沟里。"

"这么近！怪不得——"

"吵死人了，"轮到光生的太太开口，"整夜在我们楼下吼叫，真受不了。有一次我们烧了两大锅开水，端到阴沟的铁格子盖上，兜头兜脑浇了下去——"

"后来呢？"我存紧张地追问。

"就没有声音了。"

"真是——好肉麻。"

说到这里，四个人都笑了。但是在哞哞的牛蛙声中回到家里，我的内心却不轻松。模糊的猜疑一下子揭晓，变成明确的威胁——远虑原来竟是近忧！就在楼下的阴沟里！怪不得那么震人耳鼓，扰人心神！那笨重而鲁钝的次男低音，有了新的意义。几星期来游移不定的想象，忽然有了依附的对象。原来是牛蛙，怪不得声蛮如牛。《伊索寓言》有一则说蛙鼓足了气，要跟牛比大；使我想起，牛蛙的体格虽不如牛，气魄却不多让，那么有限的肺活量，怎能蕴含那么超人，不，"超蛙"的音量。如果它真的体大如牛，那么一匹长舌巨瞳的墨绿色两栖妖兽，伏地一吼，哮声之深邃沉洪，不知该怎样加倍骇人。我立刻去翻词典，词典说牛蛙又名喧蛙，雌蛙体长二十厘米，雄蛙十八厘米，为世上最大之蛙，又说其鼓膜之大，为眼径四分之三。喧蛙之名果不虚传，也难怪听了聒耳惊心，令人蠢蠢不安。

知道了那是什么之后，侧耳再听，果然远在天边，近在跟前，觉得那阴郁的低调，锲而不舍，久而不衰，在你的耳神经上像一把包了皮的钝锯子拉来拉去，真是不留伤痕的暗刑。那哮声在小怪物的丹田里发动，在它体内已着魔似的共鸣一次，到了它蹲伏的阴沟之中，变本加厉，又再共鸣一次，愈显得夸大吓人。为它取一个绰号，叫"阴沟里的地雷"，谁曰不宜？不用多说，那一夜我翻来覆去，到后半夜才含糊入梦。

扰攘数夜之后，其声忽又止息。未几夏残秋至，牛蛙的威胁也就淡忘了。到了第二年初夏，第一声牛蛙发难，这一次，再无猜谜的余地。我存和我相对苦笑，两人互慰了一阵，准备用民主元首容忍言论自由的胸襟，来接受这逆耳之声。不过是几只小牛蛙在彼此唱和罢了，有什么好大惊小怪？这么一想，虽未全然心安，却似乎已经理得了。于是一任"阴沟里的地雷"一吼一答，互相引爆，只当没有听见。但此情恰如李清照所言，"才下眉头，却上心头"，自命不在乎了几天之后，那鲁钝而迟滞的单调苦吟，像一把毛哈哈的刷子一下又一下地曳过心头，更深人静的那一点清趣，全给毁了。

终于有一天晚上,容忍到了极限,光生伉俪烧水伏魔的一幕蓦地兜上心来。我去厨房里找来一大筒滴滴涕,又用手帕把嘴鼻蒙起,在颈背上打一个结,便冲下楼去。草地尽头,在几株幼枫之下,是一条长而曲折的排水阴沟,每隔丈许,便有两个长方形的铁格子沟盖。我沿沟巡了一圈,发现那郁闷困顿的呻吟,经过长沟的反激,就近听来,益发空洞而富回声,此呼彼应,竟然有好几处。较远的几处一时也顾不了,但近楼的一处铁格子盖下,郁叹闷哼的哼声,对我卧房的西窗最具威胁。我跪在草地上,听了一会,拾来一截长近三尺的枯松枝,伸进沟去捣了几下。哼声戛然而止。但盖孔太小,枯枝太弯,沟又太深,我知道"顽敌"只是一时息鼓,并未受创,只要我一转背,这潜伏的危机又会再起。我蓦地转过身去,待取背后的滴滴涕筒,忽见人影一闪。

"吉米。"原来是三楼张家的么弟。

"余伯伯,你在做什么?"吉米见我半个脸蒙住,也微吃了一惊。

"赶牛蛙。这些东西吵死人。"

"牛蛙?什么是牛蛙?"

"牛蛙就是——特别大的青蛙。如果你是青蛙,我就是牛蛙。"

"老师说,青蛙吃害虫,对人类有益处。"

"可是它太吵人,就成了害虫,所以——"说到这里,我忽然觉得自己毫无理由,便拿起滴滴涕筒,对吉米说:

"站开些,我要喷了!"

说着便猛按筒顶的活塞,像纳粹的狱卒一样,向沟中之囚施放毒气。一时白烟飞腾,隔着手帕,仍微微嗅到呛人的瓦斯臭味。吉米在一旁咳起嗽来。几番扫射之后,滴滴涕筒轻了,想沟中毒气弥漫,"敌阵"必已摧毁无余。听了一会,更无声息,便牵了吉米的手回到屋里。

果然肃静了。只有远处的几只还在隐隐地呻吟,近处的这只完全缄默了,今晚可以高枕无忧。也许它已经中毒,正在垂死挣扎,本已扭曲的四肢更加扭曲。威胁一下子解除,我忽然感到胜利者的空虚和疲劳。为了耳根清净,就值得牺牲一条性命吗?带着淡淡的内疚,我朦胧地睡去。

第二天夜里,河清海晏,除了近处的虫吟细细,远村的犬吠荒荒,天地阒然无声。寂寞,是最耐听的音乐。它是听觉的休战状态,轻柔的静谧俯下身来,抚慰受伤的耳朵。我欣然摊开东坡的诗集,从容地咏味起来。正在这时,心头忽然像给毛刷子刷了一下,那哞声又开始了。那冥顽不灵的苦吟低叹,像一群不死不活的病牛,又开始它那天长地久无意无识的喧闹。我绝望地阖上诗集。还只当是休战呢,这不是车轮鏖战,存心斗我吗?我冲下楼去,沿着那叵测的阴沟侦察了一周。至少有七八只之多,听上去,那中气之足,打一场消耗战绝无问题。它们只要一贯其愚蠢,轮番地哼哼又哈哈,就可以逸待劳,毁掉我一个晚上。

我冲回楼上,恶向胆边生。十分钟后,我提了满满一桶肥皂粉冲泡的水,气喘咻咻地重返阵地。近处的铁格子盖下,昨夜以为肃清了的,此刻吼得分外有劲,像在嘲弄我早熟的乐观。是原来的那只秋毫无损呢,还是别处的沟里又补来了一只? 难道这条曲折的阴沟是善于土遁的牛蛙的地下通道吗? 带着受了骗的恼羞成怒,我把一整桶毒液兜头直淋了下去。沟底溅起了回声,那怪物魔呓了两声,又装聋作哑起来。我又回到楼上,提来又一桶酵得白沫四起的肥皂粉水,向一盖一盖的空格灌了下去。一不做,二不休,又取来滴滴涕,向所有的洞口逐一喷射过去。

这么折腾了一个多钟头,我倒是累了。睡到床上,还未安枕,那单调而有恶意的哼哈又起,一呼群应,简直是全面反击。我相信那支地下游击队已经不朽,什么武器都不会见效了。

"真像他妈的⋯⋯!"

"你在说什么?"枕边人醒过来,惺忪地问道。

第三年的夏天,之藩从美国来香港教书,成为我沙田山居的近邻,山间的风起云涌,鸟啭虫吟,日夕与共。起初他不开车,峰回路转的闲步之趣,得以从容领略。不过之藩之为人,凡事只问大要,不究细节,想他散步时对于周围发生的一切,也只是得其神髓而遗其形

迹,不甚留心。一天晚上,跟我存在他阳台上看海,有异声起自下方,我存转身去问之藩:

"你听,那是什么声音?"

"哪有什么声音?"之藩讶然。

"你听嘛。"我存说。

之藩侧耳听了一会,微笑道:

"那不是牛叫吗?"

我存和我对望了一眼,我们笑了起来。

"那不是牛,是牛蛙。"她说。

"什么?是牛蛙。"之藩吃了一惊,在群蛙声中愣了一阵,然后恍然大悟,孩子似的爆笑起来。

"真受不了,"他边笑边说,"世界上没有比这更单调的声音!牛蛙!"他想想还觉得好笑。群蛙似有所闻,又哞哞数声相应。

"这种闷沉沉的苦哼,一点幽默感都没有,"我存说,"可是你听了却又可笑。"

"不笑又怎么办?"我说,"难道跟它对哼吗?其实这是苦笑,莫可奈何罢了。就像家里来了一个顽童,除了对他苦笑,还有什么办法。"

第二天在楼下碰见之藩,他形容憔悴,大嚷道:

"你们不告诉我还好,一知道了,反而留心去听!那声音的单调无趣,真受不了!一夜都没睡好!"

"抱歉抱歉,天机不该泄漏的。"我说,"有一次一位朋友看侦探小说正起劲,我一句话便把结局点破。害得他看又不是,不看又不是,气得要揍我。"

"过两天我太太从台北来,可不能跟她说,"之藩再三叮咛,"她常会闹失眠。"

看来牛蛙之害,有了接班人了。

烦恼因分担而减轻。比起新来的受难者,我们受之已久,久而能安,简直有几分优越感了。

216

第四年的夏天,隔壁搬来了新邻居。等他们安顿了之后,我们过去作睦邻的初访。主客坐定,茶已再斟,话题几次翻新,终于告一段落。岑寂之中,那太太说:"这一带真静。"

我们含笑颔首,表示同意。忽然哞哞几声,从阳台外传了上来。

那丈夫注意到了,问道:"那是什么?"

"你说什么?"我反问他。

"外面那声音。"那丈夫说。

"哦,那是牛——"我说到一半,忽然顿住,因为我存在看着我,眼中含着警告。她接口道:

"那是牛叫。山谷底下的村庄上,有好几头牛。"

"我就爱这种田园风味。"那太太说。

那一晚我们听见的不是群蛙,而是枕间彼此格格的笑声。

一九八〇年五月

我的四个假想敌

二女幼珊在港参加侨生联考,以第一志愿分发台大外文系。听到这消息,我松了一口气,从此不必担心四个女儿通通嫁给广东男孩了。

我对广东男孩当然并无偏见,在港六年,我班上也有好些可爱的广东少年,颇讨老师的欢心,但是要我把四个女儿全都让那些"靓仔""叻仔"掳掠了去,却舍不得。不过,女儿要嫁谁,说得洒脱些,是她们的自由意志,说得玄妙些呢,是因缘,做父亲的又何必患得患失呢?何况在这件事上,做母亲的往往住居要冲,自然而然成了女儿的亲密顾问,甚至亲密战友,作战的对象不是男友,却是父亲。等到做父亲的惊醒过来,早已腹背受敌,难挽大势了。

在父亲的眼里,女儿最可爱的时候是在十岁以前,因为那时她完全属于自己。在男友的眼里,她最可爱的时候却在十七岁以后,因为这时她正像毕业班的学生,已经一心向外了。父亲和男友,先天上就有矛盾。对父亲来说,世界上没有东西比稚龄的女儿更完美的了,唯一的缺点就是会长大,除非你用急冻术把她久藏,不过这恐怕是违法的,而且她的男友迟早会骑了骏马或摩托车来,把她吻醒。

我未用太空舱的冻眠术,一任时光催迫,日月轮转,再揉眼时,怎么四个女儿都已依次长大,昔日的童话之门砰地一关,再也回不去了。四个女儿,依次是珊珊、幼珊、佩珊、季珊。简直可以排成一条珊瑚礁。珊珊十二岁的那年,有一次,未满九岁的佩珊忽然对来访的客人说:"喂,告诉你,我姐姐是一个少女了!"在座的大人全笑了起来。

曾几何时,惹笑的佩珊自己,甚至最幼稚的季珊,也都在时光的

218

魔杖下，点化成"少女"了。冥冥之中，有四个"少男"正偷偷袭来，虽然蹑手蹑足，屏声止息，我却感到背后有四双眼睛，像所有的坏男孩那样，目光灼灼，心存不轨，只等时机一到，便会站到亮处，装出伪善的笑容，叫我岳父。我当然不会应他。哪有这么容易的事！我像一棵果树，天长地久在这里立了多年，风霜雨露，样样有份，换来果实累累，不胜负荷。而你，偶尔过路的小子，竟然一伸手就来摘果子，活该蟠地的树根绊你一跤！

而最可恼的，却是树上的果子，竟有自动落入行人手中的样子。树怪行人不该擅自来摘果子，行人却说是果子刚好掉下来，给他接着罢了。这种事，总是里应外合才成功的。当初我自己结婚，不也是有一位少女开门揖盗吗？"堡垒最容易从内部攻破，"说得真是不错。不过彼一时也，此一时也。同一个人，过街时讨厌汽车，开车时却讨厌行人。现在是轮到我来开车。

好多年来，我已经习于和五个女人为伍，浴室里弥漫着香皂和香水气味，沙发上散置皮包和发卷，餐桌上没人和我争酒，都是天经地义的事。戏称吾庐为"女生宿舍"，也已经很久了。做了"女生宿舍"的舍监，自然不欢迎陌生的男客，尤其是别有用心的一类。但是自己辖下的女生，尤其是前面的三位，已有"不稳"的现象，却令我想起叶芝的一句诗：

　　一切已崩溃，失去重心。

我的四个假想敌，不论是高是矮，是胖是瘦，是学医还是学文，迟早会从我疑惧的迷雾里显出原形，一一走上前来，或迂回曲折，嗫嚅其词，或开门见山，大言不惭，总之要把他的情人，也就是我的女儿，对不起，从此领去。无形的敌人最可怕，何况我在亮处，他在暗里，又有我家的"内奸"接应，真是防不胜防。只怪当初没有把四个女儿及时冷藏，使时间不能拐骗，社会也无由污染。现在她们都已大了，回不了头；我那四个假想敌，那四个鬼鬼祟祟的地下工作者，也都已羽毛丰满,什么力量都阻止不了他们了。先下手为强,这件事,该乘那四个假想敌还在襁褓的时候,就予以解决的。至少美国诗人纳什(Ogden Nash,1902—1971)劝我们如此。他在一首妙诗《由女婴之父来唱的歌》(*Song to Be Sung by the Father of Infant Female Children*)之中,说他生了女儿吉儿之后,惴惴不安,感到不知什么地方正有个男婴也在长大,现在虽然还浑浑噩噩,口吐白沫,却注定将来会抢走他的吉儿。于是做父亲的每次在公园里看见婴儿车中的男婴,都不由神色一变,暗暗想道:"会不会是这家伙?"想着想着,他"杀机陡萌"(*My dreams, I fear, are infanticiddle*),便要解开那男婴身上的别针,朝他的爽身粉里撒胡椒粉,把盐撒进他的奶瓶,把沙撒进他的菠菜汁,再扔头优游的鳄鱼到他的婴儿车里陪他游戏,逼他在水深火热之中挣扎而去,去娶别人的女儿。足见诗人以未来的女婿为假想敌,早已有了前例。

不过一切都太迟了。当初没有当机立断,采取非常措施,像纳什诗中所说的那样,真是一大失策。如今的局面,套一句史书上常见的话,已经是"寇入深矣!"女儿的墙上和书桌的玻璃垫下,以前的海报和剪报之类,还是披头,拜丝,大卫·凯西弟的形象,现在纷纷都换上男友了。至少,滩头阵地已经被入侵的军队占领了去,这一仗是必败的了。记得我们小时,这一类的照片仍被列为机密要件,不是藏在枕头套里,贴着梦境,便是夹在书堆深处,偶尔翻出来神往一番,哪有这么二十四小时眼前供奉的?

这一批形迹可疑的假想敌,究竟是哪年哪月开始入侵厦门街余宅的,已经不可考了。只记得六年前迁港之后,攻城的军事便换了一批口操粤语的少年来接手。至于交战的细节,就得问名义上是守城的那几个女将,我这位"昏君"是再也搞不清的了。只知道敌方的炮火,起先是瞄准我家的信箱,那些歪歪斜斜的笔迹,久了也能猜个七分;继而是集中在我家的电话,"落弹点"就在我书桌的背后,我的文苑就是他们的沙场,一夜之间,总有十几次脑震荡。那些粤音平上去入,有九声之多,也令我难以研判敌情。现在我带幼珊回了厦门街,那头的广东部队轮到我太太去抵挡，我在这头，只要留意台湾健儿，任务就轻松多了。

信箱被袭，只如战争的默片，还不打紧。其实我宁可多情的少年勤写情书，那样至少可以练习作文，不致在视听教育的时代荒废了中文。可怕的还是电话中弹，那一串串警告的铃声，把战场从门外的信箱扩至书房的腹地，默片变成了身历声，假想敌在实弹射击了。更可怕的，却是假想敌真的闯进了城来，成了有血有肉的真敌人，不再是假想了好玩的了，就像军事演习到中途，忽然真的打起来了一样。真敌人是看得出来的。在某一女儿的接应之下，他占领了沙发的一角，从此两人呢喃细语，嗫嚅密谈，即使脉脉相对的时候，那气氛也浓得化不开，窒得全家人都透不过气来。这时几个姐妹早已回避得远远的了，任谁都看得出情况有异，万一敌人留下来吃饭，那空气就更为紧张，好像摆好姿势，面对照相机一般。平时鸭塘一般的餐桌，四姐妹这时像在演哑剧，连筷子和调羹都似乎得到了消息，忽然小心翼翼起来。明知这僭越的小子未必就是真命女婿，(谁晓得宝贝女儿现在是十八变中的第几变呢？)心里却不由自主升起一股淡淡的敌意。也明知女儿正如将熟之瓜，终有一天会蒂落而去，却希望不是随眼前这自负的小子。

当然，四个女儿也自有不乖的时候，在恼怒的心情下，我就恨不得四个假想敌赶快出现，把她们统统带走。但是那一天真要来到时，我一定又会懊悔不已。我能够想象，人生的两大寂寞，一是退休之日，一是最小的孩子终于也结婚之后。宋淇有一天对我说："真羡慕你的女儿全在身边！"真的吗？至少目前我并不觉得，自己有什么可羡之处。也许真要等到最小的季珊也跟着假想敌度蜜月去了，才会和我存并坐在空空的长沙发上，翻阅她们小时的相簿，追忆从前，六人一车长途壮游的盛况，或是晚餐桌上，热气蒸腾，大家共享的灿烂灯光。人生有许多事情，正如船后的波纹，总要过后才觉得美的。这么一想，又希望那四个假想敌，那四个生手笨脚的小伙子，还是多吃几口闭门羹，慢一点出现吧。

袁枚写诗，把生女儿说成"情疑中副车"；这书袋掉得很有意思，却也流露了重男轻女的封建意识。照袁枚的说法，我是连中了四次副车，命中率够高的了。余宅的四个小女孩现在变成了四个小妇人，在假想敌环伺之下，若问我择婿有何条件，一时倒恐怕答不上来。沉吟半晌，我也许会说："这件事情，上有月下老人的婚姻谱，谁也不能窜改，包括韦固，下有两个海誓山盟的情人，'二人同心，其利断金'，我凭什么要逆天拂人，梗在中间？何况终身大事，神秘莫测，事先无法推理，事后不能悔棋，就算交给二十一世纪的电脑，恐怕也算不出什么或然率来。倒不如故示慷慨，伪作轻松，博一个开明父亲的美名，到时候带颗私章，去做主婚人就是了。"

问的人笑了起来，指着我说："什么叫作'伪作轻松'？可见你心里并不轻松。"

我当然不很轻松，否则就不是她们的父亲了。例如人种的问题，就很令人烦恼。万一女儿发痴，爱上一个耸肩摊手口香糖嚼个不停的小怪人，该怎么办呢？在理性上，我愿意"有婿无类"，做一个大大方方的世界公民。但是在感情上，还没有大方到让一个臂毛如猿的小伙子把我的女儿抱过门槛。现在当然不再是"严夷夏之防"的时代，但是一任单纯的家庭扩充成一个小型的联合国，也大可不必。问的人又笑了，问我可曾听说混血儿的聪明超乎常人。我说："听过，但是我不稀罕抱一个天才的'混血孙'。我不要一个天才儿童叫我Grandpa，我要他叫我外公。"问的人不肯罢休："那么省籍呢？"

"省籍无所谓，"我说，"我就是苏闽联姻的结果，还不坏吧？当初我母亲从福建写信回武进，说当地有人向她求婚。娘家大惊小怪，说'那么远！怎么就嫁给南蛮！'后来娘家发现，除了言语不通之外，这位闽南姑爷并无可疑之处。这几年，广东男孩锲而不舍，对我家的压力很大，有一天闽粤结成了秦晋，我也不会感到意外。如果有个台湾少年特别巴结我，其志又不在跟我谈文论诗，我也不会怎么为难他的。至于其他各省，从黑龙江直到云南，口操各种方言的少年，只要我女儿不嫌他，我自然也欢迎。"

"那么学识呢?"

"学什么都可以。也不一定要是学者,学者往往不是好女婿,更不是好丈夫。只有一点:中文必须清通。中文不通,将祸延吾孙!"

客又笑了。"相貌重不重要?"他再问。

"你真是迂阔之至!"这次轮到我发笑了,"这种事,我女儿自己会注意,怎么会要我来操心?"

笨客还想问下去,忽然门铃响起。我起身去开大门,发现长发乱处,又一个假想敌来掠余宅。

一九八〇年九月于厦门街

秦琼卖马

　　《隋唐演义》写秦叔宝困在潞州的小客栈里，盘缠耗尽，英雄气短，逼得把胯下的黄骠马牵去西营市待沽："王小二开门，叔宝先出门外，马却不肯出门，径晓得主人要卖他的意思。马便如何晓得卖他呢？此龙驹神马，乃是灵兽，晓得才交五更。若是回家，就是三更天也备鞍辔，捎行李了。牵栈马出门，除非是饮水龊青，没有五更天牵他饮水的理。马把两只前腿蹬定这门槛，两只后腿倒坐将下去。"读到此地，多情的看官们没有不掉泪的。

　　回台前夕，把胯下四年的旧车卖了，竟也十分依依不舍。汽车不比宝马，原是冥顽不灵之物，卖车的主人也不比秦琼，未到床头金尽的地步，仲夏的香港，更不比潞州的风高气冷，但我在卖车那两天，心情却像秦琼卖马，因为我和那车的缘分，也已到穷途末路了。

　　对于古英雄，马不但是胯下的坐骑，还是人格的延伸，英雄形象的装饰。项羽而无乌骓，关羽而无赤兔，都不可思议。"所向无空阔，真堪托死生"，简直超乎鞍辔之外，进入玄想的境地了。至于陆游，虽有"铁马秋风大散关"的豪语，在我想象之中，却似乎总是骑匹瘦驴。现代的车辆之中，最近于马的，首推机器脚踏车，至于汽车，其实是介于马和马车之间。美国的汽车便有"野马""战马"之类的名号，足见车马之间的联想，原就十分自然。

　　马反映了骑者的个性，汽车多少也是如此。买跑车的人跟买旅行车的人，总是有点分别的，开慢车跟开快车，也表现不同的性格。我在丹佛的时候，大学里有一位须发竞茂的美国同事，开一辆长如火车车厢的旅行车，停在小车之间，蔽天塞地，俨然有大巫之概。大家问他，好好一个单身汉，买这么一辆旅行车干什么，他的答复是将来打算养半打孩子。问他太太可有着落，说正在找。我心里暗想，女友见到这么一辆幼稚园校车，怎不吓得回头就逃。果然，到我离开丹佛时，那辆空大的旅行车里，仍然不见女人，孩子更不用提。车格即人格，这位同事"挈妇将雏，拖大带小"的温厚性情，可想而知。

另有一位同事，是位哲学名家，开起车来慢悠悠地，游心太玄，很有康德饭后散步的风度。只是"狭路相逢"，倒要小心一点，如果不巧你的快车跟上了他的慢车，也不得不耐下心来，权充康德的影子，步康德的后尘。不过哲人的低速却低得不很均匀，因为他时常变速，不"变慢"，一会儿像"稳当推"（andante），一会儿像"赖而兼拖"（larghetto），一会儿又像是"鸭踏脚"（adagio），令步其后尘的车辆无所适从。我们的哲人却安车当步，在狭路上领着一长列探头探脑而又超不得车的车队，从容蠕行如一条蜈蚣。一年前，之藩忽然买了一辆米黄色的小车，同事闻讯，一时人人自危。果然米黄小车过处，道路侧目，看他"赖而兼拖"而来，"鸭踏脚"而去，全不像个电子系的教授。

车性即人性，大致可以肯定。王维开起车来，想必跟李白大不相同。我一直想写一首诗，叫《与李白同驰高速公路》。李白生当今日，一定猛骋跑车，到见山非山见水非水的速度，违警与否，却是另一件事。拥有汽车，等于搬两张沙发到马路上，可以长途坐游，比骑马固然有欠生动与浪漫，但设计精密，马力无穷，又快又稳，又可以坐乘多人，只要脚尖微抑，肘腕轻舒，胯下的四轮就如挟了风火一般滚滚不息，历州过郡，朝发午至，令发明木牛流马的孔明自叹不如。还有一点，鞍上的英雄遇上风雨，毕竟十分狼狈，桶形座（bucket seat）上的驾驶人却顶风冒雨，不废驰驱，无论水晶帘外的世界是严冬或是酷暑，车内的气候却由仪表板上按钮操纵。杖屦登临，可以写田园诗。鞍镫来去，可以写江湖诗。但坐在方向盘后，却可以写现代诗，现代的游仙诗。

电钟不停，里程表不断地跳动，我和那辆得胜小车（Datsun

200L)告别时,它已经快满四岁,里程表上已记下两万一千多英里了。这里程,已近乎绕地球的一圈。四年的岁月悠悠转,又兜回了原地,那一切的峰回路转,水远山长,在那迷目的反光小镜里,名副其实都变成"前尘"了。

那辆日产出厂的得胜,最触目的是周身的绿玉色泽和流线型轮廓。细致耐看的绿色之下,更泛出游移不定的一层金光,迎着日辉,尤显得金碧灿然,像艳阳漾在荷叶的上面。车重二五八〇磅,身长一七七吋,比起我在丹佛开的那辆鹿轩(lmpala)来,短了四十吋,但在地窄街狭的香港,和那些一千六百西西的各型小车相较,又显得有些昂藏了。桶形的驾驶座在右面,开车时却要靠左行驶,起初不惯,两星期后也就自然了。朋友去港,我开车到机场迎接,只要是径自走向车右去开门的,一望便知是美国来客,宾主撞在一块,不免相顾失笑。车上了公路,放轮奔驰,路面的起伏回旋,从车底的轮胎和弹簧,隐隐传到髀骨和背肌,麻麻地,有一种轻度催眠的快感。浑圆的方向盘,掌中运转,给人大权在握、一切操之在我的信心。速度上了四十英里,引擎的低吟稳健而轻快,像一只弓背导电喃喃自怡的大猫。四年的日子就绕着这圆盘左右旋转,两万多哩的路程大半耗在马料水到尖沙咀的大埔路上。不记得,在巍巍的狮子山下,曾向深邃的税关投下多少枚买路钱了。朋友从台湾来,想眺望梦里的乡关,载他们去勒马洲"窥边",去镜中饱饫青青的山脉,脉脉的青山,也不记得有多少回了。最赏心餍目的,是在秋晴的佳日,海色山岚初拭之镜,驶去屏风的八仙岭下,沿着白净的长堤,一面散步,一面回顾中大的水塔和蜃楼。而如果游兴未央,也会载着思果,之藩,洪娴,深入缥缈的翠微,去探新娘潭,乌腾蛟,三门仔,鹿颈。

迄今驾过三辆车,前二辆高速驰骤,都在新大陆,这一辆的轮印却始终在老大陆的门口徘徊。之藩初到香港,有一次载他去大埔,我说,"如果一直朝北开,一会儿就到广州了",之藩大惊,连呼不可乱来。香港地狭,只得台北县大小,马力强劲的跑车和名牌轿车,在路警眈眈的监视之下,谁也不敢大开油门,突破四十英里的速限,就像一群身怀绝技的侠客，只能规行矩步，揖让而进，不敢使尽浑身解数。那辆绿玉得胜困在半岛多如蟹爪的新界，一百十五匹马力施展不开来，在我的腕下最高时速只到过六十英里，那当然也只是在夜间，十几秒钟的事情罢了，比起在新大陆的旷野上那种持续而迅疾的滑游来，真是委屈了它了。有一次我晓发芝加哥，夜抵盖提斯堡，全程六百英里，在香港，我一个月也开不到这么多路。

中文大学在沙田东北的一座山上，地势略似东海大学，但波光潋滟，水色迎人，风景更具灵动之美。我住的第六苑在山的背面，高低约在山腰。开车出门，不是上坡便是下坡，引擎未热，便要仰攀陡坡，所有车辆莫不气喘咻咻，或闷闷而哼，或嚣嚣而怨。山道起伏不定，转弯更频，须要不断换档，而且猛扭方向盘，加以微微隆起的人工路障，须要不断煞车，那辆得胜在委屈之余更饱受折磨，真觉得对不起它。好在亚热带的气候，连霜都少见，它更不愁陷雪或溜冰，这一点却胜过以前的两车。

以前的那两架车，曾为我踹冰踏雪，抵御异国凛冽的长冬，而车厢却拥我如春温，都哪里去了呢？一九六五年产的"飞镖"，一九六九年出世的"鹿轩"，底特律一胎又一胎的漂亮孩子，在迎新汰旧的美国，怕早已肢体残缺，玻璃不全，枕尸叠骸地欹侧在公路边的废车坟场了吧？那挡风窗上变幻的美景，反光镜中的缩地术，雨刷子记录的风霜，电钟记录的昨日，方向盘后的乡愁，一切一切的记忆，都销蚀在埋而未埋的旧车、老车、古董车里了。谁还能想象，当初在底特律刚刚出厂，豪华的陈列室里，乳嫩的白漆，克罗米的银光，曾炫过多少惊美的眼睛？

正如这辆绿比玉润的得胜，当初也炫过我，它新主的眼睛；坐在黑亮生光的绸面座位上，新皮的气味令人兴奋，平稳飞旋的四轮触地又似乎离地。四年下来，从前的光鲜已经收敛，虽然我一直善加保养，看去只有两岁的样子，毕竟时间的指纹和足印已触目可见，轮胎已换了三次了。明知它不过是一堆顽铁，几块玻璃，日后的归宿也只是累累的车冢，而肌肤之亲与日俱深。四年来，无论远征或近游，它总是默默地守在停车场一隅,像一匹忠实的坐骑。看新主接过钥匙,跨进了车去,砰地一响关上了车门,关我在外面。然后是引擎响了,多么熟悉的低吟;然后车头神气地转了过去,四灯炯炯探人;然后是天矫的车身,伶俐的车尾,车尾的一排红灯;然后便没入了车潮之中。只留下了我,一个寂寞怅恨的秦琼,呆立在空虚的停车场上。

一九八○年九月四日于厦门街

记忆像铁轨一样长

我的中学时代在四川的乡下度过。那时正当抗战,号称天府之国的四川,一寸铁轨也没有。不知道为什么,年幼的我,在千山万岭的重围之中,总爱对着外国地图,向往去远方游历,而且觉得最浪漫的旅行方式,便是坐火车。每次见到月历上有火车在旷野奔驰,曳着长烟,便心随烟飘,悠然神往,幻想自己正坐在那一排长窗的某一扇窗口,无穷的风景为我展开,目的地呢,则远在千里外等我,最好是永不到达,好让我永不下车。那平行的双轨一路从天边疾射而来,像远方伸来的双手,要把我接去未知;不可久视,久视便受它催眠。

乡居的少年那么神往于火车,大概因为它雄伟而修长,轩昂的车头一声高啸,一节节的车厢铿铿跟进,那气派真是慑人。至于轮轨相激枕木相应的节奏,初则铿锵而慷慨,继则单调而催眠,也另有一番情韵。过桥时俯瞰深谷,真若下临无地,蹑虚而行,一颗心,也忐忑忑吊在半空。黑暗迎面撞来,当头罩下,一点准备也没有,那是过山洞。惊魂未定,两壁的回声轰动不绝,你已经愈陷愈深,冲进山岳的盲肠里去了。光明在山的那一头迎你,先是一片幽昧的微熹,迟疑不决,蓦地天光豁然开朗,黑洞把你吐回给白昼。这一连串的经验,从惊到喜,中间还带着不安和神秘,历时虽短而印象很深。

坐火车最早的记忆是在十岁。正是抗战第二年,母亲带我从上海乘船到安南,然后乘火车北上昆明。滇越铁路与富良江平行,依着横断山脉蹲踞的余势,江水滚滚向南,车轮铿铿向北。也不知越过多少桥,穿过多少山洞。我靠在窗口,看了几百里的桃花映水,真把人看得眼红、眼花。

入川之后，刚兀的铁轨只能在山外远远喊我了。一直要等胜利还都，进了金陵大学，才有京沪路上疾驶的快意。那是大一的暑假，随母亲回她的故乡武进，铁轨无尽，伸入江南温柔的水乡，柳丝弄晴，轻轻地抚着麦浪。可是半年后再坐京沪路的班车东去，却不再中途下车，而是直达上海。那是最哀伤的火车之旅了：红旗渡江的前夕，我们仓皇离京，还是母子同行，幸好儿子已经长大，能够照顾行李。车厢挤得像满满一盒火柴，可是乘客的四肢却无法像火柴那么排得平整，而是交肱叠股，摩肩错臂，互补着虚实。母亲还有座位。我呢，整个人只有一只脚半踩在茶几上，另一只则在半空，不是虚悬在空中，而是斜斜地半架半压在各色人等的各色肢体之间。这么维持着"势力均衡"，换腿当然不能，如厕更是妄想。到了上海，还要奋力夺窗而出，否则就会被新拥上车来的回程旅客夹在中间，挟回南京去了。

来台之后，与火车更有缘分。什么快车慢车、山线海线，都有缘在双轨之上领略，只是从前京沪路上的东西往返，这时变成了纵贯线上的南北来回。滚滚疾转的风火千轮上，现代哪吒的心情，有时是出发的兴奋，有时是回程的慵懒，有时是午晴的遐思，有时是夜雨的落寞。大玻璃窗招来豪阔的山水，远近的城村；窗外的光景不断，窗内的思绪不绝，真成了情景交融。尤其是在长途，终站尚远，两头都搭不上现实，这是你一切都被动的过渡时期，可以绝对自由地大想心事，任意识乱流。

饿了，买一盒便当充午餐，虽只一片排骨，几块酱瓜，但在快览风景的高速动感下，却显得特别可口。台中站到了，车头重重地喘一口气，颈挂零食拼盘的小贩一拥而上，太阳饼、凤梨酥的诱惑总难以拒绝。照例一盒盒买上车来，也不一定是为了有多美味，而是细嚼之余有一股甜津津的乡情，以及那许多年来，唉，从年轻时起，在这条线上进站、出站、过站、初旅、重游、挥别，重重叠叠的回忆。

最生动的回忆却不在这条线上，在阿里山和东海岸。拜阿里山神是在十二年前。朱红色的窄轨小火车在洪荒的岑寂里盘旋而上，忽进忽退,忽蠕蠕于悬崖,忽隐身于山洞,忽又引吭一呼,回声在峭壁间来回反弹。万绿丛中牵曳着一线媚红,连高古的山颜也板不起脸来了。

拜东岸的海神却近在三年以前,是和我存一同乘电气化火车从北回线南下。浩浩的太平洋啊,日月之所出,星斗之所生,毕竟不是海峡所能比,东望,是令人绝望的水蓝世界。起伏不休的咸波,在远方,摇撼着多少个港口多少只船,扪不到边,探不到底,海神的心事就连长锚千丈也难窥。一路上怪壁碍天,奇岩镇地,被千古的风浪蚀刻成最丑所以也最美的形貌,罗列在岸边如百里露天的艺廊,刀痕刚劲,一件件都凿着时间的签名,最能满足狂士的"石癖"。不仅岸边多石,海中也多岛。火车过时,一个个岛屿都不甘寂寞,跟它赛起跑来。毕竟都是海之囡,小的,不过跑三两分钟,大的,像龟山岛,也只能追逐十几分钟,就认输放弃了。

萨洛扬的小说里,有一个寂寞的野孩子,每逢火车越野而过,总是兴奋地在后面追赶。四十年前在四川的山国里,对着世界地图悠然出神的,也是那样寂寞的一个孩子,只是在他的门前,连火车也不经过。后来远去外国,越洋过海,坐的却常是飞机,而非火车。飞机虽可想成庄子的逍遥之游,列子的御风之旅,但是出没云间,游行虚碧,变化不多,机窗也太狭小,久之并不耐看。哪像火车的长途,催眠的节奏,多变的风景,从阔窗里看出去,又像是在人间,又像驶出了世外。所以在国外旅行,凡铿铿的双轨能到之处,我总是站在月台——名副其实的"长亭"——上面,等那阳刚之美的火车轰轰隆隆其势不断地踹进站来,来载我去远方。

在美国的那几年,坐过好多次火车。在艾奥瓦城读书的那一年,常坐火车去芝加哥看刘鎏和孙璐。美国是汽车王国,火车并不考究。去芝加哥的老式火车颇有十九世纪遗风,坐起来实在不大舒服,但沿途的风景却看之不倦。尤其到了秋天,原野上有一股好闻的淡淡焦味,太阳把一切成熟的东西焙得更成熟,黄透的枫叶杂着赭尽的橡叶,一路艳烧到天边,谁见过那样美丽的火灾呢?过密西西比河,铁桥上敲起空旷的铿锵,桥影如网,张着抽象美的线条,倏忽已踹过好一片壮阔的烟波。等到暮色在窗,芝城的灯火迎面渐密,那黑人老车掌就喉音重浊地喊出站名:Tanglewood!

有一次,从芝城坐火车回艾奥瓦城。正是耶诞假后,满车都是回校的学生,大半还背着、拎着行囊,更形拥挤。我和好几个美国学生挤在两节车厢之间,等于站在老火车轧轧交挣的关节之上,又冻又渴。饮水的纸杯在众人手上,从厕所一路传到我们跟前。更严重的问题是不能去厕所,因为连那里面也站满了人。火车原已误点,我们在呵气翳窗的芝城总站上早已困立了三四个小时,偏偏隆冬的膀胱最容易注满。终于"满载而归",一直熬到艾大的宿舍。一泻之余,顿觉身轻若仙,重心全失。

美国火车经常误点,真是恶名昭彰。我在美国下决心学开汽车,完全是给老爷火车激出来的。火车误点,或是半途停下来等到地老天荒,甚至为了说不清楚的深奥原因向后倒开,都是最不浪漫的事。几次耽误,我一怒之下,决定把方向盘握在自己手里,不问山长水远,都可即时命驾。执照一到手,便与火车分道扬镳,从此我骋我的高速路,它敲它的双铁轨。不过在高速路旁,偶见迤迤的列车同一方向疾行,那修长而魁伟的体魄,那稳重而剽悍的气派,尤其是在天高云远的西部,仍令我怦然心动。总忍不住要加速去追赶,兴奋得像西部片里马背上的大盗,直到把它追进了山洞。

一九七六年去英国,周榆瑞带我和彭歌去剑桥一游。我们在维多利亚车站的月台上候车,匆匆来往的人群,使人想起那许多著名小说里的角色,在这"生之旋涡"里卷进又卷出的神色与心情。火车出城了,一路开得不快,看不尽人家后院晒着的衣裳,和红砖翠篱之间明艳而动人的园艺。那年西欧大旱,耐干的玫瑰却恣肆着娇红。不过是八月底,英国给我的感觉却是过了成熟焦点的晚秋,尽管是迟暮了,仍不失为美人。到剑桥飘起霏霏的细雨,更为那一幢幢俨整雅洁的中世纪学院平添了一分迷蒙的柔美。经过人文传统日琢月磨的景物,毕竟多一种沉潜的秀逸气韵,不是铝光闪闪的新厦可比。在空幻的雨气里,我们撑着黑伞,蹚过剑河上的石洞拱桥,心底回旋的是弥尔顿牧歌中的抑扬名句,不是硖石才子的江南乡音。红砖与翠藤可以为证,半部英国文学史不过是这河水的回声。雨气终于浓成暮色,我们才挥别了灯暖如橘的剑桥小站。往往,大旅途里最具风味的,是这种一日来回的"便游"(side trip)。

两年后我去瑞典开会,回程顺便一游丹麦与西德,特意把斯德哥尔摩到哥本哈根的机票,换成黄底绿字的美丽火车票。这一程如果在云上直飞,一小时便到了,但是在铁轨上轮转,从上午八点半到下午四点半,却足足走了八个小时。云上之旅海天一色,美得未免抽象。风火轮上八小时的滚滚滑行,却带我深入瑞典南部的四省,越过青青的麦田和黄艳艳的芥菜花田,攀过银桦蔽天杉柏密矗的山地,渡过北欧之喉的峨瑞升德海峡,在香熟的夕照里驶入丹麦。瑞典是森林王国,火车上凡是门窗几椅之类都用木制,给人的感觉温厚而可亲。车上供应的午餐是烘面包夹鲜虾仁,灌以甘洌的嘉士伯啤酒,最合我的胃口。瑞典南端和丹麦北部这一带,陆上多湖,海中多岛,我在诗里曾说这地区是"屠龙英雄的泽国,佯狂王子的故乡",想象中不知有多阴郁,多神秘。其实那时候正是春夏之交,纬度高远的北欧日长夜短,柔蓝的海峡上,迟暮的天色久久不肯落幕。我在延长的黄昏里独游哥本哈根的夜市,向人鱼之港的灯影花香里,寻找疑真疑幻的传说。

西德之旅,从杜塞尔多夫到科隆的一程,我也改乘火车。德国的车厢跟瑞典的相似,也是一边是狭长的过道,另一边是方形的隔间,装饰古拙而亲切,令人想起旧世界的电影。乘客稀少,由我独占一间,皮箱和提袋任意堆在长椅上。银灰与橘红相映的火车沿莱茵河南下,正自纵览河景,查票员说科隆到了。刚要把行李提上走廊,猛一转身,忽然瞥见蜂房蚁穴的街屋之上峻然拔起两座黑黝黝的尖峰,瞬间的感觉,极其突兀而可惊。定下神来,火车已经驶近那一双怪物,峭险的尖塔下原来还整齐地绕着许多小塔,锋芒逼人,拱卫成一派森严的气象,那么崇高而神秘,中世纪哥特式的肃然神貌耸在半空,无闻于下界琐细的市声。原来是科隆的大教堂,在莱茵河畔顶天立地已七百多岁。火车在转弯。不知道是否因为车身微侧,竟感觉那一对巨塔也峨然倾斜,令人吃惊。不知飞机回降时成何景象,至少火车进城的这一幕十分壮观。

三年前去里昂参加国际笔会的年会,从巴黎到里昂,当然是乘火车,为了深入法国东部的田园诗里,看各色的牛群,或黄或黑,或白底而花斑,嚼不尽草原上缓坡上远连天涯的芳草萋萋。陌生的城镇,点名一般地换着站牌。小村更一现即逝,总有白杨或青枫排列于乡道,掩映着粉墙红顶的村舍,衬以教堂的细瘦尖塔,那么秀气地针着远天。西斯莱、毕沙罗,在初秋的风里吹弄着牧笛吗?那年法国刚通了东南线的电气快车,叫作 Le TGV (Train à Grande Vitesse),时速三百八十公里,在报上大事宣扬。回程时,法国笔会招待我们坐上这骄红的电鳗;由于座位是前后相对,我一路竟倒骑着长鳗进入巴黎。在车上也不觉得怎么"风驰电掣",颇感不过如此。今年初夏和纪刚、王蓝、健昭、杨牧一行,从东京坐子弹车射去京都,也只觉其"稳健"而已。车到半途,天色渐昧,正吃着鳗鱼佐饭的日本便当,吞着苦涩的札幌啤酒,车厢里忽然起了骚动,惊叹不绝。在邻客的探首指点之下,迤见富士山的雪顶白矗晚空,明知其为真实,却影影绰绰,像一片可怪的幻象。车行极快,不到三五分钟,那一影淡白早已被近丘所遮。那样快的变动,敢说浮世绘的画师,戴笠挎剑的武士,都不曾见过。

台湾中南部的大学常请台北的教授前往兼课,许多朋友不免每星期南下台中、台南或高雄。从前龚定盦奔波于北京与杭州之间,柳亚子说他"北驾南舣到白头"。这些朋友在岛上南北奔波,看样子也会奔到白头,不过如今是在双轨之上,不是驾马舣舟。我常笑他们是演"双城记",其实近十年来,自己在台北与香港之间,何尝不是如此?在台北,三十年来我一直以厦门街为家。现在的汀州路二十年前是一条窄轨铁路,小火车可通新店。当时年少,我曾在夜里踏着轨旁的碎石,鞋声轧轧地走回家去,有时索性走在轨道上,把枕木踩成一把平放的长梯。时常在冬日的深宵，诗写到一半，正独对天地之悠悠，寒战的汽笛声会一路沿着小巷呜呜传来，凄清之中有其温婉，好像在说：全台北都睡了，我也要回站去了，你，还要独撑这倾斜的世界吗？夜半钟声到客船，那是张继。而我，总还有一声汽笛。

在香港，我的楼下是山，山下正是九广铁路的中途。从黎明到深夜，在阳台下滚滚辗过的客车、货车，至少有一百班。初来的时候，几乎每次听见车过，都不禁要想起铁轨另一头的那一片土地，简直像十指连心。十年下来，那样的节拍也已听惯，早成大寂静里的背景音乐，与山风海潮合成浑然一片的天籁了。那轮轨交磨的声音，远时哀沉，近时壮烈，清晨将我唤醒，深宵把我摇睡，已经潜入了我的脉搏，与我的呼吸相通。将来我回去台湾，最不惯的恐怕就是少了这金属的节奏，那就是真正的寂寞了。也许应该把它录下音来，用最敏感的机器，以备他日怀旧之需。附近有一条铁路，就似乎把住了人间的动脉，总是有情的。

香港的火车电气化之后，大家坐在冷静如冰箱的车厢里，忽然又怀起古来，隐隐觉得从前的黑头老火车，曳着煤烟而且重重叹气的那种，古拙刚愎之中仍不失可亲的味道。在从前那种车上，总有小贩穿梭于过道，叫卖斋食与"凤爪"，更少不了的是报贩。普通票的车厢里，不分三教九流，男女老幼，都杂杂沓沓地坐在一起，有的默默看报，有的怔怔望海，有的瞌睡，有的啃鸡爪，有的闲闲地聊天，有的激昂慷慨地痛论国是，但旁边的主妇并不理会，只顾得呵斥自己的孩子，如果你要香港社会的样品，这里便是。周末的加班车上，更多广州返来的回乡客，一根扁担，就挑尽了大包小笼。此情此景，总令我想起杜米埃（Honoré Daumier）的名画《三等车上》。只可惜香港没有产生自己的杜米埃，而电气化后的明净车厢里，从前那些汗气、土气的乘客，似乎一下子都不见了，小贩子们也绝迹于月台。我深深怀念那个摩肩抵肘的时代。站在今日画了黄线的整洁月台上，总觉得少了一点什么，直到记起了从前那一声汽笛长啸。

写火车的诗很多，我自己都写过不少。我甚至译过好几首这样

的诗,却最喜欢土耳其诗人塔朗吉(Cahit Sitki Taranci)的这首:

去什么地方呢,这么晚了,
美丽的火车,孤独的火车?
凄苦是你汽笛的声音,
令人记起了许多事情。

为什么我不该挥舞手巾呢?
乘客多少都跟我有亲。
去吧,但愿你一路平安,
桥都坚固,隧道都光明。

一九八四年五月七日

何以解忧?

人到中年,情感就多波折,乃有"哀乐中年"之说。不过中文常以正反二字合用,来表达反义。例如"恩怨"往往指怨,"是非"往往指非,所以江湖恩怨、官场是非之类,往往是用反面的意思。也因此,所谓哀乐中年恐怕也没有多少乐可言吧。年轻的时候,大概可以躲在家庭的保护伞下,不容易受伤。到了中年,你自己就是那把伞了,八方风雨都躲不掉。然则,何以解忧?

曹操说:"唯有杜康。"

杜康是周时人,善于造酒。曹操的意思是说,唯有一醉可以忘忧。其实就像他那样提得起放得下的枭雄,一手握着酒杯,仍然要叹"悲从中来,不可断绝。"也可见杜康发明的特效药不怎么有效。范仲淹说:"酒入愁肠,化作相思泪。"反而触动柔情,帮起倒忙来了。吾友刘绍铭乃刘伶之后,颇善饮酒,所饮的都是未入刘伶愁肠的什么行者尊尼之类,可是他不像一个无忧的人。朋友都知道,他常常对人诉穷;大家都不明白,为什么赚美金的人要向赚台币的人诉穷。我独排众议,认为刘绍铭是花钱买醉,喝穷了的。世界上,大概没有比酒醒后的空酒瓶更空虚的心情了。豪斯曼的《惨绿少年》说:

> 要解释天道何以作弄人,
> 一杯老酒比弥尔顿胜任。

弥尔顿写了一整部史诗,来解释人类何以失去乐园,但是其效果太迂阔了,反而不如喝酒痛快。陶潜也说:"天运苟如此,且进杯中酒。"问题是酒醒之后又怎么办。所以赫思曼的少年一醉醒来，发现自己躺在泥里，除了衣物湿尽之外，世界，还是原来的世界。

刘绍铭在一篇小品文里，以酒量来分朋友，把我纳入"滴酒不沾"的一类。其实我的酒量虽浅，而且每饮酡然，可是绝非滴酒不沾，而且无论喝得怎么酡然，从来不会颓然。本来我可以喝一点绍兴，来港之后，因为遍地都是洋酒，不喝，太辜负狄俄尼索斯了，所以把酒坊架上排列得金碧诱人的红酒、白酒、白兰地等等，一一尝来。曹操生在今日，总得喝拿破仑才行，不至于坚持"唯有杜康"了吧。朋友之中真正的海量应推戴天，他推己及人，赴宴时常携名酒送给主人。据他说，二百元以下的酒，无可饮者。从他的标准看来，我根本没有喝过酒，只喝过糖水和酸水，亦可见解忧之贵。另一个极端是梁锡华，他的肠胃很娇，连茶都不敢喝，酒更不论。经不起我的百般挑弄，他总算尝了一口匈牙利的"碧叶萝丝"（Pieroth），竟然喜欢。后来受了维梁之诱，又沾染上一种叫"顶冻鸭"（Very Cold Duck）的红酒。

我的酒肠没有什么讲究：中国的花雕加饭和竹叶青，日本的清酒，韩国的法酒，都能陶然。晚饭的时候常饮一杯啤酒，什么牌子都可以，却最喜欢丹麦的嘉士伯和较浓的土波。杨牧以前嗜烈酒，现在约束酒肠，日落之后方进啤酒，至少五樽。所以凡他过处，空啤酒瓶一定排成行列，颇有去思。但是他显然也不是一个无忧之人。不论是杜康还是狄俄尼索斯，果真能解忧吗？"举杯消愁愁更愁"，还是李白讲得对，而李白，是最有名最资深的酒徒。我虽然常游微醺之境，却总在用餐前后，或就枕之前，很少空肚子喝。楼高风寒之夜，读书到更深，有时饮半盅"可匿雅客"（cognac），是为祛寒，而不是为解忧。忧与愁，都在心底，所以字典里都归心部。酒落在胃里，只能烧起一片壮烈的幻觉，岂能到心？

就我而言，读诗，不失为解忧的好办法。不是默读，而是读出声来，甚至纵情朗诵。年轻时读外文系，我几乎每天都要朗诵英文诗，少则半小时，多则两三小时。雪莱对诗下的定义是"声调造成的美"（the rhythmical creation of beauty），说法虽与音乐太接近，倒也说明了诗的欣赏不能脱离朗诵。直到现在,有时忧从中来,我仍会朗诵雪莱的《啊世界,啊生命,啊光阴》,竟也有登高临远而向海雨天风划然长啸的气概。诵毕,胸口的压力真似乎减轻不少。

但我更常做的,是曼吟古典诗。忧从中来,五言绝句不足以抗拒。七言较多回荡开阖,效力大些。最尽兴的,是狂吟起伏跌宕的古风如"弃我去者昨日之日不可留"或"人生千里与万里",当然要神旺气足,不得嗫嚅吞吐,而每到慷慨激昂的高潮,真有一股豪情贯通今古,太过瘾了。不过,能否吟到惊动鬼神的程度,还要看心情是否饱满,气力是否充沛,往往可遇而不可求。尤其一个人独诵,最为忘我。拿来当众表演,反而不能淋漓尽致。去年年底在台北,我演讲《诗的音乐性》,前半场空谈理论,后半场用国语朗诵新诗,用旧腔高吟古诗,用粤语、闽南语、川语朗诵李白的《下江陵》,最后以英语诵纳什的《春天》,以西班牙语诵洛尔卡的《骑士之歌》与《吉打吟》。我吟的其实不是古诗,而是苏轼的"大江东去"。可惜那天高吟的效果远不如平日独吟时那么浑然忘我,一气呵成;也许因为那种高吟的声调是我最私己的解忧方式吧。

"你什么时候会朗诵西班牙诗的呢?"朋友们忍不住要问我了。二十年前听劳治国神甫诵洛尔卡的 La Guitarra,神往之至,当时就自修了一点西班牙文,但是不久就放弃了。前年九月,去委内瑞拉开会,我存也吵着要去。我就跟她谈条件,说她如果要去,就得学一点西班牙字,至少得知道要买的东西是几块 bolívares。为了教她,我自己不免加倍努力。在加拉加斯机场到旅馆的途中,我们认出了山道旁告示牌上大书的 agua,高兴了好半天。新学一种外文,一切从头开始,舌头牙牙学语,心头也就恢复了童真。从那时候起,我已经坚持了将近一年半:读文法,玩字典,背诗,听唱片,看英文与西班牙文对照的小说译本,几乎无日间断。

我为什么要学西班牙文?首先,英文已经太普通了,似乎有另习一种"独门武功"的必要。其次,我喜欢西班牙文那种子音单纯母音圆转的声调,而且除了 h 之外,几乎有字母就有声音,不像法文那么狡猾,字尾的子音都噤若寒蝉。第三,我有意翻译艾尔·格列科的传记,更奢望能用原文来欣赏洛尔卡、聂鲁达、达里奥等诗人的妙处。第四,通了西班牙文之后,就可得陇望蜀,进窥意大利文,至于什么葡萄牙文,当然也在觊觎之列,其顺理成章,就像闽南话可以接通客家话一样。

这些虽然都只是美丽的远景,但凭空想想也令人高兴。"一事能狂便少年",狂,正所以解忧。对我而言,学西班牙文就像学英文的人有了"外遇":另外这位女人跟家里的那位大不相同,能给人许多惊喜。她说"爸爸们",其实是指父母,而"兄弟们"却指兄弟姐妹。她每逢要问什么或是叹什么,总要比别人多用一个问号或惊叹号,而且颠来倒去,令人心乱。不过碰上她爱省事的时候,也爽快得可爱:别人说 neither…nor,她说 ni…ni;别人无中生有,变出些什么 do,does,doing,did,done 等等戏法,她却嫌烦,手一挥,全部都扫开。别人表示否定,只说一声"不",而且认为双重否定是粗人的话;她却满口的"瓶中没有无花""我没有无钱"。英文的规矩几乎都给她打破了,就像一个人用手走路一样,好不自由自在。英文的禁区原来是另一种语言的通道,真是一大解放。这新获的自由可以解忧。我一路读下去,把中文妈妈和英文太太都抛在背后,把烦恼也抛在背后。无论如何,我牙牙学来的这一点西班牙文,还不够用来自寻烦恼。

而一旦我学通了呢,那我就多一种语文可以翻译,而翻译,也是解忧的良策。译一本好书,等于让原作者的神灵附体,原作者的喜怒哀乐变成了你的喜怒哀乐。"替古人担忧",总胜过替自己担忧吧。译一本杰作,等于分享一个博大的生命,而如果那是一部长篇巨著,则分享的时间就更长,神灵附体的幻觉当然也更强烈。法朗士曾说好批评家的本领是"神游杰作之间而记其胜";翻译,也可以说是"神游杰作之间而传其胜。"神游,固然可以忘忧。在克服种种困难之后,终于尽传其胜,更是一大欣悦了。武陵人只能独游桃花源,翻译家却能把刘子骥带进洞天福地。

我译《梵高传》,是在三十年前;三十多万字的巨著,前后译了十一个月。那是我青年时代遭受重大挫折的一段日子。动手译书之初，我身心俱疲，自觉像一条起锚远征的破船，能不能抵达彼岸，毫无把握。不久，梵高附灵在我的身上，成了我的"第二自己"（alter ego）。我暂时抛开目前的烦恼，去担梵高之忧，去陪他下煤矿，割耳朵，住疯人院，自杀。梵高死了，我的"第二自己"不再附身，但是"第一自己"却解除了烦忧，恢复了宁静。那真是一大自涤，无比净化。

悲哀因分担而减轻，喜悦因共享而加强。如果《梵高传》能解忧，那么，《不可儿戏》更能取乐了。这出戏（原名 *The Importance of Being Earnest*）是王尔德的一小杰作，用他自己的话来形容，"像一个空水泡一样娇嫩"。王尔德写得眉飞色舞，我也译得眉开眼笑，有时更笑出声来，达于书房之外。家人问我笑什么，我如此这般地口译一遍，于是全家都笑了起来。去年六月，杨世彭把此剧的中译搬上香港的戏台，用国语演了五场，粤语演了八场，丰收了满院的笑声。坐在一波又一波的笑声里，译者忘了两个月伏案的辛劳。

译者没有作家那样的名气，却有一点胜过作家。那就是：译者的工作固定而现成，不像作家那样要找题材，要构思，要沉吟。我写诗，有时会枯坐苦吟一整个晚上而只得三五断句，害得人带着挫折的情绪掷笔就枕。译书的心情就平稳多了，至少总有一件明确的事情等你去做，而只要按部就班去做，总可以指日完工，不会有一日虚度。以此解忧，要比创作来得可靠。

翻译是神游域外，天文学则更进一步，是神游天外。我当然是天文学的外行，却爱看阿西莫夫等人写的入门书籍，和令人遐想欲狂的星象插图。王羲之在《兰亭集序》里有"仰观宇宙之大，俯察品类之盛"的句子；但就今日看来，晋人的宇宙观当然是含糊的。王羲之的这篇名作写于四世纪中叶，当时佛教已传来中国，至晋而盛。佛教以一千个小世界为小千世界，合一千个小世界为中千世界，再合一千个中千世界为大千世界；所以大千世界里一共是十亿个小世界。据现代天文学家的推断，像太阳这样等级的恒星，单是我们太阳系所属的银河里，就有一千亿之多，已经是大千世界的一百倍了；何况一个太阳系里,除九大行星之外,尚有三十二个卫星,一千五百多个小行星,和若干彗星,本身已经是一个小千世界,不止是小世界了。这些所谓小行星(asteroids)大半漂泊于火星与木星之间,最大的一颗叫西瑞司(Ceres),直径四八〇英里,几乎相当于月球的四分之一。

太阳光射到我们眼里,要在太空飞八分钟,但要远达冥王星,则几乎要飞六小时。这当然是指光速。喷射机的时速六百英里,只有光速的一百十一万六千分之一;如果太阳与冥王星之间可通飞机,则要飞六百九十六年才到,可以想见我们这太阳系有多夐辽。可是这比起太阳和其他恒星之间的距离来,又渺乎其微了。太阳和冥王星的距离,以光速言,只要算小时,但和其他恒星之间,就要计年了。最近的恒星叫人马座一号(Alpha Centauri),离我们有四点二九光年,也就是二十五兆英里。在这难以体会的浩阔空间里,什么也没有,除了亘古的长夜里那些永恒之谜的簇簇星光。这样的大虚无里,什么戈壁,什么瀚海,都成了渺不足道的笑话。人马座一号不过是太阳族的隔壁邻居,已经可望而不可即,至于宇宙之大,从这头到那头,就算是光,长征最快的选手了,也要奔波二百六十亿年。

"仰观宇宙之大"谈何容易。我们这寒门小族的太阳系,离银河的平面虽只四十五光年,但是跟盘盘囷囷的银河涡心却相距几乎三万光年。譬如看戏,我们不过是边角上的座位,哪里就觑得真切。至于"俯察品类之盛",也有许多东西悖乎我们这小世界的"天经地义"。一年是三百六十五天,一天是二十四小时吗?木星上的一年却是地球上的十二年,而其一日只等于我们的十小时。水星的一年却只有我们的八十八天。太阳永远从东边起来吗?如果你住在金星上,就会看太阳从西天升起,因为金星的自转是顺着时针方向。

我们常说"天长地久"。地有多久呢?直到十九世纪初年,许多西方的科学家还相信圣经之说,即地球只有六千岁。亥姆霍兹首创一千八百万年之说,但今日的天文学家根据岩石的放射性变化,已测知地球的年龄是四十七亿年。天有多长呢?据估计,是八百二十亿年。今人热衷于寻根,可是我们世世代代扎根的这个老家,不过是漂泊太空的蕞尔浪子,每秒钟要奔驰十八英里半。而地球所依的太阳,却领着我们向天琴座神秘的一点飞去,速度是每秒十二英里。我们这星系,其实是居无定所的游牧民族。

说到头来,我们这显赫不可仰视的老族长,太阳,在星群之中不过是一个不很起眼的常人。即使在近邻里面,天狼星也比他亮二十五倍,参宿七(Rigel)的亮度却为他的二万五千倍。我们的地球在太阳家里更是一粒不起眼的小丸,在近乎真空的太空里,简直是无处可寻的一点尘灰。然则我们这五呎几寸,一百多磅的欲望与烦恼,又有什么值得大惊小怪呢?问四百六十光年外的参宿七拿破仑是谁,它最多眨一下冷眼,只一眨,便已经从明朝到了现今。

读一点天文书,略窥宇宙之大,转笑此身之小,蝇头蚁足的些微得失,都变得毫无意义。从彗星知己的哈雷(Edmund Halley,1656—1742)到守望变星(Variable star)的赫茨普龙(Ejnar Hertzsprung,1873—1967),很多著名的天文学家都长寿:哈雷享年八十六,赫茨普龙九十四,连饱受压迫的伽利略也有七十八岁。我认为这都要归功于他们的神游星际,放眼太空。

据说太阳也围绕着银河的涡心旋转,每秒一百四十英里,要二亿三千万年才巡回一周。物换星移几度秋,究竟是几度秋呢,天何其长耶地何其久。大宇宙壮丽而宏伟的默剧并不为我们而上演,我们是这么匆忙这么短视的观众,目光如豆,怎能觑得见那样深远的天机?在那些长命寿星的冷眼里,我们才是不知春秋的蟪蛄。天文学家说,隔了这么远,银河的涡心还能发出这样强大的引力,使太阳这样高速地运行,其质量必须为太阳的九百亿倍。想想看,那是怎样不可思议的神力。我们奉太阳为神,但是太阳自己却要追随着诸天森罗的星斗为银河深处的那一蕊光辉奔驰。那样博大的秩序,里面有一个更高的神旨吗?"九天之际,安放安属?隔隈多有,谁知其数?"两千多年前,屈原已经仰天问过了。仰观宇宙之大,谁能不既惊且疑呢,谁又不既惊且喜呢?一切宗教都把乐园寄在天上,炼狱放在地底。仰望星空,总令人心胸旷达。

不过星空高邈，且不说远如光年之外的蟹状星云了，即使太阳系院子里的近邻也可望而不可攀。金星表面热到摄氏四百度，简直是一座鼎沸的大火焰山，而冥王星又太冷了。不如去较近的"远方"旅行。

旅行的目的不一，有的颇为严肃，是为了增长见闻，恢宏胸襟，简直是教育的延长。台湾各大学例有毕业旅行，游山玩水的意味甚于文化的巡礼，游迹也不可能太远。从前英国的大学生在毕业之后常去南欧，尤其是去意大利"壮游"（grand tour）：出身剑桥的弥尔顿、格雷、拜伦莫不如此。拜伦一直旅行到小亚细亚，以当日说来，游踪够远的了。孔子适周，问礼于老子。司马迁二十岁"南游江淮，上会稽，探禹穴，窥九疑，浮于沅湘；北涉汶泗，讲业齐鲁之都，观孔子之遗风……"也是一程具有文化意义的壮游。苏辙认为司马迁文有奇气，得之于游历，所以他自己也要"求天下奇闻壮观，以知天地之广大。过秦汉之故都，恣观终南嵩华之高，北顾黄河之奔流，慨然想见古之豪杰。"

值得注意的是：苏辙自言对高山的观赏，是"恣观"。恣，正是尽情的意思。中国人面对大自然，确乎尽情尽兴，甚至在贬官远谪之际，仍能像柳宗元那样"自肆于山水间"。徐文长不得志，也"恣情山水，走齐鲁燕赵之地，穷览朔漠。"恣也好，肆也好，都说明游览的尽情。柳宗元初登西山，流连忘返以至昏暮，"心凝形释，与万化冥合。"游兴到了这个地步，也真可以忘忧了。

并不是所有的智者都喜欢旅行。康德曾经畅论地理和人种学，但是终生没有离开过科尼斯堡。每天下午三点半，他都穿着灰衣，曳着手杖，出门去散步，却不能说是旅行。崇拜他的晚辈叔本华，也每天下午散步两小时，风雨无阻，但是走来走去只在菩提树掩映的街上，这么走了二十七年，也没有走出法兰克福。另一位哲人培根，所持的却是传统贵族的观点；他说："旅行补足少年的教育，增长老年的经验。"

但是许多人旅行只是为了乐趣，为了自由自在，逍遥容与。中国人说"流水不腐"，西方人说"滚石无苔"，都因为一直在动的关系。最浪漫的该是小说家斯蒂文斯了。他在《驴背行》里宣称："至于我，旅行的目的并不是要去哪里，只是为了前进。我是为旅行而旅行。最要紧的是不要停下来。"在《浪子吟》里他说得更加洒脱："我只要头上有天，脚下有路。"至于旅行的方式，当然不一而足。有良伴同行诚然是一大快事，不过这种人太难求了。就算能找得到，财力和体力也要相当，又要同时有暇，何况路远人疲，日子一久，就算是两个圣人恐怕也难以相忍。倒是尊卑有序的主仆或者师徒一同上路，像"吉诃德先生"或《西游记》里的关系，比较容易持久。也难怪潘未要说"群游不久"。西方的作家也主张独游。吉普林认为独游才走得快。杰佛逊也认为：独游比较有益，因为较多思索。

独游有双重好处。第一是绝无拘束，一切可以按自己的兴趣去做，只要忍受一点寂寞，便换来莫大的自由。当然一切问题也都要自己去解决，正可训练独立自主的精神。独游最大的考验，还在于一个人能不能做自己的伴侣。在废话连篇假话不休的世界里，能偶然免于对话的负担，也不见得不是件好事。一个能思想的人应该乐于和自己为伍。我在美国长途驾驶的日子，浩荡的景物在窗外变幻，繁富的遐想在心中起伏，如此内外交感，虚实相应，从灰晓一直驰到黄昏，只觉应接之不暇，绝少觉得无聊。

独游的另一重好处，是能够深入异乡。群游的人等于把自己和世界隔开，中间隔着的正是自己的游伴。游伴愈多，愈看不清周围的世界。彼此之间至少要维持最起码的礼貌和间歇发作的对话，已经不很清闲了。有一次我和一位作家乘火车南下，作联席之演讲，一路上我们维持着马拉松对话，已经舌敝唇焦。演讲既毕，回到旅舍，免不了又效古人连床夜话，几乎通宵。回程的车上总不能相对无语啊，当然是继续交谈啦，不，继续交锋。到台北时已经元气不继，觉得真可以三缄其口，三年不言，保持黄金一般的沉默。

如果你不幸陷入了一个旅行团，那你和异国的风景或人民之间，就永远阻隔着这么几十个游客，就像穿着雨衣淋浴一般。要体会异乡异国的生活，最好是一个人赤裸裸地全面投入，就像跳水那样。把美景和名胜用导游的巧舌包装得停停当当，送到一群武装着摄影机的游客面前，这不算旅行，只能叫作"罐头观光"（canned oightseeing）。布尔斯廷（Daniel J. Boorstin）说得好："以前的旅人（traveler）采取主动，会努力去找人，去冒险，去阅历。现在的游客（tourist）却安于被动，只等着趣事落在他的头上；这种人只要观光。"

古人旅行虽然备尝舟车辛苦，可是山一程又水一程，不但深入民间，也深入自然。就算是骑马，对髀肉当然要苦些，却也看得比较真切。像陆游那样"细雨骑驴入剑门"，比起半靠在飞机的沙发里凌空越过剑门，总有意思得多了。大凡交通方式愈原始，关山行旅的风尘之感就愈强烈，而旅人的成就感也愈高。三十五年前我随母亲从香港迁去台湾，乘的是轮船，风浪里倾侧了两天两夜，才眺见基隆浮在水上。现在飞去台湾，只是进出海关而已，一点风波、风尘的跋涉感都没有，要坐船，也坐不成了。所以我旅行时，只要能乘火车，就不乘飞机。要是能自己驾车，当然更好。阿拉伯的劳伦斯喜欢高速驰骋电单车，他认为汽车冥顽不灵，只配在风雨里乘坐。有些豪气的青年骑单车远征异国，也不全为省钱，而是为了更深入，更从容，用自己的筋骨去体验世界之大，道路之长。这种青年要是想做我的女婿，我当会优先考虑。

旅人把习惯之茧咬破，飞到外面的世界去，大大小小的烦恼，一股脑儿都留在自己的城里。习惯造成的厌倦感，令人迟钝。一过海关，这种苔藓附身一般的感觉就摆脱了。旅行不但是空间之变，也是时间之变。一上了旅途，日常生活的秩序全都乱了，其实，旅人并没有"日常"生活。也因为如此，我们旅行的时候，常常会忘记今天是星期几，而遗忘时间也就是忘忧。何况不同的国度有不同的时间，你已经不用原来的时间了，怎么还会受制于原来的现实呢？

旅行的前夕，会逐渐预感出发的兴奋，现有的烦恼似乎较易忍受。刚回家的几天，抚弄着带回来的纪念品像抚弄战利品，翻阅着冲洗出来的照片像检阅得意的战绩，血液里似乎还流着旅途的动感。

回忆起来，连钱包遭窃或是误掉班机都成了趣事。听人阔谈旅途的趣事，跟听人追述艳遇一样，尽管听的人隔靴搔痒，半信半疑之余，勉力维持礼貌的笑容，可是说的人总是眉飞色舞，再三交代细节，却意犹未尽。所以旅行的前后都受到相当愉快的波动，几乎说得上是精神上的换血，可以解忧。

当然，再长的旅途也会把行人带回家来，靴底黏着远方的尘土。世界上一切的桥，一切的路，无论是多少左转右弯，最后总是回到自己的门口。然则出门旅行，也不过像醉酒一样，解忧的时效终归有限，而宿醒醒来，是同样的惘惘。

写到这里，夜，已经深如古水，不如且斟半杯白兰地浇一下寒肠。然后便去睡吧，一枕如舟，解开了愁乡之缆。

一九八五年三月十日

假如我有九条命

假如我有九条命，就好了。

一条命，就可以专门应付现实的生活。苦命的丹麦王子说过：既有肉身，就注定要承受与生俱来的千般惊扰。现代人最烦的一件事，莫过于办手续；办手续最烦的一面莫过于填表格。表格愈大愈好填，但要整理和收存，却愈小愈方便。表格是机关发的，当然力求其小，于是申请人得在四根牙签就塞满了的细长格子里，填下自己的地址。许多人的地址都是节外生枝，街外有巷，巷中有弄，门牌还有几号之几，不知怎么填得进去。这时填表人真希望自己是神，能把须弥纳入芥子，或者只要在格中填上两个字："天堂"。一张表填完，又来一张，上面还有密密麻麻的各条说明，必须皱眉细阅。至于照片、印章，以及各种证件的号码，更是缺一不可。于是半条命已去了，剩下的半条勉强可以用来回信和开会，假如你找得到相关的来信，受得了邻座的烟熏。

一条命，有心留在台北的老宅，陪伴父亲和岳母。父亲年逾九十，右眼失明，左眼不清。他原是最外倾好动的人，喜欢与乡亲契阔谈宴，现在却坐困在半昧不明的寂寞世界里，出不得门，只能追忆冥隔了二十七年的亡妻，怀念分散在外地的子媳和孙女。岳母也已过了八十，五年前断腿至今，步履不再稳便，却能勉力以蹒跚之身，照顾旁边的朦胧之人。她原是我的姨母，家母亡故以来，她便迁来同住，主持失去了主妇之家的琐务，对我的殷殷照拂，情如半母，使我常常感念天无绝人之路，我失去了母亲，神却再补我一个。

一条命，用来做丈夫和爸爸。世界上大概很少全职的丈夫，男人忙于外务,做这件事不过是兼差。女人做妻子,往往却是专职。女人填表,可以自称"主妇"(house wife),却从未见过男人自称"主夫"(house husband)。一个人有好太太,必定是天意,这样的神恩应该细加体会,切勿视为当然。我觉得自己做丈夫比做爸爸要称职一点,原因正是有个好太太。做母亲的既然那么能干而又负责,做父亲的也就乐得"垂拱而治"了。所以我家实行的是总理制,我只是合照上那位俨然的元首。四个女儿天各一方,负责通信、打电话的是母亲,做父亲的总是在忙别的事情,只在心底默默怀念着她们。

一条命,用来做朋友。中国的"旧男人"做丈夫虽然只是兼职,但是做起朋友来却是专任。妻子如果成全丈夫,让他仗义疏财,去做一个漂亮的朋友,"江湖人称小孟尝",便能赢得贤名。这种有友无妻的作风,"新男人"当然不取。不过新男人也不能遗世独立,不交朋友。要表现得"够朋友",就得有闲、有钱,才能近悦远来。穷忙的人怎敢放手去交游?我不算太穷,却穷于时间,在"够朋友"上面只敢维持低姿态,大半仅是应战。跟身边的朋友打完消耗战,再无余力和远方的朋友隔海越洲,维持庞大的通讯网了。演成近交而不远攻的局面,虽云目光如豆,却也由于鞭长莫及。

一条命,用来读书。世界上的书太多了,古人的书尚未读通三卷两帙,今人的书又汹涌而来,将人淹没。谁要是能把朋友题赠的大著通通读完,在斯文圈里就称得上是圣人了。有人读书,是纵情任性地乱读,只读自己喜欢的书,也能成为名士。有人呢是苦心孤诣地精读,只读名门正派的书,立志成为通儒。我呢,论狂放不敢做名士,论修养不够做通儒,有点不上不下。要是我不写作,就可以规规矩矩地治学;或者不教书,就可以痛痛快快地读书。假如有一条命专供读书,当然就无所谓了。

书要教得好,也要全力以赴,不能随便。老师考学生,毕竟范围有限,题目有形。学生考老师,往往无限又无形。上课之前要备课,下课之后要阅卷,这一切都还有限。倒是在教室以外和学生闲谈问答之间,更能发挥"人师"之功,在"教"外施"化"。常言"名师出高徒"，未必尽然。老师太有名了，便忙于外务，席不暇暖，怎能即之也温？倒是有一些老师"博学而无所成名"，能经常与学生接触，产生实效。

另一条命应该完全用来写作。台湾的作家极少是专业，大半另有正职。我的正职是教书，幸而所教与所写颇有相通之处，不至于互相排斥。以前在台湾，我日间教英文，夜间写中文，颇能并行不悖。后来在香港，我日间教三十年代文学，夜间写八十年代文学，也可以各行其是。不过艺术是需要全神投入的活动，没有一位兼职然而认真的艺术家不把艺术放在主位。鲁本斯任荷兰驻西班牙大使，每天下午在御花园里作画。一位侍臣在园中走过，说道："哟，外交家有时也画几张画消遣呢。"鲁本斯答道："错了，艺术家有时为了消遣，也办点外交。"陆游诗云："看渠胸次隘宇宙，惜哉千万不一施。空回英概入笔墨，生民清庙非唐诗。向令天开太宗业，马周遇合非公谁？后世但作诗人看，使我抚几空嗟咨。"陆游认为杜甫之才应立功，而不应仅仅立言，看法和鲁本斯正好相反。我赞成鲁本斯的看法，认为立言已足自豪。鲁本斯所以传后，是由于他的艺术，不是他的外交。

一条命，专门用来旅行。我认为没有人不喜欢到处去看看：多看他人，多阅他乡，不但可以认识世界，亦可以认识自己。有人旅行是乘豪华邮轮，谢灵运再世大概也会如此。有人背负行囊，翻山越岭。有人骑自行车环游天下。这些都令我羡慕。我所优为的，却是驾车长征，去看天涯海角。我的太太比我更爱旅行，所以夫妻两人正好互做旅伴，这一点只怕徐霞客也要艳羡。不过徐霞客是大旅行家、大探险家，我们，只是浅游而已。

最后还剩一条命，用来从从容容地过日子，看花开花谢，人往人来，并不特别要追求什么，也不被"截止日期"所追迫。

一九八五年七月七日

古堡与黑塔

一

欧游归来,在众多的记忆之中幢幢然有一座苍老的城堡,悬崖一样斜覆在我的梦上。巴黎的明艳,伦敦的典雅,都不像爱丁堡那样地恼人难忘。爱丁堡确是有一座堡,危踞在死火山遗下的玄武岩上,好一尊千年不寐的中世纪幽灵,俯临在那孤城所有的街上。它的故事,北海的风一直说到现在。衬在阴沉沉的天色上,它的轮廓露出城墙粗褐的皮肤,依山而斜,有一种苦涩而悲壮的韵律,莫可奈何地缭绕着全城。

从堡上走下山来,沿着最繁华的王侯街东行,就看到一座高傲的黑塔,唯我独尊地排开四周不相干的平庸建筑,在街的尽头召你去仰拜。那是一座嶙峋突兀的瘦塔,一簇又一簇锋芒毕露的小塔尖把主塔簇拥上天,很够气派。近前看时,塔楼底下,高高的拱门如龛,供着一尊白莹莹的大理石雕像,是一个长发垂眉的人披衣而坐,脚边踞着一头爱犬。原来那是苏格兰文豪司各特的纪念塔(Sir Walter Scott Monument)。

司各特死于一八三二年九月二十一日。苏格兰人为了向他们热爱的文豪致敬,决定在他的出生地爱丁堡建一座堂皇的纪念塔,并在塔下供奉他的石像。建筑的经费由大众合捐,共为一万六千一百五十四镑。建塔者先后二人,为康普(George Meikle Kemp)与庞纳(William Bonnar)。雕像者为史悌尔(Sir John Steel)。一八四〇年八月十五日，也就是司各特六十九岁冥诞的那天，纪念塔举行奠基典礼，仪式十分隆重，并鸣礼炮七响。六年后的八月十五日，又行落成典礼，各地赶来观礼的苏格兰人，冒着风雨列队在街头，看官吏与工程人员游行而过，并听市长慷慨致词颂扬文豪，礼炮隆然九响。

司各特的坐像用名贵的卡拉拉大理石雕成，雕刻家的酬金为两千英镑，这在十九世纪中叶是够丰厚的了。甚至三十吨重的像座也是意大利运来的大理石，因为太重了，在来亨起运时竟掉进海里。纪念塔高达二百英尺又六英寸，四方的底基每一面都宽五十五英尺，这样的体魄难怪要气凌全城。塔的本身用林利斯高附近页岩采石场所出的宾尼石建造，据说这样的石料含有油质，可以耐久。塔外的回廊分为三层，攀到顶层要踏二百八十七级石阶。塔上高高低低有六十四个龛位，各供雕像一尊，以摹状司各特小说里繁多的人物。一个民族对自己作家的崇拜一至于此，真可谓仁至义尽了。莎翁在伦敦，雨果在巴黎，还没有这样的风光。西敏寺里的壁上也有司各特的一座半身像，却缩在一隅，半蔽在一个大女像的背后。

二

司各特不能算怎么伟大的作家，他的作品，无论是早年的叙事诗或是后期的传奇小说，都未达到最伟大的作品所蕴含的深度。他的诗可以畅读，却不耐细品，所以在浪漫派的诗里终属二流。他的小说则天地广阔，人物众多，文体以气势生动见长。以《威夫利》为首的一套小说，纵则探讨苏格兰的历史与传统，横则刻画苏格兰社会各种阶层的人物，其广度与笔力论者常说差可追拟莎士比亚的历史剧。司各特熟悉苏格兰的民俗，了解苏格兰的人物，善用苏格兰的方言与歌谣；这些长处，再加上一枝流利而诙谐的文笔，使他的这一套小说当日风靡了英国，为浪漫小说开拓出一个新世界，而且流行于欧洲，启迪了大仲马和雨果。我们甚至可以说，这类小说是"历史乡土"；司各特真正为自己的人民掘土寻根，当然苏格兰人要崇奉他为民族的文豪。

　　司各特后期的小说将时空移到他不太深知的范围,例如法国与中东,成就便不如写他本土的《威夫利》系列。不过他博闻强记,加以上下求索,穷寻苦搜,一生的作品十分丰盛。除了《拿破仑传》之外,他还编了德莱顿与斯威夫特的作品集,为十八世纪的小说家作序,并在"爱丁堡评论"及"评论季刊"上发表文章,足见这位小说大家也有其学者的一面。

　　在十九世纪,司各特名满全欧,小说的声誉不下于拜伦的诗。到二十世纪,文风大变,他的国际声誉也就盛极而衰。西印度大学的英文教授克勒特威尔(Patrick Cruttwell)说得好:司各特的心灵"幽默而世故,外向而清明。"熟读亨利·詹姆斯或乔伊斯的现代读者,大概不会迷上司各特。可是从六十年代以来,也有不少严谨的批评家重新肯定他写苏格兰风土的那些小说。戴维在他的《司各特之全盛时代》(*Donald Davie : Heyday of Sir Walter Yscott*)里,便推崇司各特为真正的浪漫作家,并非徒袭十八世纪新古典的遗风。

　　我一面攀登高峻的纪念塔,一面记起在大学时代念过的《护身符》(*Talisman*)。在我少年的印象里,司各特是一把金钥匙,只要一旋,就可以开启历史的铁门,里面不是杳无人踪的青苔满地,而是呜咽叱咤的动乱时代。他的小说可以说是历史的戏剧化:历史像是被人点了穴道,僵在那里,他一伸手,就都解活了过来。曾几何时,他自己也已加入历史。我从伦敦一路开车北上,探赫斯曼的勒德洛古城,华兹华斯的烟雨湖区,怀古之情已经愈陷愈深。而一进了苏格兰的青青牧野,车行一溪独流的荒谷之间,两侧嫩绿的草坡上缀着点点乳白的羊群,一直点洒到天边。这里的隐秘与安静,和外面世界的劫机新闻不能联想。于是彭斯的歌韵共溪声起伏,而路侧的乱石背后,会随时闪出司各特的英雄或者乞丐。一到了爱丁堡,司各特的故乡,那疑真疑幻的气氛就更浓了。城中那一座傲立不屈的古堡,司各特生前曾徘徊而凭吊过的,现在,轮到我来凭吊,而司各特自己,立像建塔,也成为他人凭吊的古迹了。

在一条扁石铺地的迂回古巷里,我找到一座似堡非堡的老屋,厚实的墙壁用青白间杂的糙石砌成,古朴重拙之中有亲切之感。墙上钉着一方门牌,正是"斯黛儿夫人博物馆"(Lady Stair's House)。馆中陈列的画像、雕像、手稿、遗物,等等,分属苏格兰的三大作家:彭斯、司各特、斯蒂文斯。楼下的展览厅居然有一只残旧脱漆的小木马,据说是司各特儿时所骑。隔着玻璃柜子,我看见他生前常用的手杖,杖头有节有叉,上面覆盖着深蓝色的便帽,帽顶有一簇亮滑的丝穗。名人的遗物是历史之门无意间漏开的一条缝,最惹人遐想。一根微弯的手杖笃笃点地而来,刹那间你看见那人手起脚落,牵着爱犬,散步而去的神态。正冥想间,忽然觉得眼角闪来一痕银白的光。走近了端详,原来邻柜蜷着一绺白发,弯弯地,约有五六英寸长,那偃伏的姿态有若饱经沧桑,不胜疲倦。旁边的卡片说明,这是司各特重病出国的前夕,某某夫人所剪存。一年之后,他便死了。只留下那一弯银发,见证当日在它的覆盖之下,忙碌的头颅啊曾经闪动过多少故事,多少江湖风霜,多少历史性的伟大场面。

三

司各特的小说令人神往,我却觉得他的生平更令我感动。他那高贵品格所表现的大仁大勇,不逊于出生入死的英雄。在五十五岁那年,他和朋友合股的印刷厂和出版社因周转不灵而倒闭,顿时陷他于十一万七千镑的债务。那时英镑值钱,他的重债相当于当日的五十多万美金。司各特原可宣布破产或接受朋友的援助,却毅然一肩承担下来,决意清偿自己全部的债务。他说:"我不愿拖累朋友,管他是穷是阔;要偿债,就用自己的右手。"

他立刻卖掉爱丁堡城里的房子,搬回郊外三十五哩的别墅阿波慈福(Abbotsford);本来他连阿波慈福也要拿来抵债,可是债主们不忍心接受。司各特夫人原已有病,迁下乡后几星期就死了。在双重的打击下,他奋力写书还债,完成了九卷的巨著《拿破仑传》。两年后他竟偿还了约值二十万美金的债,其中一半即为《拿破仑传》的收入。事变之初,他的身体本已不适,这时更渐渐不支,却依然努力不懈。事变后四年,正值他五十九岁,他忽然中风。翌年又发了一次。他勉力挣扎,以口述的方式继续写作。他的日记上这样记道:"这打击只怕已令人麻木,因为我浑似不觉。说来也奇怪,我竟然不怎么张皇失措,好像有法可施,但是天晓得我是在暗夜中航行,而船已漏水。"

英王威廉四世听到这件事,更听说地中海的阳光有益病人,就派了一艘叫"巴伦号"(HMS Barham)的快舰,专程把司各特送去马耳他岛,后来又驶去那波利和罗马。这样的照顾虽然比杜甫的"老病有孤舟"要周到得多,司各特的病情却无起色。他的心仍念着苏格兰。这时传来歌德的死讯,他叹道:"唉,至少他死在家里!"在回程的海上,他因脑溢血而瘫痪。回到阿波慈福后,重见苏格兰的青山流水,听到自己家里的狗叫,他迸出了去国后的第一声欢呼。几星期后,他死在自己甘心的阿波慈福,时为一八三二年九月二十一日,他的遗体葬在朱艾波罗寺的族人公墓,和亡妻并卧在一起。

不愿损害他人,是为大仁。不惜牺牲自身,是为大勇。这样的道德勇气何逊于司各特小说中的英雄豪侠。今日的富商巨贾,一旦事败,莫不挟款远飞,哪里管小民的死活。这种人在司各特面前,应当愧死。司各特不愧为文苑之豪侠。这一点,加上他笔下的阳刚之气,江湖之风,是召引我从伦敦冒着风雨,北征爱丁堡的一大原因。而现在,我终于攀他的纪念塔而上,怀着远客进香的心情。

四

八十年前,林琴南译罢《撒克逊劫后英雄略》,在序中推崇作者为"西国文章大老",又称他文章之隽妙"可侪吾国之史迁"。林老夫子不懂英文,"而年已五十有四,不能抱书从学生之后,请业于西师之门……虽欲私淑,亦莫得所从。"但是他把司各特比拟司马迁,却有见地。太史公的至文在他的列传,写的虽然也是历史,但其中人物嬉笑怒骂,事事如在眼前,也真是历史的戏剧化。况且在人格上,两人的巨著都是在常人难忍的心灵重压之下,努力完成。后面这一点林琴南大概不很知道,不过此刻,如果他能够偕我同登这"西国史迁"之塔,一定会非常兴奋。

顺着扇形的回旋石梯盘蜿攀升,一手必须拉住左面壁环上串挂如蟒的粗索,每一步都像是踏在扇骨上,每一步都高了一级,也转了二十级弧度的方向。哥特式尖塔的幽深回肠里,登塔者不小心一声咳嗽,就激起满塔夸张的共鸣。如果一位胖客回旋地自天而降,狭路相逢,这一边就得紧贴着墙做壁虎,那一边只好绕着无柱之柱的扇心,踮着扇骨的锐角,步步为营,半跌半溜地落下梯去。爱丁堡,你怎么愈来愈矮了呢?每转一个弯,窄长的窗外就换一框街景。司各特的小说人物,狮心理查、沙拉丁、艾文霍、大红侠、查理王子、芭萝丝、丽碧佳、奇女子基妮·定思、最后的江湖歌手……六十四个雕像,在各自的长石龛里,走马灯一般地闪现又逝隐。梯洞愈尖愈窄,回旋梯变成了天梯,每一步,似乎都半踩在虚空,若在塔外,忽然,已经无可再登。下面的人把你挤出了梯口,你已经危靠在最高层回廊的栏杆上,背贴着塔尖,面对着爱丁堡阴阴的天色。

到了这样的高度,爱丁堡一排排一列列的街屋,柔灰而带浅褐的石砌建筑,平均六七层楼的那种,就都驯驯地蜷伏在脚底了。跟上来的,只有在半空中此呼彼应的几个塔尖,瘦影纤纤,在时间之外挺着哥特式的寂寞。虽然是七月底了,海湾的劲风迎面扑来,厚实的毛衣都灌满了寒气,飘飘然像一件单衫。迎风的人微微晃动,幻觉是塔在晃动,幻觉自己是站在舰桥上,顶着海风。

东望高屯山,轮廓黑硬触目的是形若单筒望远镜的纳尔逊纪念塔,下面石柱成排,是为拿破仑之战告终而建的神殿。北望是行人接踵车潮汹涌的王侯街,威夫利旅馆就在对街,以司各特的名著为名。斜对着它的是威夫利桥,桥下铁轨纵横,是威夫利车站。爱丁堡的人不忘司各特,处处都是庞大的物证。

西望就是那中世纪的古城堡了,一大堆灰扑扑暗沉沉的石墙上,顽固而孤傲地耸峙着堡屋与城楼,四方的雉堞状如古王冠,有一面旗在上面飘动,成为风景的焦点。建筑的外貌,从长方形到三角形到四边形,迎光的灰褐,背光的深黛,正正反反的几何美引动了多少远目。我不禁想起,那里面镇着的正是苏格兰的国魂和武魄:皇冠室里供着的皇冠,红绫金框,上面顶着十字架,周围嵌着红宝石,下面镶着白绒边;皇冠旁边放着教皇赐赠的权杖和剑。三物合称苏格兰王权的标帜(the Scottish Regalia),苏格兰并入英格兰后均告失踪,百多年后,官方派遣司各特领队搜寻,终于在一只锁住的箱子里找到。司各特掀开箱盖的一刹那,他的女儿在场,竟因兴奋而晕倒。苦命的玛丽女王曾住在堡上,正殿的剑戟和甲胄,排列得寒光森然。国殇堂上,两次大战阵亡的英魂都刻下了名字,而武库里,更有从古到今的戎装和兵器、号鼓和旌旗,包括中世纪攻城的巨炮,深入堡底的古井……当我想起这一切,想起多么阳刚的武魄,阴魂不散正绕着那堡城,扑面的寒风就觉得有些悲壮。

堡在山上,塔在脚底,这两样才是爱丁堡的主人,那些兴亡匆匆的现代建筑,建了又拆,来了又去,只能算过客罢了。如果此刻从堡上传来一阵号声,忽地把司各特惊醒,这主客之比他一定含笑赞成。然而古堡寂寂,号已无声,只留下黄昏和我在黑塔尖上,犹自抵挡七月的风寒。

一九八五年八月于沙田

娓娓与喋喋

不知道我们这一生究竟要讲多少句话？如果有一种电脑可以统计，像日行万步的人所带的计步器那样，我相信其结果必定是天文数字，其长，可以绕地球几周，其密，可以下大雨几场。情形当然因人而异。有人说话如参禅，能少说就少说，最好是不说，尽在不言之中。有人说话如嘶蝉，并不一定要说什么，只是无意识的口腔运动而已。说话，有时只是掀唇摇舌，有时是为了表情达意，有时，却也是一种艺术。许多人说话只是避免冷场，并不要表达什么思想，因为他们的思想本就不多。至于说话而成艺术，一语而妙天下，那是可遇而不可求：要记入《世说新语》或《约翰逊传》才行。哲人桑塔亚那就说："雄辩滔滔是民主的艺术；清谈娓娓的艺术却属于贵族。"他所指的贵族不是阶级，而是趣味。

最常见的该是两个人的对话。其间的差别当然是大极了。对象若是法官、医师、警察、主考之类，对话不但紧张，有时恐怕还颇危险，乐趣当然是谈不上的。朋友之间无所用心的闲谈，如果两人的识见相当，而又彼此欣赏，那真是最快意的事了。如果双方的识见悬殊，那就好像下棋让子，玩得总是不畅。要紧的是双方的境界能够交接，倒不一定两人都有口才，因为口才宜于应敌，却不宜用来待友。甚至也不必都能健谈：往往一个健谈，一个善听，反而是最理想的配合。可贵的在于共鸣，不，在于默契。真正的知己，就算是脉脉相对，无声也胜似有声：这情景当然也可以包括夫妻和情人。

这世界如果尽是健谈的人，就太可怕了。每一个健谈的人都需要一个善听的朋友，没有灵耳，巧舌拿来做什么呢？英国散文家哈兹里特说:"交谈之道不但在会说,也在会听。"在公平的原则下,一个人要说得尽兴,必须有另一个人听得入神。如果说话是权利,听话就是义务,而义务应该轮流负担。同时,仔细听人说话,轮到自己说时,才能充分切题。我有一些朋友,迄未养成善听人言的美德,所以跟人交谈,往往像在自言自语。凡是音乐家,一定先能听音辨声,先能收,才能发。仔细听人说话,是表示尊敬与关心。善言,能赢得听众。善听,才赢得朋友。

如果是几个人聚谈,又不同了。有时座中一人侃侃健谈,众人睽睽恭听,那人不是上司、前辈,便是德高望重,自然拥有发言权,甚至插口之权,其他的人就只有斟酒点烟、随声附和的份了。有时见解出众、口舌便捷的人,也能独揽话题,语惊四座。有时座上有二人焉,往往是主人与主客,一来一往,你问我答,你攻我守,左右了全席谈话的大势,也能引人入胜。

最自然也是最有趣的情况,乃是滚雪球式。谈话的主题随缘而转,愈滚愈大,众人兴之所至,七嘴八舌,或轮流做庄,或旁白助阵,或争先发言,或反复辩难,或怪问乍起而举座愕然,或妙答迅接而哄堂大笑,一切都是天机巧合,甚至重加排练也不能再现原来的生趣。这种滚雪球式,人人都说得尽兴,也都听得入神,没有冷场,也没有冷落了谁,却有一个条件,就是座上尽是老友,也有一个缺点,就是良宵苦短,壁钟无情,谈兴正浓而星斗已稀。日后我们怀念故人,那一景正是最难忘的高潮。

众客之间若是不顶熟稔,雪球就滚不起来。缺乏重心的场面,大家只好就地取材,与邻座不咸不淡地攀谈起来,有时兴起,也会像旧小说那样"捉对儿厮杀"。这时,得凭你的运气了。万一你遇人不淑,邻座远交不便,近攻得手,就守住你一个人恳谈、密谈。更有趣的话题,更壮阔的议论,正在三尺外热烈展开,也许就是今晚最生动的一刻;明知你真是冤枉,错过了许多赏心乐事,却不能不收回耳朵,面对你的不芳之邻,在表情上维持起码的礼貌。其实呢,你恨不得他忽然被鱼刺哽住。这种性好密谈的客人,往往还有一种恶习,就是名副其实地交头接耳，似乎他要郑重交代的，句句都是肺腑之言，恨不得回其天鹅之颈，伸其长蛇之舌，来舔你的鼻子，哎呀，真的是 tête-à-tête 还不够，必得 nose-to-nose 才满足。你吓得闭气都来不及了，哪里还听得进什么肺腑之言？此人的肺腑深深深几许，尚不得而知，他的口腔是怎么一回事，早已有各种菜味，酸甜苦辣地向你来告密了。至于口水，更是不问可知，早已泽被四方矣，谁教你进入它的射程呢？

聚谈杂议，幸好不是每次都这么危险。可是现代人的生活节奏毕竟愈来愈快，无所为的闲谈、雅谈、清谈、忘机之谈几乎是不可能了。"偶然值林叟，谈笑无还期。"在一切讲究效率的工业社会，这种闲逸之情简直是一大浪费。刘禹锡但求无丝竹之扰耳，其实丝竹比起现代的流行音乐来，总要清雅得多。现代人坐上计程车、火车、长途汽车，都难逃噪音之害，到朋友家去谈天吧，往往又有孩子在看电视。饭店和咖啡馆而能免于音乐的，也很少见了。现代生活的一大可恼，便是经常横被打断，要跟二三知己促膝畅谈，实在太难。

剩下的一种谈话，便是跟自己了。我不是指出声的自言自语，而是指自我的沉思默想。发现自己内心的真相，需要性格的力量。唯勇者始敢单独面对自己；唯智者才能与自己为伴。一般人的心灵承受不了多少静默，总需要有一点声音来解救。所以卡莱尔说："语言属于时间，静默属于永恒。"可惜这妙念也要言诠。

一九八六年一月九日至十日

德国之声

一

德国的音乐曾经是西方之最。从巴哈到贝多芬,从华格纳到史特劳斯,那样宏大的音乐,哪个国家发得出来?人杰,是因为地灵吗?该邦的最顶峰楚克希匹泽(Zugspitze)还不到三千公尺。莱茵河静静地流,并不怎么雄伟,反而有几分秀气。黑森林的名气大得吓人,连我常吃的一种蛋糕也借重其大名,真令人骇怪,那一带不知该怎样地暗无天日,出没龙妖。到了跟前,那满山的杜松黛绿盈眸,针叶之密,果然是如鬈如鬖,平行拔竖的树干,又密又齐,像是一排排的梳齿。但是要比壮硕修伟,怎么高攀得上加州巨杉的大巫身材呢?

莱茵河固然不怎样浩荡,可是"齐格非莱茵之旅"却写得那样壮烈,每次听到,我都会身不由己地热血翻滚而英雄气盛。只可惜史诗已成绝响了。我在西德租车旅行,曾向平常的人家投宿。这种路旁人家总有空房三两,丈夫多已退休,太太反正闲着,便接待过路车客,提供当晚一宿,次晨一餐,收费之廉,只要一般大旅馆的三分或四分之一。在西德的乡道上开车,看见路旁竖一小牌,写着 Zimmer frei 的,便是这种人家了。在巴登巴登(Baden-Baden)南郊,我们住在格洛斯家。第二天早餐的时候,格洛斯太太的厨房里正放着收音机,德文唱的流行曲似曾相识;侧耳再听,竟然学美国流行曲的曼妙吟叹,又有点像披头的咕咕调。巴哈的后人每天就听这样的曲调吗?尼采听了会怎么说呢?

二

我在西德驾车漫游,从北端的波罗的海一直到南端的波定湖(Bodensee),两千四百公里都驰在寂天寞地。西德的四线下速公路所谓Autobahn者,对于爱开快车如杨世彭那样的人,真不妨叫作乌托邦。这类路上没有速限,不言而喻,是表示德国的车好,路好,而更重要的是:交通秩序好。超车,一定用左线。要是你挡住左线,后面的快车就会迅疾钉人,一声不出,把您逼出局去。反光镜中后车由小变大,甚至无中生有,只在一眨眼之间。我开190E的宾士,时速常在一百三十公里,超我的车往往在左侧一啸而过,速率最少一百五十。正愕视间,它早已落荒而逃,被迫退右,让一辆更急的快车飞掠而逝。尽管如此,我在这样的乌托邦上开了八天,却未见一桩车祸,甚至也未见有人违规,至于喇叭,一天也难得听到两声。

三

西德的计程车像英国的一样,开得很规矩,而且不放音乐。火车、电车、游览车上也绝无音乐。法国也是如此。西班牙的火车上,就爱乱播流行曲,与台湾同工。西德的公开场合,包括车站、机场、餐厅,甚至街头,例皆非常清静。烟客罕见,喧哗的人几乎没有,至于吵架就更未遇到。除了机场和车站,我也从未听人用过扩音器。这种生活品质,不是国民所得和外汇存底所能标示。一个安安静静的社会,听觉透明的邻里街坊,是文明修炼的结果。所谓默化,先得静修才行。音乐大家辈出之地,正是最安宁的国家。

血色饱满体格健壮的日尔曼民族,当然也爱热闹,不过他们会选择场合,不会平白扰人。要看德国生活热闹豪放的一面,该去他们的啤酒屋。有名的Hofbrauhaus大堂上坐满了一桌接一桌的酒客,男女老少都有,那么不拘形迹地畅饮着史帕登、皮尔森、卢恩布劳。一面畅饮,一面阔谈,更兴奋的就推杯而起,一对对摆头扬臂,跳起巴伐利亚的土风舞来。那样亲热开杯的大场面,让人把日间的忧烦都在深长的啤酒杯里涤尽,真是下班生活的安全瓣了。不说别的,单看那些特大号的"咕噜喝"(Krug)酒杯,就已令人馋肠蠕蠢。最值得称道的,是那样欢娱的谑浪仍保有乡土的亲善,并不闹事,而酒客虽然众多,堂屋却够深广,里面的喧哗不致外溢。这情形正如西欧各国的宗教活动,大半在教堂里进行,不像在台湾的节庆,动辄吹吹打打,一路招摇过市,惊扰街邻。

我在西德投宿,却有一夜惊于噪音。那是在海德堡北郊的小镇达森海姆(Dossenheim),我们住在三楼,不懂对街的人家何以入夜后叫嚷未定,不时还有噼啪之声传来。我说这一带看来是中下层的住宅区,品质不高。我存则猜想想那噼啪阵阵是在练靶。一夜狐疑,次晨到了早饭桌上,才知悉昨晚是西德跟阿根廷在争取足球世界杯的冠军,想必全德国的人都守在电视机前观战,西德每进一球,便放炮仗庆贺。那样的嚣闹倒也易怪了。

四

西德战败那一晚,我们虽然睡得迟些,第二天却一早就给吵醒了。说吵醒,其实不对。我们是给教堂钟声从梦里悠悠摇醒的。醒于音乐当然不同醒于噪音,何况那音乐来自钟声,一波波摇漾着舒缓与恬静,给人中世纪的幻觉。一天就那样开始,总是令人欣喜的。德国许多小城的钟楼,每过一刻钟就铿铿鞳鞳声震四邻地播告光阴之易逝。时间的节奏要动用那样隆重的标点,总不免令人惊心,且有点伤感。就算是中世纪之长吧,也禁不起它一遍遍地敲打。

那样的钟声,在德国到处可闻。印象最深的,除达森海姆以外,还有巴登巴登的边镇史坦巴赫(Steinbach,石溪之意)。北欧的仲夏,黄昏特别悠长,要等九点半以后落日才隐去,西天留下半壁霞光,把一片赤艳艳烧成断断续续的沉紫与滞苍。那是断肠人在天涯的时刻,和我存在车少人稀的长街上闲闲散步,合夫妻两心之密切,竟也难抵暮色四起的凄凉。好像一切都陷落了,只留下一些红瓦渐暗的屋顶在向着晚空。最后只留下教堂的钟楼,灰红的钟面上闪着金色的罗马数字,余霞之中分外地幻异。忽然钟响了起来,吓了两人一跳。万籁皆寂,只听那老钟楼喉音沉洪地、郑重而笃实地敲出节奏分明的十记。之后,全镇都告沦陷。这一切,那时有一颗青星,冷眼旁证。

最壮丽的一次是在科隆。那天开车进城,远远就眺见那威赫的双塔,一对巨灵似的镇守着科隆的天空,塔尖锋芒毕露,塔脊棱角峥嵘。那气凌西欧的大教堂,我存听我夸过不晓多少次了,终于带她一同来瞻仰,在露天茶座上正面仰望了一番,颈也酸了,气也促了,但绕到南侧面,隔着一片空荡荡的广场,以较为舒徐的斜度从容观览它的横体。要把那一派钩心斗角的峻桥陡楼看出个系统来,不是三眼两眼的事。正是星期六将尽的下午,黄昏欲来不来,天光欲歪不歪,家家的晚餐都该上桌了。忽然之间——总是突如其来的——巨灵在半空开腔。又吓了我们一跳。先是一钟独鸣,从容不迫而悠然自得。毕竟是欧洲赫赫有名的大教堂,晚钟锵锵在上界宣布些什么,全城高高低低远远近近的塔楼和窗子都仰面聆听,所有的云都转过了脸来。不久有其他的钟闻声响应,一问一答,一唱一和,直到钟楼上所有的洪钟都加入晚祷,众响成潮,卷起一波波的声浪,金属高亢而阳刚的和鸣相荡相激,汇成势不可当的滔滔狂澜,一下子就使全城没了顶。我们的耳神经在钟阵里惊悸而又喜悦地震慑着,如一束回旋的水草。钟声是金属坚贞的祷告,铜喉铜舌的信仰,一记记,全向高处叩奏。高潮处竟似有长颈的铜号成排吹起,有军容鼎盛之势。

“号声?”我存细心再听,然后笑道:“没有啊,是你的幻觉,你累了。”

“开了一天车,本来是累了。这钟声太壮观了,令我又兴奋,又安慰,像有所启示——”

“你说什么?”她在洪流的海啸里用手掌托着耳朵,恍惚地说。

两人相对傻笑。广大而立体的空间激动着骚音,我们的心却一片澄静。二十分钟后,钟潮才渐渐退去,把科隆古城还给现代的七月之夜。我们从中世纪的沉酣中醒来。鸽群像音符一般,纷纷落回地面。莱茵河仍然向北流着,人在他乡,已经吃晚饭的时候了。

五

德国的钟声是音乐摇篮,处处摇我们入梦。现代的空间愈来愈窄,能在时间上往返古今,多一点弹性,还是好的。钟声是一程回顾之旅。但德国还有一种音令人回顾。从巴登巴登去佛洛伊登希塔特(Freudenstadt,欢乐城之意),我们穿越了整座黑森林,一路寻找著名的梦寐湖(Mummelsee)。过了霍尼斯格林德峰,才发现已过了头。原来梦寐湖是黑森林私有的一面小镜子,以杉树丛为墨绿的宝盒,人不知鬼不觉地藏在浓荫的深处,现代骑士们策其宾士与宝马一掠而过,怎会注意到呢?

我们在如幻如惑的湖光里迷了一阵,才带了一片冰心重上南征之路。临去前,在湖边的小店里买了两件会发声的东西,一件是三尺多长的一条浅绿色塑胶管子,上面印着一圈圈的凹纹,舞动如轮的时候会咿嘤作声,清雅可听。我还以为是谁这么好兴致,竟然在湖边吹笛。于是以四马克买了一条,一路上停车在林间,拿出来挥弄一番,淡淡的音韵,几乎召来牧神和树精,两人相顾而笑,浑不知身在何处。

另一件倒是一盒录音带。我问店员有没有 Volksmusik,她就拿这一盒给我。名叫 Deutschland Schöne Heimat,正是《德意志,美丽的家园》。我们一路南行,就在车上听了起来。第二面的歌最有特色,咏叹的尽是南方的风土。手风琴悠扬的韵律里,深邃而沉洪的男低音徐徐唱出《从阿尔卑斯山地到北海边》,那声音,富足之中潜藏着磁性,令人庆幸这十块马克花得值得。《黑森林谷地的磨坊》《古老的海德堡》《波定湖上的好日子》……一首又一首,满足了我们的期待。我们的车头一路向南,正指着水光潋滟的波定湖,听着 Lustige Tage am Bodensee 飞扬的调子,更增壮游的逸兴,加速中,黑森林的黛绿变成了波涛汹涌而来。是因为产生贝多芬与华格纳的国度吗?为什么连江湖上的民谣也扬起激越的号声与鼓声呢？最后一首鼓号交鸣的《横越德国》更动人豪情，而林木开处，佛洛伊登希塔特的红顶白墙，渐已琳琅可望了。

六

德国还有一种声音令人忘忧，鸟声。粉墙白瓦，有人家的地方一定有花，姹紫嫣红，不是在盆里，便是在架上。花外便是树了。野栗树、菩提树、枫树、橡树、杉树、苹果树、梨树……很少看见屋宇鲜整的人家有这么多树，用这么浓密的嘉荫来祝福。有树就有鸟。树是无言的祝福，鸟，百啭千啾，便是有声的颂词了。绝对是寂静未免单调，若添三两声鸣禽，便脉脉有情起来。

听鸟，有两种情境。一种是浑然之境，听觉一片通明流畅，若有若无地意识到没有什么东西在逆耳忤心，却未刻意去追寻是什么在歌颂寂静。另一种是专注之境，在悦耳的快意之中，仰向头顶的翠影去寻找长尾细爪的飞踪。若是找到了那"声源"，瞥见它转头鼓舌的姿态，就更教人高兴。或是在绿荫里侧耳静待，等近处的啁啁弄舌告一段落，远处的枝头便有一只同族用相似的节奏来回答。我们当然不知道是谁在问，谁在答，甚至有没有问答，可是那样一来一往再也参不透的"高谈"，却真能令人忘机。

在汉堡的湖边，在莱茵河与内卡（Neckar）河畔，在巴登巴登的天堂泉（Paradies）旁，在迈瑙岛（mainau）的锦绣绣花园里，在那许多静境里，我们成了百禽的知音，不知其名的知音。至于一入黑森林，那更是大饱耳福，应接不暇了。

七

鸟声令人忘忧，德国却有一种声音令人难以释怀。在汉堡举行的国际笔会上，东德与西德之间，近年虽然渐趋缓和，仍然摩擦有声。

这次去汉堡出席笔会的东德作家多达十三人,颇出我的意外。其中有一位叫汉姆林(Stephan Hermlin, 1915—)的诗人,颇有名气,最近更当选为国际笔会的副会长。他在叙述东德文坛时,告诉各国作家说,东德前十名的作家没有一位阿谀当局,也没有一位不满现政。此语一出,听众愕然,地主国西德的作家尤其不甘接受。许多人表示异议,而说得最坦率的,是小说家格拉斯(Günter Grass)。汉姆林并不服气,在第二天上午的文学会里再度登台答辩。

德文原本就不是一种柔驯的说话,而用去争辩的时候,就更显得锋芒逼人了。德国人自己也感觉德文太刚,歌德就说:"谁用德文来讲客套话,必然是在说谎。"外国人听德文,当然更辛劳了。法国文豪伏尔泰去腓特烈大帝宫中做客,曾想学说德语,却几乎给呛住了。他说但愿德国人多一点头脑,少一点子音。

跟法文相比,德文的子音当然是太多了。例如"黑"吧,英文叫black,头尾都是爆发的所谓塞音,听来有点刚强。西班牙文叫 negra,用大开口的母音收尾,就和缓许多。法文叫 noir,更加圆转开放。到了德文,竟然成为 schwarz,读如"希勿阿尔茨",前面有四个子音,后面有两个子音,而且都是摩擦生风,就显得有点威风了。在德文里,S开头的字都以 Z 起音,齿舌之间的摩擦音由无声落实为有声,刺耳多了。另一方面,Z 开头的字在英文里绝少,在德文里却是大宗,约为英文的五十倍;非但如此,其读音更变成英文的 ts,于是充耳平增了一片刺刺擦擦之声。例如英文的成语 from time to time,到了德文里却成了 von Zeit zu Zeit,不但切磋有声,而且峨然大写,真是派头十足。

德文不单子音参差,令人读来咬牙切齿,并且好长喜大,虚张声势,真把人唬得一愣一愣。例如"黑森林"吧,英文不过是 Black Forest,德文就接青叠翠地连成一气,成了 Schwarzwald,教人无法小觑了。从这个字延伸开来,巴登巴登到佛洛伊登希特塔之间的山道,可以畅览黑森林风景的,英文不过叫 Black Forest Way,德国人自己却叫作 Schwarzwaldhohestrasse。我们住在巴登巴登的那三天,每次开车找路,左兜右转目眩计穷之际,这可怕的"千字文"常会闪现在一瞥即逝的路牌上，更令人惶怕不知所措。原来巴登巴登在这条"黑森林道"的北端，多少车辆寻幽探胜，南下驰驱，都要靠这长名来指引。这当然是我后来才弄清楚了的，当时瞥见，不过直觉它一定来头不小而已。在德国的街上开车找路，哪里容得你细看路牌？那么密而长的地名，目光还没扫描完毕，早已过了，"视觉暂留"当中，谁能肯定中心有无 sch，而结尾那一截究竟是 bach、berg 还是 burg 呢？

尼采在《善恶之外》里就这么说："一切沉闷、黏滞、笨拙得似乎隆重的东西，一切冗长而可厌的架式，千变万化而层出不穷，都是德国人搞出来的。"尼采自己是德国人，尚且如此不耐烦。马克·吐温说得更绝："每当德国的文人跳水似的一头钻进句子里去，你就别想见到他了，一直要等他从大西洋的那一边再冒出来，嘴里衔着他的动词。"尽管如此，德文还是令我兴奋的，因为它听来是那么阳刚，看来是那么浩浩荡荡，而所有的名词又都那么高冠崔巍，啊，真有气派！

八

在德国，我还去过两个地方，两个以声音闻名于世的地方，却没有听到声音，或者可以说，无声之声胜于有声，更令人为之低回。

其一是在巴登巴登的南郊里赫登塔尔（Lichtental），临街的一个小山坡上，石级的尽头把我们带到一座三层白漆楼房的门前。墙上的纪念铜牌在时光的侵略下，仍然看得出刻着两行字："一八六五年至一八七四年约翰尼斯·布拉姆斯曾居此屋。"这正是巴城有名的 Brahmshaus。

布拉姆斯屋要下午三点才开放，我们进得门去，只见三五游客。楼梯和二楼的地板都吱吱有声，当年，在大师的脚下，也是这样的不谐和碎音陪衬他宏大而回旋的交响乐吗？后期浪漫主义最敏感的心灵，果真在这空寂的楼上，看着窗外的菩提树叶九度绿了又黄，一直到四十一岁吗？白纱轻掩着半窗仲夏，深深浅浅的树荫，曾经是最音乐的楼屋里，只传来细碎的鸟声。

我们沿着莱茵河的东岸一路南下，只为了追寻传说里那一缕蛊人的歌声。过了马克司古堡，那一袅女妖之歌就暗暗地袭人而来，平静的莱茵河水，青绿世界里蜿蜿北去的一弯褐流，似乎也藏着一涡危机了。幸好我们是驾车而来，不是行船，否则，又要抵抗水上的歌声袅袅，又要提防发上的金梳耀耀，怎么躲得过旋涡里布下的乱石呢？

莱茵河滚滚向北，向现代流来。我们的车轮滚滚向南，深入传说，沿着海涅迷幻的音韵。过了圣瓜豪森，山路盘盘，把我们接上坡去。到了山顶，又有一座小小的看台，把我们推到悬崖的额际。莱茵河流到脚下，转了一个大弯，俯眺中，回沫翻涡，果然是舟楫的畏途，几只平底货船过处，也都小心回避。正惊疑间，一艘白舷平顶的游舫顺流而下，虽在千尺脚底，满船河客的悠扬歌声，仍隐约可闻，唱的正是洛丽莱（Lorelei）：

> 她的金发梳闪闪发光；
> 她一面还曼唱着歌曲，
> 令听见的人心神恍恍：
> 甜甜的调子无法抗拒。

徘徊了一阵，意犹未尽。再下山去，沿着一道半里长的河堤走到尽头，就为了花岗石砌成的一台像座上坐着那河妖的背影。铜雕的洛丽莱漆成黑色，从后面，只见到水藻与长发披肩而下，一直缠绕到腰间。转到正面，才在半疑半惧的忐忑之中仰瞻到一对赤露的饱乳，圆软的小腹下，一腿夷然而贴地，一腿昂然弓起，膝头上倚着右手，那姿势，野性之中带着妖媚。她半垂着头，在午日下不容易细读表情。我举起相机，在调整距离和角度。忽然，她的眼睛半开，向我无声地转来，似嗔似笑，流露出一棱暗蓝的寒光。烈日下，我心神恍恍，不由自主地一阵摇颤。她的歌唱些什么呢，你问。我不能告诉你，因为这是德意志的禁忌，莱茵河千古之谜，危险而且哀丽。

一九八六年七月二十三日

红 与 黑
——巴塞罗那看斗牛

一

四月下旬,去巴塞罗那参加国际笔会的年会,乃有西班牙之旅。早在七年前的夏天,就和我存去过伊比利亚半岛,这次已是重游。不过上次的行踪,从比斯开湾一直到地中海,包括自己驾车,从格拉纳达经马拉加到塞维利亚,再经科尔多巴回到格拉纳达,广阔得多了。这次会务在身,除了飞越比利牛斯山壮丽的雪峰之外,一直未出巴塞罗那,所以谈不上什么壮游。我最倾心的西班牙都市,既非马德里,也非巴城,而是格拉纳达、托雷多那样令人屏息惊艳的小镇。

尽管如此,这一回在巴塞罗那却有三件事情,是我上回未曾身历,而令我的"西班牙经验"更为充实。其一是两度瞻仰了建筑大师高迪设计的组塔,圣家大教堂(La Sagrada Familia d'Antoni Gaud'i),不但在下面仰望,而且直攀到塔顶俯观。

其二是正巧遇上四月廿三日的佳节,不但是天使长圣乔治的庆典,更是浪漫的玫瑰日,所以糕饼店的橱窗里都挂着圣乔治在马上挺矛斗龙的雕像,蛋糕上也做出相似的图形,广场的花市前挤满了买玫瑰的男人,至于书摊前面,则挤满了买书给男友的女子。躬逢盛会,我们追逐着人潮,也沾了节日的喜气。不过那一天也是塞万提斯的忌辰,西方两大作家,莎士比亚与塞万提斯,都在一六一六年四月廿三日逝世,但是就我在巴塞罗那所见,那一天对《唐吉诃德》的作者,似乎并无纪念的活动。

巴塞罗那是西班牙第一大港、第二大城,人口近二百万。中世纪后期,它是阿拉贡王国的京都。二次大战之前昙花一现的卡塔罗尼亚共和国,也建都于此。当地人说的不是以加斯提尔为主的正宗西班牙语,而是糅合了法语和意大利语的卡塔朗语(Catalan),把圣乔治叫作 Sant Jordi。市政府宫楼的拱门上,神龛供着一尊元气淋漓的石雕,正是屠龙的天使圣乔治。

但那是中世纪的传说了。这一次在巴城,我看到的,是另一种的人与兽斗。

二

斗牛,可谓西班牙的"国斗",不但是一大表演,也是一大典礼。这件事英文叫 bullfighting,西班牙人自己叫 corrida de toros,语出拉丁文,意谓"奔牛"。牛可以斗,自古已然。早在罗马帝国的时代,已经传说拜提卡(Baetica,安达露西亚之古称)有斗牛的风俗,矫捷的勇士用矛或斧杀死蛮牛。五世纪初,日耳曼蛮族南侵,西哥德人据西班牙三百年,此风不变,而且传给了路西塔诺人(Lusitanos,葡萄牙人古称)。其后伊比利亚半岛陷于北非的摩尔人,几达八世纪之久(七一一至一四九二);因为回教徒善于骑术,便改为在马背上持矛斗牛,且命侍从徒步助斗,一时蔚为风气。于是在塞维利亚、科尔多巴、托雷多等名城,古罗马所遗的露天圆场,纷纷改修为斗牛场。至于小镇,则多半利用城内的广场(plaza),所以后来斗牛场就叫作 plaza de toros。

一四九二年是西班牙人最感自豪的一年,因为就在这一年,联姻了廿三载的阿拉贡国王费迪南与加斯提尔女王伊莎贝拉,终于将摩尔人逐出格拉纳达,结束了回教漫长的统治,而且在女王的支持下,哥伦布抵达了西印度群岛。此事迄今恰满五百年,所以西班牙今年在巴塞罗那举办奥运,更在塞维利亚展开博览会,特具历史意义。不过，回教徒虽被赶走，马上斗牛的风俗却传了下来，成为西班牙贵族之间最流行的竞技。十六世纪初年，神圣罗马帝国的皇帝查理五世，更在王子的生日不惜亲自挥矛屠牛，以博取臣民的爱戴。

后来斗牛的方式迭经演变，先是杀牛的长矛改成短矛，到了一七〇〇年，贵族竟然改成徒步斗牛，却叫侍从们骑马助阵。十八世纪初年，饲养野牛成了热门生意，不但西班牙、葡萄牙、法国、意大利的皇室，甚至西班牙的天主教会，也都竞相饲养特佳的品种，供斗牛之用。终于教廷不得不出面禁止，说犯者将予驱逐出教。贵族们这才怕了，只好让给专业的下属去斗。这些下属为了阶级的顾忌，乃弃矛用剑。

今制的西班牙斗牛，已有将近三百年的历史。现今的主斗牛士（matador，亦称espada）一手持剑（estoque），一手执旗（muleta），即始于十八世纪之初。所谓的旗，原是一面哔叽料子的红毛披风，对折地披在一根五十六公分的杖上。早在一七〇〇年，著名的斗牛士罗美洛（Francisco Romero）在安达露西亚出场，便率先如此使用旗剑了。

三

有人不禁要问了："凭什么斗牛会盛行于西班牙呢？"原来这种剽悍的蛮牛是西班牙的特产，尤以塞维利亚的缪拉饲牛场（Ganader'ia de Miura）所产最为勇猛，触死斗牛士的比率也最高。大名鼎鼎的曼诺雷代（Manolete），才三十岁便死于其角下。公认最伟大的斗牛士何赛利多（Joselito）也死在这样的沙场。其实每一位斗牛士每一季至少会被牛抵伤一次，可见周旋牛角尖的生涯终难幸免。据统计，三百年来成名的一百二十五位主斗牛士之中，死于碧血黄沙的场中者，在四十人以上。

最幸运的要推贝尔蒙代（Juan Belmonte）了，一生被抵五十多次，却能功成身退，改业饲牛。贝尔蒙代之功，当然不在屡抵不死，而在斗牛风格之提升。在他之前，一场斗牛的高潮全在最后那致命的一剑。而他，瘦小的安达露西亚人，却把焦点放在"逗牛"上，红旗招展之际，把牛头上那两柄阿拉伯弯刀引近身来，成了穿肠之险，心腹之患，却在临危界上，全身而退。万千观众期望于斗牛士的，不仅是艺高、胆大，还要临危不乱的雍容优雅（skill, daring, and grace），这便有祭拜死神的典礼意味了。所以斗牛这件事，表面是人兽之斗，其实是人与自己搏斗，看还能让牛角逼身多近。

拉丁美洲盛行斗牛的国家，从北到南，是墨西哥、委内瑞拉、哥伦比亚、秘鲁。墨西哥城的斗牛场可坐五万观众。最盛的国家当然还是发源地西班牙，二十世纪中叶以来，斗牛场之多，达四百座，小者可坐一千五百人，大者，如马德里和巴塞罗那的斗牛场，可坐两万人。

四

此刻我正坐在巴塞罗那的"猛牛莽踏"斗牛场（Plaza de Toros Monumental），等待开门。正是下午五点半钟，一半的圆形大沙场还曝在西晒下。我坐在阴座前面的第二排，中央偏左，几乎是正朝着沙场对面艳阳旺照着的阳座。一排排座位的同心圆弧，等高线一般层叠上去，叠成拱门掩映的楼座，直达圆顶，便接上卡塔罗尼亚的蓝空了。观众虽然只有四成光景，却可以感到期待的气氛。

忽然掌声响起，斗牛士们在骑士的前导下列队进场，绕行一周。一时锦衣闪闪，金银交映着斜晖，行到台前，市长把牛栏的钥匙掷给马上的骑士。于是行列中不斗第一头牛的人一齐退出场去，只留下几位斗士执着红旗各就岗位。红栅门一开，第一头牛立刻冲了出来。

海报上说，今天这一场要杀的六头牛，都是葡萄牙养牛场出品的"勇猛壮牛"（bravos novillos）。果然来势汹汹，挺着两把刚烈的弯角，刷动长而遒劲的尾巴，结实而坚韧的背肌肩腱，掠过鲜血一般的木栅背景，若黑浪滚滚地起伏，转瞬已卷过了半圈沙场。这一团狞然墨黑的盛怒，重逾千磅，正用鼓槌一般的四蹄疾践着黄沙，生命力如此强壮，却注定了若无"意外"，不出二十分钟就会扑倒在杀戮场上。

三个黑帽锦衣的助斗士扬起披风，轮番来挑逗怒牛。这虽然只是主斗士上场的前奏,但是身手了得的助斗士仍然可以一展绝技,也能博得满场喝彩声。不过助斗士这时只用一只手扬旗,为了主斗士可以从旁观察,那头牛是惯用左角或右角,还是爱双角并用来抵人。不久主斗士便亲自来逗牛了,所用的招数叫作 verónica,可以译为"立旋"。只见他神闲气定,以逸待劳,立姿全然不变,等到奔牛近身,才把那面张开的大红披风向斜里缓缓引开,让仰挑的牛角扑一个空。几个回合(pass)之后,号角响起,召另一组助斗士进场。

两位轩昂的骑士,头戴低顶宽边的米黄色大帽,身穿锦衣,脚披护甲,手执长矛,缓缓地驰进场来。真刀真枪、血溅沙场的斗牛,这才正式开始。野牛屡遭逗戏,每次扑空,早已很不耐烦了,一见新敌入场,又是人高马大,目标鲜明,便怒奔直攻而来。牛背比马背至少矮上二尺,但凭了蛮力的冲刺,竟将助斗士的长矛手(picador)连人带马推顶到红栅墙下,狠命地抵住不放。可怜那马,虽然戴了眼罩,仍十分惊骇。为了不让牛角破肚穿肠,它周身披着过膝的护障,那是厚达三英寸的压缩棉胎,外加皮革与帆布制成。正对峙间,马背上的助斗士奋挺长矛,向牛颈与肩胛骨的关节猛力搠下,但因矛头三四英寸处装有阻力的铁片,矛身不能深入,只能造成有限的伤口。只见那矛手把长矛抵住牛背,左右扭旋,要把那伤口挖大一些,看得人十分不忍。

"好了,好了,别再戳了!"我后面的一些观众叫了起来。人高马大,不但保护周全,且有长矛可以远攻,长矛手一面占尽了便宜,一面又没有什么优雅好表演,显然不是受欢迎的人物。号角再起,两位长矛手便横着沾血的矛,策马出场。

紧接着三位徒步的助斗士各据方位,展开第二轮的攻击。这些投枪手(banderilleros)两手各执一枝投枪(banderilla),其实是一枝扁平狭长的木棍,缀着红黄相间的彩色纸,长七十二公分,顶端三公分装上有倒钩的箭头。投枪手锦衣紧扎,步法轻快,约在二十多码外猛挥手势加上吆喝,来招惹野牛。奔牛一面冲来,他一面迎上去,却稍稍偏斜。人与兽一合即分,投枪手一挫身,跳出牛角的触程,几乎是相擦而过。定神再看,两枝投枪早已颤颤地斜插入牛背。

牛一冲不中,反被枪刺所激,回身便来追抵。投枪手在前面奔逃,到了围墙边,用手一搭,便跳进了墙内。气得牛在墙外,一再用角撞那木墙,砰然有声。如果三位投枪手都得了手,牛背上就会披上六枝投枪,五色缤纷地摇着晃着。不过,太容易失手了,加以枪尖的倒钩也会透脱,所以往往牛背上只披两三支枪,其他的就散落在沙场。

铜号再鸣,主斗士(matador)出场,便是最后一幕了,俗称“真相的时辰”。这是主斗士的独角戏,由他独力屠牛。前两幕长矛手与投枪手刺牛,不过是要软化孔武有力的牛颈肌腱,使它逐渐低头,好让主斗士施以致命的一剑。这时,几位助斗士虽也在场,但绝不插手,除非主斗士偶尔失手,红旗被抵落地,需要他们来把牛引开。

主斗士走到主礼者包厢的正下方,右手高举着黑绒编织的平顶圆帽,左手握着剑与披风,向主礼者隆重请求,准他将这头牛献给在场的某位名人或朋友,然后把帽抛给那位受献人。

接着他再度表演逗牛的招式,务求愤怒的牛角跟在他肘边甚至腰际追转,身陷险境而临危不乱,常保修挺偶傥的英姿。

这时,重磅而迅猛的黑兽已经缓下了攻势,勃怒的肩颈松弛了,庞沛的头颅渐垂渐低,腹下的一绺鬃毛也萎垂不堪。而尤其可惊的,是反衬在黄沙地面的黑压压雄躯,腹下的轮廓正剧烈地起伏,显然是在喘气。投枪蝟集的颈背接榫处,正是长矛肆虐的伤口,血的小瀑布沿着两肩腻滞滞地挂了下来,像披着死亡庆典的绶带。不但沙地上,甚至在主斗士描金刺绣的紧身锦衣上,也都沾满了血。

其实红旗上溅洒的血迹更多,只是红上加红,不明显而已。许多人以为红色会激怒牛性,其实牛是色盲,激怒它的是剧烈的动作,例如举旗招展,而非旗之色彩。斗牛用红旗,因为沾上了血不惹目,不显腥,同时红旗本身又鲜丽壮观,与牛身之纯黑形成对比。红与黑,形成西班牙的情意结,悲壮得多么惨痛、热烈。

那剧喘的牛,负着六枝投枪和背脊的痛楚,吐着舌头,流着鲜血,才是这一出悲剧,这一场死亡仪式的主角。只见它怔怔立在那里,除了双角和四蹄之外，通体纯黑，简直看不见什么表情，真是太玄秘了。它就站在十几码外，一度，我似乎看到了它的眼神，令我凛然一震。

斗牛士已经裸出了细长的剑，等在那里。最终的一刻即将来到，死亡悬而不决。这致命的一搠有两种方式，一是"捷足"（volapié），人与兽相对立定，然后互攻；二是"待战"（recibiendo），人立定不动，待兽来攻。后面的方式需要手准胆大，少见得多。同时，那把绝命剑除了杀牛，不得触犯到牛角，要是违规，就会罚处重款，甚至坐牢。

第一头牛的主斗士叫波瑞罗（Antonio Borrero），绰号小伙子（Chamaco），在今天三位主斗士里身材确是最小，不过五呎五六的样子。他是当地的斗牛士，据说是吉普赛人。他穿着紧身的亮蓝锦衣，头发飞扬，尽管个子不高，却傲然挺胸而顾盼自雄。好几个回合逗牛结束，只见他从容不迫地走到红栅门前，向南而立。牛则向北而立，人兽都在阴影里，相距不过六七英尺。他屏息凝神，专注在牛的肩颈穴上，双手握着那命定的窄剑，剑锋对准牛脊。那牛，仍然是纹风不动，只有血静静地流。全场都憋住了气，一片瞑瞑。蓦地蓝影朝前一冲，不等黑躯迎上来，已经越过了牛角，扫过了牛肩，闪了开去。但他的手已空了。回顾那牛，颈背间却多了一截剑柄。噢，剑身已入了牛。立刻，它吐出血来。

我失声低呼，不知如何是好。不到二十秒钟，那一千磅的重加黑颓然扑地。

满场的喝彩声中，我的胃感到紧张而不适，胸口沉甸甸的，有一种共犯的罪恶感。

后来我才知道，那致命的一剑斜斜插进了要害，把大动脉一下子切断了。紧接着，蓝衣的斗牛士巡场接受喝彩，一位助斗士却用分骨短刀切开牛的颈骨与脊椎。一个马夫赶了并辔的三匹马进场，把牛尸拖出场去。黑罩遮眼的马似乎直觉到什么不祥，直用前蹄不安地扒地。几个工人进场来推沙，将碍眼的血迹盖掉。不久，红栅开处，又一头神旺气壮的黑兽蹿入场来。

五

这一场斗牛从下午五点半到七点半，一共屠了六头牛，平均每二十分钟杀掉一头。日影渐西，到了后半场，整个沙场都在阴影里了。每一头牛的性格都不一样，所以斗起来也各有特色。主斗士只有三位，依次轮番上场与烈牛决战，每人轮到两次。第一位出场的是本地的波瑞罗，正是刚才那位蓝衣快剑的主斗士。他后面的两位都是客串，依次是瓦烈多里德来的桑切斯(Manolo Sanchez)，瓦伦西亚来的帕切科(Jose Pacheco)。两人都比波瑞罗高大，但论出剑之准，屠牛手法之利落，都不如他。所以斗牛士不可以貌相。

斗第二头牛时，马上的长矛手一出场，怒牛便汹汹奔来，连人带马一直推抵到红栅门边，角力似的僵持了好几分钟。忽然观众齐声惊叫起来，我定睛一看，早已人仰马翻，只见四只马蹄无助地戟指着天空，竟已不动弹了。

"一定是死了!"我对身边的泰国作家说，一面为无辜的马觉得悲伤，一面又为英勇的牛感到高兴。可是还不到三四分钟，长矛手竟已爬了起来，接着把马也拉了起来。这时，三四位助斗士早已各展披风，把牛引开了。

斗到第三头，主斗士帕切科在用剑之前，挥旗逗牛，玩弄坚利的牛角，那一对死神的触须，于肘边与腰际，却又屹立在滔滔起伏的黑浪之中，镇定若一根砥柱。中国的水牛，弯角是向后长的。西班牙这黑凛凛的野牛，头上这一对白角，长近二呎，恍若回教武士的弯刀，转了半圈，刀尖却是向前指的。只要向前一冲一抵，配合着黑头一俯一昂，那一面大红披风就会猛然向上翻起，看得人心惊。帕切科露了这一手，引起全场喝彩声，回过身去，锦衣闪金地挥手答谢。不料立定了喘气的败牛倏地背后撞来，把他向上一掀，腾空而起，狼狈落地。惊呼声中，助斗士一拥而上，围逗那怒牛。帕切科站起来时，紧身袴的臀上裂开了一英尺的长缝。幸而是双角一齐托起，若是偏了，裂缝岂非就成了伤口？

那头牛特别蛮强，最后杀牛时，连搠两剑，一剑入肩太浅，另一剑斜了，脱出落地。那牛，负伤累累，既摆不脱背上的标枪，又撞不到狡猾的敌人，吼了起来。吼声并不响亮，但是从它最后几分钟的生命里，从那痛苦而愤怒的黑谷深处勃然逼出，沉洪而悲哀，却令我五内震动，心灵不安。然而它是必死的，无论它如何英勇奋斗，最后总不能幸免。它的宿命，是轮番被矛手、枪手、剑手所杀戮，外加被诡谲的红旗所戏弄。可是当初在饲牛场，如果它早被淘汰而无缘进入斗牛场，结果也会送进屠宰场去。

究竟，哪一种死法更好呢？无声无臭，在屠宰场中集体送死呢，还是单独被放出栏来，插枪如披彩，流血如挂带，追逐红旗的幻影，承当矛头和刃锋的咬噬，在只有入口没有出路的沙场上奔踹以终？西班牙人当然说，后一种死法才死得其所啊：那是众所瞩目，死在大名鼎鼎的斗牛士剑下，那是光荣的决斗啊，而我，已是负伤之躯，疲奔之余，让他的了。在所谓 corrida de toros 的壮丽典礼中，真正的英雄，独来独往而无所恃仗，不是斗牛士，是我。

想到这里，场中又响起了掌声。原来死牛的双耳已经割下，盛在绒袋子里，由主礼者抛赠给主斗士。据说这也是典礼的一项：斗得出色，获赠一只牛耳；更好，赠耳一双；登峰造极，则再加一条牛尾。同时，典礼一开始就接受主斗士飞帽献牛的受献人，也把这顶光荣之帽掷回给主斗士，不过帽里包了赏金或礼品。

夕阳西下，在渐寒的晚凉之中，我和同来的两位泰国作家回到哥伦布旅馆，兴奋兼悲悯笼罩着我们。

"这种事，在泰国绝对不准！"妮妲雅说。

整个晚上我的胸口都感到重压，呼吸不畅。闭上眼睛，就眩转于红旗飘展，黑牛追奔，似乎要陷入红与黑相衔相逐的旋涡。更可惊的，是在这不安的罪咎感之中，怎么竟然会透出一点嗜血的滋味？只怕是应该乘早离开西班牙了。

一九九二年五月

诗与音乐

1

自从苏轼说王维"诗中有画,画中有诗"以来,诗画相通相辅之理,已经深入人心。非但如此,东坡先生还强调:"诗画本一律,天工与清新。"他自己的诗中更多题画、论画之作,例如诗画一律之句,便出于《书鄢陵王主簿所画折枝》,而"春江水暖鸭先知"之名句也出自题画诗《惠崇春江晚景》。杜甫对绘画也别具只眼,咏画之作,从早年的《画鹰》到晚年的《丹青引》,都有可观。不过题画的诗,要等宋以后才真盛行,有时甚至把空白处都题满了,成了名副其实的"画中有诗"。这现象,在西洋画中简直不可能。

诗可以通画,但在另一方面,也可以通乐。套苏轼的句法,我们也可以说:"诗中有乐,乐中有诗。"诗、画、音乐,皆是艺术。但是诗不同于画与音乐,乃是一种综合艺术,因为它兼通于画和音乐。诗之为艺术,是靠文字组成。文字兼有形、声、义,而以义来统摄形、声。形可指字形,更可指通篇文字在读者心中唤起的画面或情境,所以诗通于画,同为空间的艺术。声可指字音,更可指通篇文字所构成的节奏与声调,所以诗也通于音乐,同为时间的艺术。

凡时间艺术,必须遵守顺序,不得逆序,也不得从中间开始。例如听贝多芬的交响曲,必须从第一乐章到末一乐章顺序听下去;同样,要读柳宗元的《江雪》,也必须顺着千山、万径、孤舟、独钓,一路进入那世界,而终于抵达寒江之雪。若是《江雪》这首诗由王维绘成一幅水墨画，则我们观画时，很可能一眼就投向"独钓寒江雪"的焦点，然后目光在千山万径之间徘徊，或者逡巡于寒江之上，总之，没有定向，没有顺序。正如我们观赏米开朗基罗在西斯廷教堂的宏伟壁画，到上帝创造亚当的一景，惊骇的目光不由会投向神人伸手将触而未触的刹那，因为那是戏剧焦点的所在；但是此情此景若写成诗或谱成曲，大半不会径从这焦点开始，总要酝酿一番才会引到这高潮。

如此看来，经由意象的组合，意境的营造，诗能在我们心目中唤起画面或情景，而收绘画之功。另一方面，把字句安排成节奏，激荡起韵律，诗也能产生音乐的感性，而且像乐曲一样，能够循序把我们带进它的世界。诗既通绘画，更通音乐，乃兼为空间与时间之艺术，故称之为综合艺术。诗中有乐，乐中有诗，其间的亲密关系，实在不下于诗、画之间。

2

中国文学传统常称诗为"诗歌"，足见诗与音乐有多深的渊源。从《诗经》《楚辞》到乐府、宋词、元曲，一整部中国的诗史可谓弦歌之声不绝于耳。有时候倒过来，会把诗歌叫作"歌诗"；例如李贺的诗集就叫作《李长吉歌诗》，杜牧为之作序，也称为"歌诗"；《旧唐书》称贺诗为"歌篇"，《新唐书》则称之为"诗歌"。这种诗、歌不分的称谓，在诗题上尤为普遍。诗作以歌、行、曲、调、操、引、乐、谣等等为题者，不可胜数。李白的诗风颇得汉魏六朝乐府民歌的启迪，二十五卷诗集里乐府占了四卷，乐府诗共有一百四十九首，约为全部产量的六分之一。李贺更是如此，无论新旧唐书，都说他有乐府数十篇，云韶诸工皆合之弦管。

诗歌一体，自古已然。毛诗大序："情动于中而形于言，言之不足，故嗟叹之；嗟叹之不足，故咏歌之；咏歌之不足，不知手之舞之，足之蹈之也。"这抒情言志的过程，始于诉说而终于唱歌，更继以舞蹈，简直把诗、歌、舞溯于一源、合为一体了。古人如何由诗而歌、由歌而舞,我们无缘目睹,但是当代的摇滚乐,从贝瑞(Chuck Berry)到猫王普瑞斯利到迈克尔·杰克逊,倒真是如此。强烈的情感发为强烈的节奏,而把诗、歌、舞三者贯串起来,原是人类从心理到生理的自然现象,想必古今皆然。

沈德潜编选的《古诗源》,开卷第一首就是《击壤歌》,而《古逸》篇中以歌、谣、讴、操为题名者有四十五首,几近其半。楚汉相争,到了尾声,却扬起两首激昂慷慨的歌:项羽的《垓下歌》是在被围之际,听到四面楚歌,夜饮帐中而唱出来的;刘邦的《大风歌》也是在酒酣之余,击筑而歌。《垓下歌》是因夜闻汉军唱楚歌而起,而《大风歌》更有敲击乐器伴奏。今日仅读其诗,已经令人感动,若是再闻其歌,更不知有多慷慨。这两位作者原来皆非诗人,却都是担当历史的当事人,在历史沉痛的压力下,乃迸发出震撼千古的歌声。若是没有了这些"诗歌",历史,就不免太寂寞了。

宋词之盛,最能说明诗与音乐如何相得益彰。时人有善歌者,苏轼问他,自己的词比柳永的如何。那人说:"柳中郎词只合十七八女郎,执红牙板,歌'杨柳岸,晓风残月'。学士词须关西大汉,铜琵琶,铁绰板,唱'大江东去'。"这虽然是作品风格的比较,却也要用歌唱方式与乐器来对照。至于诗、乐兼精的姜夔,如何将诗艺、声乐、器乐合为一体,但看他的七绝《过垂虹》,就知道了:"自作新词韵最娇,小红低唱我吹箫。曲终过尽松陵路,回首烟波十四桥。"

其实中国的古典诗词,即使没有歌者来唱,乐师来奏,单由读者感发兴起,朗诵长吟,就已有音乐的意味,即使是低回吟叹,也是十分动人的。其实古人读书,连散文也要吟诵,更不论诗了。中国文人吟诵诗文,多出之以乡音,曼声讽咏,反复感叹,抑扬顿挫,随情转腔,其调在"读"与"唱"之间。进入中国古诗意境,这是最自然最深切的感性之途。我以往在美国教中国文学,去年在英国各地诵诗,每每如此吟咏古诗。有时我戏称之为"学者之歌"(Scholarly Singing),英美人士则称之为 chanting。

其实英美诗人自诵作品,只是读而已,甚至不是朗诵。弗罗斯特、威尔伯(Richard Wilbur)、贝杰曼(John Betjeman)等人读诗,我曾在现场听过。叶芝、艾略特、康明思、奥登、迪伦·托马斯等人读诗,我也在每张五美元的唱片上听过,觉得大半都只是单调平稳,不够动人。艾略特的读腔尤其令我失望;叶芝读《湖心的茵岛》,曼声高咏,有古诗风味,却因录音不佳,颇多杂声,很可惜。唯一的例外是威尔士的迪伦·托马斯:他的慢腔徐诵,高则清越,低则沉洪,音量富厚,音色圆融,兼以变化多端,情韵十足,在英语诗坛可称独步。不过他的方式仍然只是朗读,不似中国的吟咏。中国文人吟诗的腔调,在西方文化里实在罕见其俦,稍可相比的,我只能想到"格瑞哥里式吟唱"(Gregorian chant)。这种唱腔起于中世纪的弥撒仪式,天主教会沿用至今,常为单人独唱,节奏自由,起伏不大,且无器乐伴奏,所以也称"清歌"(plainsongor plainchant)。不过这种清歌毕竟是宗教的穆肃颂歌,听起来有点单调,不像中国文人吟诗那么抒情忘我。

《晋书》有这么一段:"王敦酒后,辄咏魏武帝乐府歌曰:'老骥伏枥,志在千里。烈士暮年,壮心不已。'以如意打唾壶为节,壶边尽缺。"后世遂以"击碎唾壶"来喻激赏诗文,可见国人吟诗,节奏感有多强调。杜甫写诗,自谓"新诗改罢自长吟",正是推敲声律节奏。《晋书》又有一段,说袁宏"曾为咏史诗。谢尚镇牛渚,秋夜乘月泛江,会宏在舫中讽咏,遣问焉。答云:是袁临汝儿朗诵诗。尚即迎升舟,谈论申旦,自此名誉日茂。"可见高咏能邀知音,且成佳话,也难怪李白夜泊牛渚,要叹"余亦能高咏,斯人不可闻"。更可体会,为什么朱熹写《醉下祝融峰》,会说自己"浊酒三杯豪气发,朗吟飞下祝融峰"。

英国诗人浩司曼说,他在修脸时不敢想诗,否则心中忽涌诗句,面肌便会紧张,只怕剃刀会失手;又说他生理对诗的敏感,集中在胃。中国人的这种敏感,更形之于成语。龚自珍《己亥杂诗》里便有这么一首:"回肠荡气感精灵,座客苍凉酒半醒。自别吴郎高咏减,珊瑚击碎有谁听?"又自注道:"曩在虹生座上,酒半,咏宋人词,呜呜然。虹生赏之,以为善于顿挫也。近日中酒,即不能高咏矣。"可见定庵咏起诗来,一唱三叹,不知有多么慷慨激楚,所以始则回肠荡气,终则击碎珊瑚。

3

在西方的传统里,诗与音乐也同样难分难解。首先,日神阿波罗兼为诗与音乐之神。九缪思之中,情诗女神爱若多(Erato)抱的是竖琴(lyre),而主司抒情诗与音乐的女神尤透琶(Euterpe)则握的是笛。英文 lyric 一字,兼为形容词"抒情的"与名词"抒情诗",正是源出竖琴,而从希腊文(luikos)、拉丁文(lyricus)、古法文(lyrique)一路转来,亦可见诗与音乐的传统,千丝万缕,曾经如此绸缪。

古典时代如此,中世纪亦然。例如 minstrel 一词,兼有"诗人"与"歌手"之义,特指中世纪云游江湖的行吟诗人,其尤杰出者更入宫廷献艺。法国的 Jongleur 亦属同行,不过地位较低,近于变戏法的卖艺人了。中世纪后期在法国东南部普罗旺斯一带活跃的行吟诗人,受宫廷眷顾而擅唱英雄美人故事者,称为 troubadour,在法国北部的同行,则称 trouvére;在英国,又称 gleeman。

西洋的格律诗,每一行都有定量的音节,其组合的单位包含两个或较多的音节,称为"步"(foot),依此形成的韵律称为"格"(meter)。例如每行五步,每步两个音节,前轻后重,这种安排,就称为"抑扬五步格"(iambic pentameter)。颇普的名句"浅学诚险事"(A little learning is a dangerous thing),即为此格。可是 meter 更有计量仪器之义,例如温度计(thermometer)、速度计(Speedometer)。作曲家在乐谱上要计拍分节、支配时间,同样得控制数量,如此定量的格律,也是 meter。所以英文"数量"一词的多数 numbers,就有双重的引申义,可以指诗,也可以指音乐的节拍。颇普在《论批评》的长诗里,说明"声之于义,当如回音。"并举例说:"当西风轻吹,声调应低柔,/平川也应该更平静地流。"原文是:

Soft is the strain when Zephyr gently blows,

And the smooth stream in smother numbers flows.

其中 strain 和 mumbers 两字,都可以既指诗的声调,也指乐曲。颇普幼有凤慧,自谓"出口喃喃,自合诗律"(I lisp'd in mumbers for the numbers came)。西方诗、乐之理既如此相通,也就难怪诗人常以乐曲为诗题了。诸如歌(song)、颂(ode)、谣(ballad)、序曲(prelude)、挽歌(dirge)、赋格(fugue)、夜曲(nocturne)、小夜曲(serenade)、结婚曲(epithalamion)、变奏曲(variations)、回旋曲(rondeau)、狂想曲(rhapsody)、安魂曲(requiem)等等,就屡经诗人采用。其实,流行甚广的十四行诗(sonnet),原意也就是小歌。

4

诗与音乐的关系如此密切,真说得上"诗中有乐,乐中有诗"了,但两者间最直接的关系,应该是以诗入乐。诗入了乐,便成歌。有时候是先有诗,后谱曲。例如王维的一首七绝,本来题为《送元二使安西》,后来谱入乐府,用来送别,并将末句"西出阳关无故人"反复吟唱,称为《阳关三叠》,遂成《渭城曲》了。至于李白的《清平调》三首,则是先已有曲,就曲赋诗。据《太真外传》所记,玄宗与贵妃赏牡丹盛开,李龟年手捧檀板,方欲唱曲。玄宗嫌歌词太旧,乃召"翰林学士李白立进清平乐词三章……命梨园子弟略约词调,抚丝竹,遂促龟年以歌之。"

苏格兰诗人彭斯以一首骊歌《惜往日》(Auld Lang Syne)名闻天下,其实此诗并非纯出他一人之手。彭斯当日,这老歌已流传多年,一说是森皮尔(Francis Sempill,1682 年卒)所作,但可能更古。彭斯在致汤姆森(George Thomson)信中说:"这首老歌年湮代远,从未刊印……我是听一位老叟唱它而记下来的。"这恐怕是世界上最有名的歌了,离情别绪本已荡人愁肠,再经哀艳的《魂断蓝桥》用烛光一烘托,更是愁杀天下的离人。彭斯在世的最后十二年间,收集、编辑、订正并重写苏格兰民谣,不遗余力,于保存"苏格兰乐府"(The Scots Musical Museum)贡献至巨。

以诗人乐,还有一种间接的方式,那便是作曲家把诗的意境融入音乐,有些标题音乐便是如此。柏辽兹的灵感常来自文学名著,莎士比亚的诗剧《李耳王》《罗密欧与茱丽叶》《无事自扰》,歌德的诗剧《浮士德》,都是他取材的对象。拜伦的长诗《海罗德公子游记》,也激发他谱成交响曲《海罗德游意大利》。肖邦的钢琴曲抒情意味最浓,给人的感觉像是无字之歌,只由黑白键齿唱出,乃赢得"钢琴诗人"之称。另一位音乐大师与诗结缘更深,其诗意也更飘逸婉转,便是象征派宗师德彪西。他的钢琴小品无不微妙入神,令人沦肌浃髓,而且时见东方风味,奇艳有如混血佳人。《宝塔》一曲,风铃疏落,疑为梦中所敲;那种迷离蛊惑之美,虽比之李商隐的"一春梦雨常飘瓦,尽日灵风不满旗",也不逊色。德彪西的曲名,例如《水中倒影》《雨中花园》往往就像诗题。有一首序曲叫作《声籁和香气在晚风里旋转》,简直是向波特莱尔挑战了。德彪西曾将波特莱尔、魏尔仑、罗赛蒂的名诗谱成歌曲,却把马拉美的《牧神的午后》转化为一首无字而有境的交响诗。

5

诗与音乐还可以结另一种缘,便是描写音乐的演奏。诗艺有赖文字,在音响上的掌握当然难比乐器的独奏或交响,但文字富有意义和联想,还可以经营比喻和意象,却为乐器所不及。例如摹状音乐最有名的《琵琶行》,有这样的一段:"轻拢慢捻抹复挑,初为霓裳后六幺。大弦嘈嘈如急雨,小弦切切如私语;嘈嘈切切错杂弹,大珠小珠落玉盘。"我们一路读下去,前两句会慢些,后四句就快了起来,因为"拢、捻、抹、挑"是许多不同的动作,必须费时体会,但后四句的"嘈、切、大、小、珠"各字重叠,有的还多至四次,当然比较顺口。"嘈嘈切切错杂弹"七字都是摩擦的齿音,纷至沓来,自然有急弦快拨之感。急雨、私语、珠落玉盘等比喻,兼有视觉与听觉之功,乃使感性更为立体。"轻拢慢捻"那一句,四个动作都从手部,也显得弹者手势的生动多姿。由此可见,诗乃综合的艺术,虽然造形不如绘画,而拟声难比音乐,却合意象与声调成为立体的感性,更因文意贯串其间而有了深度,仍有绘画与音乐难竟之功。

中国诗摹状音乐的佳作颇多,从李白的"为我一挥手,如听万壑松。客心洗流水,余响入霜钟"到韩愈的"跻攀分寸不可上,失势一落千丈强",从李颀的"长飘风中自来往,枯桑老柏寒飕飕"到李贺的"昆山玉碎凤凰叫,石破天惊逗秋雨",不一而足。不过分析之余可以发现,这些诗句运用的都是比喻与暗示,绝少正面来写音乐,正由于音乐不落言诠,所以不便诠解。例如李白《听蜀僧濬弹琴》的四句,挥手只见姿势,万壑松风也只是比喻,诗艺真正见功,还在后两句。流水固然仍是比喻,但是能涤客心,就虚实相生,幻而若真,曲折而成趣了。至于余响未随松风散去,竟入了霜钟,究竟是因为琴声升入钟里而微觉共震吗,还是弹罢天晚,余音不绝,竟似与晚钟之声合为一体了呢,则只能猜想。所以描写音乐的诗,往往要表现听者的反应或者现场的效果,而不能从正面着力。朱艾敦为天主教音乐节所写的长颂《亚历山大之宴》,便是将描写的主力用在听者的感应上。

6

诗和音乐结缘,还有一种方式,便是以乐理入诗。艾略特晚年的杰作《四个四重奏》(*Four Quarters*),摆明了是用四重奏,也就是奏鸣曲的结构,来做诗的布局与发展,因此评论家常用贝多芬后期的四重奏,来分析此诗的五个乐章。除了长的乐章合于典型的快板、慢板之外,第四乐章总是短而轻快,近于贝多芬引入的谐谑调。

我听爵士乐和现代音乐,往往惊喜于飘忽不羁的切分音,艳羡其潇洒不可名状,而有心将它引进诗里。所谓切分法,乃是违反节奏的常态,不顾强拍上安放重音的规律,而让始于弱拍或不在强拍开端之音,因时值延伸而成重音。我写《越洋电话》,就是要试用切分法,赋诗句以尖新偶傥的节奏。开头的四行是这样的:"要考就考托福的考试/要迷就迷很迷你的裙子/我说,Susie/要签就签上领事的名字。"这样的句法,本身是否成功,还很难说,恐怕要靠朗诵的技巧来强调,才能突出吧。

早年我曾在《大度山》和《森林之死》一类的诗里,实验用两种声音来交错叙说,以营造节奏的立体感。后来在《公无渡河》里,我把古乐府《箜篌引》变为今调,而今古并列成为双重的变奏曲加二重奏:

> 公无渡河,一道铁丝网在伸手
>
> 公竟渡河,一架望远镜在凝眸
>
> 堕河而死,一排子弹啸过去
>
> 当奈公何,一丛芦苇在摇头
>
> 一道探照灯警告说,公无渡海
>
> 一艘巡逻艇咆哮说,公竟渡海
>
> 一群鲨鱼扑过去,堕海而死
>
> 一片血水涌上来,歌亦无奈

西方音乐技巧有所谓"卡旦萨"(Cadenza)一词,是指安排在协奏曲某一个乐章的尾部,可以自由发挥的过渡乐段,其目的是在乐队合奏的高潮之余,让独奏者有机会展示他人神的技巧,那即兴的风格通常是酣畅而淋漓。我把这观念引进自己早年探险期的散文里,在意气风发的段落,忽然挣脱文法,跳出常识,一任想象在超速的节奏里奋飞而去,其结果,是"秋夜的星座在人家的屋顶上电视的天线上在光年外排列百年前千年前第一个万圣节前就是那样的阵图。"或是"挡风玻璃是一望无餍的窗子,光景不息,视域无限,油门大开时,直线的超级大道变成一条巨长的拉链,拉开前面的远景蜃楼摩天绝壁拔地倏忽都削面而逝成为车尾的背景被拉链又拉拢。"

7

诗中有画,诗中亦有乐,究竟,那一样的成分比较高呢?诗不能没有意象,也不能没有音调,两者融为诗的感性,主题或内容正赖此以传。缺乏意象则诗盲,不成音调则诗哑;诗盲且哑,就不成其为诗了。不过诗欠音调的问题还不仅在哑,更在呼吸不顺。我们可以闭目不看,但是无法闭气不吸;即使睡眠,也无法闭住呼吸,却可以一夜合眼。诗的节奏正如人的呼吸,不能稍停。反过来说,呼吸正是人体最基本的节奏。一首诗的节奏不妥,读的人立刻会感到呼吸不畅,反感即生。

且以古诗十九首为例:"生年不满百,长怀千岁忧。昼短苦夜长,何不秉烛游?为乐当及时,何能待来兹。愚者爱惜费,但为后世嗤。仙人王子乔,难可与等期。"除了三、四两句意象生动之外,其余并无多少可看,所以感性的维持,就要偏劳音调了。

一首诗不能句句有意象,却不可一句无音调。音调之道,在于能整齐而知变化,也就是能够守常求变。再以贺知章的《回乡偶书》为例:"少小离家老大回,乡音无改鬓毛衰。儿童相见不相识,笑问客从何处来。"如果每句删去第六个字,文意完全无损,却变得不像诗了。原因正在文意未变,节奏却变了,变单调了,也就是说,太整齐了。"少小离家老回"的节奏,是"少小——离家——老回",全是偶数组成,有整齐而无变化。"少小——离家——老大回"便有奇数来变化,乃免于单调。

大凡艺术的安排,是先使欣赏者认识一个模式,心中乃有期待,等到模式重现,期待乃得满足,这便是整齐之功。但是如果期待回回得到满足,又会感到单调,于是需要变化来打破单调。变化使期待落空,产生悬宕,然后峰回路转,再予以满足,于是完成。贺知章这首七绝正是如此:第二句应了首句起的韵,是满足;第三句不押韵,使期待落空,到末句才予以延迟的满足,于是完成。其实,每句七字,固然是整齐,但是平仄的模式每句都在变化,也是一种艺术。

音调之道,在整齐与变化。整齐是基本的要求,连整齐都办不到,其他就免谈了。若徒知整齐而不知变化,则单调。若变化太多而欠整齐,也就是说,只放不收,无力恢复秩序,则混乱。说得更单纯些,其中的关系就是常与变。若是常态还未能建立,则一切变化也无由成立,只能算混乱了。所谓变,是在常的背景上发生的。无常,则变也不着边际,毫无意义。

七十年来,新诗一直未能解决音调的困境。开始是闻一多提倡格律诗,每诗分段,每段四行,每行十字,双行押韵,以整齐为务。虽然闻氏也有二字尺、三字尺等的变化设计,但格律诗之功仍在整齐而欠变化,把一切都包扎得停停当当,结果是太紧的地方透不过气来,而太松处又要填词凑字。后来是纪弦鼓吹自由诗,强调用散文做写诗的工具。对于少数杰出诗人,这主张确曾起了解除格律束缚的功效;但对于多数作者,本来就不知诗律之深浅,却要尽抛格律去追求空洞的自由,其效果往往是负面的。对于浅尝躁进的作者,自由诗成了逃避锻炼、免除苦修的遁词。

所谓自由,如果只是消极地逃避形式的要求,秩序的挑战,那只能带来混乱。其实自由的真义,是你有自由不遵守他人建立的秩序,却没有自由不建立并遵守自己的秩序。艺术上的自由,是克服困难而修炼成功的"得心应手",并非"人人生而自由"。圣人所言"从心所欲,不逾矩",毕竟还有规矩在握,不仅是从心所欲而已。

至于用散文来写诗,原意只是要避免韵文化,避免韵文的机械化,避免陈腐的句法和油滑的押韵,而不是要以错代错,落入散文化的陷阱。艾略特就曾痛切指陈:"许多坏散文都是假自由诗之名写出来的……只有坏诗人才会欢迎自由诗,把它当成形式的解放。自由诗反叛的是僵化的形式,却为建立新形式或翻新旧形式铺路;它坚求凡诗皆必具的内在统一,而坚拒定型的外在貌合。"

目前许多诗人所写的自由诗,在避过格律诗的韵文化之余,往往堕入了散文化,沦为现代诗的一大病态。就单纯的形式来说,散文化有以下的几个现象。

首先是诗行长短无度，忽短忽长，到了完全不顾上下文呼应的地步，而令读者呼吸的节奏莫知所从，只觉得乱。诗行忽长忽短，不但唐突了读者的听觉，抑且搅扰了读者的视觉，令人不悦。如果每一行都各自为政，就失去常态，变而不化，难称变化，只成杂乱。

其次是回行，回行对于自给自足的煞尾句，也是一个变化。在煞尾句的常态之中，为了悬宕或顿挫，偶插一两个待续句，也就是回行，原可收变化之效，调剂之功。但如不假思索地一路回行下去，就会予人欲说还休，吞吐成习之感。有时我细读报刊上的诗作，发现回行屡屡，大半没有必要，因此也无效果，徒增迟疑、闪烁之态而已。李白的《静夜思》到了回行癖的笔下，说不定会嗫嚅如下：

> 我床前明月的
> 光啊，疑惑是地上的
> 霜呢。我抬头望望
> 那明月，又低头思思
> 故乡

再次是分段。一般的现象是任意分段，意尽则段止，兴起就再起一段；每段行数多欠常态，所以随便分下去，都是变化，因此凌乱。若是长诗，每段行多，则虽不规则尚不很显眼。若是诗短而偏偏段乱，则更不堪。若是段多而行少，总是三三两两成段，就显得头绪太多而思考不足。

也许有人要问：这也嫌乱，那也嫌乱，难道要我们回头去写格律诗吗？答曰，那倒不必，自由诗写不好的人，未必就写得好格律诗。只是目前泛滥成灾的散文化，自由诗要负一大责任。

一九九三年十一月

为人作序

——写在《井然有序》之前

一

龚自珍晚年得罪当道，辞官归里，重过扬州，慕名而求见者不绝："郡之士皆知予至，则大欢。有以经义请质难者；有发史事见问者；有就询京师近事者；有呈所业若文、若诗、若笔、若长短言、若杂著、若丛书，乞为叙为题辞者；有状其先世事行乞为铭者；有求书册子、书扇者……"真的是洋洋大观，不知龚自珍怎么应付得了。而最令我好奇的，是那些求序的人究竟得手没有：定庵是一概拒绝还是一概答应，是答应了却又终于未写，还是拖了很久才勉强交卷，而且是长是短，是谆谆还是泛泛？

我所以这么好奇，是因为自己也一直被索序者所困，虽也勉力写了一些，却仍负债累累，虚诺频频，不知何时才能解脱。

迄今我写过的序言，应已超过百篇。其中当然包括为自己出书所写的序跋之类，约为四十多篇；为画家、画会所写的英文序言约为十篇；为夏菁、金兆、於梨华、何怀硕、张晓风、张系国等作家所写的中文序言，不但置于他们的卷首，而且纳入自己的书中，也有十篇上下。余下的三十多篇，短者数百字，长者逾万言，或为专书而写，或为选集而撰，或序文学创作，或序绘画与翻译，二十年来任其东零西散，迄未收成一集，乃令文甫与素芳频表关切，屡促成书。而今奇迹一般，这三十几个久客他乡、久寄他书的孩子，竟都全部召了回来，组成一个新家。

序之为文体，由来已久。古人惜别赠言，常以诗文出之，集帙而为之序者，谓之赠序；后来这种序言不再依附诗帙，成为独立文体，可以专为送人而作。至于介绍、评述一部书或一篇作品的文章，则是我们今日所称的序，又叫作叙。古人赠序，一定标明受者是谁：韩愈的《送孟东野序》《送董邵南序》等几篇，都是名例。至于为某书某篇而作的序言，也都标出书名、篇名：例如《史记》中的《外戚世家序》《游侠列传序》；若是为他人作品写序，也会明白交代：例如欧阳修的《梅圣俞诗集序》，苏轼的《范文正公集叙》。

古人的赠序和一般序言虽然渐渐分成两体，但其间的关系仍然有迹可寻。苏轼为前辈范仲淹的诗文集作序，整篇所述都在作者的功德人品，而对其作品几乎未加论析，只从根本着眼，引述孔子之语"有德者必有言"，并说"公之功德盖不待文而显"。欧阳修为同辈梅尧臣的诗集作序，也差不多，只说作者"累举进士，辄抑于有司，困于州县，凡十余年。年今五十，犹从辟书，为人之佐。郁其所畜，不得奋见于事业"；至于作者的文章，只说其"简古纯粹，不求苟说于世"，而作者的诗风，也不过一句"老不得志，而为穷者之诗，乃徒发于虫鱼物类羁愁感叹之言"，便交代过去。这种风气一直传到桐城文章，例如刘大魁写的《马湘灵诗集序》，就只述其人之慷慨，却一语不及其诗之得失。孟子对万章说："颂其诗，读其书，不知其人可乎？是以论其世也。"这种"知人论世"的文学观对后代影响至大，所以欲诵其诗，当知其人，也因此，古人为他人作品写序，必先述其人其事。在这方面，一般序言实在并未摆脱赠序的传统。

二

古人为人出书作序，既与为人远行赠序有此渊源，所以写起序来，着眼多在人本。序人出书，不免述其人之往昔；赠人远行，不免励其人于来兹。而无论是回顾或前瞻，言志或载道，其精神在人本则一。苏轼论苏辙,说"其文如其为人";布丰在接受法兰西学院荣衔时也说:"风格即人格";其理东西相通。不过中国的传统似乎认为,只要把其人交代清楚,其文就宛在其中了,结果对其文反而着墨不多,不但少见分析,而且罕见举例,当然文章简洁浑成。

近三十年来,半推半就,我为人写了不少序言,其势愈演愈盛,终于欲罢不能。今日回顾,发现自己笔下这"无心插柳"的文类,重点却从中国传统序跋的"人本"移到西方书评的"文本"。收入这本序言集里的文章,尤其是为个别作家所写的序,往往是从作者其人引到其文,从人格的背景引到风格的核心,务求探到作者萦心的主题、着力的文体或诗风。

我不认为"文如其人"的"人"仅指作者的体态谈吐予人的外在印象。若仅指此,则不少作者其实"文非其人"。所谓"人",更应是作者内心深处的自我,此一"另己"甚或"真己"往往和外在的"貌己"大异其趣,甚或相反。其实以作家而言,其人的真己倒是他内心渴望扮演的角色:这种渴望在现实生活中每受压抑,但是在想象中,亦即作品中却得以体现,成为一位作家的"艺术人格"。

这艺术人格,才是"文如其人"的"人",也才是"风格即人格"的"人格"。

这艺术人格既源自作者的深心,无从自外窥探,唯一的途径就是经由作品,经由风格去追寻。所谓郊寒岛瘦、所谓元轻白俗、所谓韩潮苏海,甚至诗圣、诗仙,都是经由作品风格得来的观感,不必与其人的体态谈吐等量齐观。

我为人写序,于人为略而于文为详,用意也无非要就文本去探人本,亦即其艺术人格;自问与中国传统的序跋并不相悖,但手段毕竟不同了,不但着力分析,篇幅加长,而且斟酌举例,得失并陈,把拈花微笑的传统序言扩充为狮子搏兔的现代书评,更有意力戒时下泛述草评的简介文风。

也有一些特殊情况,如果不把作者的生平或思想交代清楚,就无法确论其人作品。例如温健骝前后作品的差异,就必须从他意识形态之突变来诠释,而我和他师生之情的变质,也不能仅从个人的文学观来说明,而必须从整个政治气候来分析。同样地,梁实秋的尺牍,也应探讨他晚年的处境,才能了解。遇到这种情况,写序人当然不能不兼顾人本与文本。

三

为人写序,如果潦草成篇,既无卓见,又欠文采,那就只能视为应酬,对作者、读者、自己都没有益处,成了"三输"之局。反之,如果序言见解高超,文采出众,则不但有益于文学批评,更可当做好文章来欣赏,不但有助于该书的了解,更可促进对该文类或该主题的认识。一篇上乘的序言,因小见大,就近喻远,发人深省,举一反三,功用不必限于介绍一本书,一位作者。

我为人写序,前后往往历一周之久。先是将书细读一遍,眉批脚注,几乎每页都用红笔勾涂,也几乎每篇作品都品定等级。第二遍就只读重点,并把斑斑红批归纳成类,从中找出若干特色,例如萦心的主题、擅长的技巧、独树的风格,甚至常见的瑕疵等等。两遍既毕,当就可以动笔了。

至于举例印证论点,这时已经不成问题,只须循着红批去寻就可,何况许多篇目已品出等第,佳句或是败笔,一目了然。例证之为用,不可小觑,一则落实论点,避免空泛,二则可供读者先尝为快,以为诱引。举例是否妥帖,引证是否服人,是评家一大考验。常见写序人将庸句引作警语,不但令人失笑,甚至会将受荐之书一并抛开。

至于篇幅,正如其他文章一般,不必以多取胜。中国传统的序言大多短小精悍,本身就是一篇传世杰作。王羲之的《兰亭集序》原为东晋永和年间,一群文人在兰亭修禊咏诗而作。时隔千年,当时那些名士的诗篇多已湮没,这篇序言却一文独传。《兰亭集序》长约三百字;李白的《春夜宴桃李园序》也是为诗集作序;只有一百十七字;当日那些俊秀到底写了什么佳作,再也无人提起,只留下了这篇百字的神品，永远令人神驰。近人的序跋也有言简意长，好处收笔而余音难忘的：钱锺书的几篇自序，无论出以文言或白话，都精警可诵。当然，序言不必皆成小品，也有长篇大论，索性写成论文了的。萧伯纳正是近代的显例：他的不少剧本都有很长的自序，其篇幅甚至超过剧本自身，而且论题相当广泛。

序言长短，正如一切文章的篇幅，不能定其高下，关键仍在是否言之有物，持之有理，否则再短也是费词。当代学者写序，以长取胜者首推夏志清。夏先生渊博之中不失情趣，为人作序辄逾万言，而又人本文本并重，有约翰逊博士之风。我这本序言集里的文章，长短颇为参差，逾万言者也有五篇，其尤长者为序《中华现代文学大系：台湾一九七〇至一九八九》与《莎士比亚十四行诗》的两篇，都几达一万四千字，可谓"力序"了。

为一群作家的综合选集写序，既要照顾全局，理清来龙去脉，又要知所轻重，标出要角、主流，所以顾此失彼，挂一漏万，当然难免。《文心雕龙》序志第五十就说："夫铨序一文为易，弥纶群言为难。"《三百作家二十年》与《当缪斯清点她的孩子》两序，面对那么多作者，背景迥异，风格各殊，成就不一，实在难以下笔，更遑论轻重得体，评介周全。例如《三百作家二十年》一文，对于诗、散文、小说三者虽然勉力论析，但对于戏剧和评论却照顾不足，终是遗憾。

四

序言既然是一种文章，就应该写得像一篇文章，有其结构与主题，气势与韵味，尽管旨在说理，也不妨加入情趣，尽管时有引证，也不可过于饾饤，令人难以卒读。序言既为文章，就得满足一般散文起码的要求。若是把它写成一篇实际的书评，它仍应是一篇文章，而非面无表情的读书报告，更不是资料的堆砌、理论的演习。

对我而言，为人作序不但是写书评，更是一大艺术。序言是一种被动的文章，应邀而写。受序人不外是一位作家，往往也是文友，对你颇为尊重,深具信心,相信你的序言对他有益,说得轻些,可以供他参考,说得重些,甚至为他定位。理论上说来,这种关系之下,受序人有点像新郎,新书有点像新娘,写序人当然就是证婚人了。喜筵当前,证婚人哪能不带笑祝福呢?但是贺客满堂,又有几个人记得他的陈腔客套呢?

我把序言写成了书评,贺客的身份就变成了诤友:文章仍然为受序人而写,却不再是应酬的祝福了,更非免费的广告,而是真心诚意,在善颂善祷之余要说些实话,提些忠告。必须如此,这篇序言才真正对得起受序人,对得起读者,也才对得起写序人自己。为人写序,却无意把它纳入自己的书中,就是敷衍,也是浪费。

作序多年,经历的索序人真是形形色色,一言难尽,如果写成一篇散文,必有可观。我说"索序人",因为索序人比受序人多。曾有不少已诺之序,当时或因太忙,或因他故,而终于未能兑现,迄今对那些索序人我一直感到歉疚。更有一次,索序人得到我的序言,认为对他不够肯定,出书之时竟不纳入。足见他对我的人品文品毫无认识,更不尊重,平白耗去我一周的宝贵光阴,难道只因为要利用我的名气吗?然而那篇被索又被弃之序,讲的都是真话,"拒序人"不听,读者未必不愿意听,后来我仍然当作书评,拿去单独发表了。

为人写序,不但耗神耗时,而且难免意外。但是倒过来呢,求人写序,似乎轻松许多,只需一封恳切的信,甚至一通电话,就算挂了号了。从此索序人就成了债主,以逸待劳,无本生利,只消每隔一阵催债一次就行。另一方面,欠债人的罪恶感乃与日俱增。等到事急,催债人更是理直气壮,说是出版社已经不能再等,而印刷厂简直快要关门。这时,不要说什么文坛重镇了,就算你是魏晋名士,只怕也逼得走投无路,唯有摒开杂务,沉下气来,好好为人写序还债了。

因此在出国的前夕,我往往放下行李不整,却在灯下大赶其序。有时实在来不及写,只好把待序之稿带出国去,但又往往原封不动,带回国来,让那篇乌有之序徒然周游了列国。不过也有幸运的时候,例如为李永平所写的那篇《十二瓣的观音莲》,就是小驻香港、在胡玲达高楼小窗的书房里写成,而为潘铭燊作序的那篇《烹小鲜如治大国》,也是休假之年去联合书院客座,在大学宾馆寂寞的斗室里,三夕挥笔之功。至于序王一桃的《诗的纪念册》,则是在温哥华雅洁的敞轩里,坐对贝克雪峰而得。旅途而能偿债,可谓闲里偷忙,无中生有,回国的心情为之一宽。

此地所收的序言三十多篇,当日伏案耗时,短则三数日,长则逾旬。如果每篇平均以一周计数,则所耗光阴约为八月,至少也有半年。人生原就苦短,能有多少个半年呢?当日之苦,日后果真能回甘吗?如果受序人后来竟就搁笔,我的序言不幸就成了古人的赠别之序,送那位告别文坛的受序人从此远行。这,也算是"白发人送黑发人"吧,思之令人黯然。不过当日之苦,也尽多成为日后之甘的,那就是见到受序人层楼更上,自成一家,而我为其所写之序在众多评论之中,起了定位作用,甚至更进一步,成了文学史的一个注脚、一处坐标。

做了过河卒子,只有认命写序。想到抽屉里还有四篇序要写,不如就此打住。

一九九六年初夏于西子湾

开你的大头会

世界上最无趣的事情莫过于开会了。大好的日子,一大堆人被迫放下手头的急事、要事、趣事,济济一堂,只为听三五个人逞其舌锋,争辩一件议而不决、决而不行、行而不通的事情,真是集体浪费时间的最佳方式。仅仅消磨光阴倒也罢了,更可惜的是平白扫兴,糟蹋了美好的心情。会场虽非战场,却有肃静之气,进得场来,无论是上智或下愚,君子或小人,都会一改常态,人人脸上戴着面具,肚里怀着鬼胎,对着冗赘的草案、苛细的条文,莫不咬文嚼字,反复推敲,务求措词严密而周详,滴水不漏,一劳永逸,把一切可钻之隙、可趁之机统统堵绝。

开会的心情所以好不了,正因为会场的气氛只能够印证性恶的哲学。济济多士埋首研讨三小时,只为了防范冥冥中一个假想敌,免得他日后利用漏洞,占了大家的,包括你的,便宜。开会,正是民主时代的必要之恶。名义上它标榜尊重他人,其实是在怀疑他人,并且强调服从多数,其实往往受少数左右,至少是搅局。

除非是终于付诸表决,否则争议之声总不绝于耳。你要闭目养神,或游心物外,或思索比较有趣的问题,并不可能。因为万籁之中人声最令人分心,如果那人声竟是在辩论,甚或指摘,那就更令人不安了。在王尔德的名剧《不可儿戏》里,脾气古怪的巴夫人就说:"什么样的辩论我都不喜欢。辩来辩去,总令我觉得很俗气,又往往觉得有道理。"

意志薄弱的你,听谁的说词都觉得不无道理,尤其是正在侃侃的这位总似乎胜过了上面的一位。于是像一只小甲虫落入了雄辩的蛛网,你放弃了挣扎,一路听了下去。若是舌锋相当,场面火爆而高潮迭起,效果必然提神。可惜讨论往往陷于胶着,或失之琐碎,为了"三分之二以上"或"讲师以上"要不要加一个"含"字,或是垃圾的问题要不要另组一个委员会来讨论、而新的委员该如何产生才具有"充分的代表性"等等,节外生枝,又可以争议半小时。

如此反复斟酌,分发(hair-splitting)细究,一个草案终于通过,简直等于在集体修改作文。可惜成就的只是一篇面无表情更无文采的平庸之作,绝无漏洞,也绝无看头。所以没有人会欣然去看第二遍。也所以这样的会开完之后,你若是幽默家,必然笑不出来,若是英雄,必然气短,若是诗人,必然兴尽。

开会的前几天,一片阴影就已压上我的心头,成了生命中不可承受之烦。开会的当天,我赴会的步伐总带一点从容就义。总之,前后那几天我绝对激不起诗的灵感。其实我的诗兴颇旺,并不是那样经不起惊吓。我曾经在监考的讲台上得句;也曾在越洋的七四七经济客舱里成诗,周围的人群挤得更紧密,靠得也更逼近。不过在陌生的人群里"心远地自偏",尽多美感的距离,而排排坐在会议席上,摩肩接肘,咳唾相闻,尽是多年的同事、同人,论关系则错综复杂,论语音则闭目可辨,一举一动都令人分心,怎么容得你悠然觅句?叶芝说得好:"与他人争辩,乃有修辞;与自我争辩,乃有诗。"修辞是客套的对话,而诗,是灵魂的独白。会场上流行的既然是修辞,当然就容不得诗。

所以我最佩服的,便是那些喜欢开会、擅于开会的人。他们在会场上总是意气风发,雄辩滔滔,甚至独揽话题,一再举手发言,有时更单挑主席缠斗不休,陷议事于瓶颈,置众人于不顾,像唱针在沟纹里不断反复,转不过去。

而我,出于潜意识的抗拒,常会忘记开会的日期,惹来电话铃一迭连声催逼,有时去了,却忘记带厚重几近电话簿的议案资料。但是开会的烦恼还不止这些。

其一便是抽烟了。不是我自己抽,而是邻座的同事在抽,我只是就近受其熏陶，所以准确一点，该说闻烟，甚至呛烟。一个人对于邻居，往往既感觉亲切又苦于纠缠，十分矛盾。同事也是一种邻居，也由不得你挑选，偏偏开会时就贴在你隔壁，却无壁可隔，而有烟共吞。你一面呛咳，一面痛感"远亲不如近邻"之谬，应该倒过来说"近邻不如远亲"。万一几个近邻同时抽吸起来，你就深陷硝烟火网，呛咳成一个伤兵了。好在近几年来，社会虽然日益沉沦，交通、治安每下愈况，公共场所禁烟却大有进步，总算除了开会一害。

另一件事是喝茶。当然是各喝各的，不受邻居波及。不过会场奉茶，照例不是上品，同时在冷气房中迅趋温吞，更谈不上什么品茗，只成灌茶而已。经不起工友一遍遍来壶添，就更沦为牛饮了。其后果当然是去"造水"，乐得走动一下。这才发现，原来会场外面也很热闹，讨论的正是场内的事情。

其实场内的枯坐久撑，也不是全然不可排遣的。万物静观，皆成妙趣，观人若能入妙，更饶奇趣。我终于发现，那位主席对自己的袖子有一种，应该是不自觉，紧张心结，总觉得那袖口妨碍了他，所以每隔十分钟左右，会忍不住突兀地把双臂朝前猛一伸直，使手腕暂解长袖之束。那动作突发突收，敢说同事们都视而不见。我把这独得之秘传授给一位近邻，两人便兴奋地等待，看究竟几分钟之后再会发作一次。那近邻观出了瘾来，精神陡增，以后竟然迫不及待，只等下一次开会快来。

不久我又发现，坐在主席左边的第三位主管也有个怪招。他一定是对自己的领子有什么不满，想必是妨碍了他的自由，所以每隔一阵子，最短时似乎不到十分钟。总情不自禁要突抽颈筋，迅转下巴，来一个"推畸"（twitch）或"推死它"（twist），把衣领调整一下。这独家奇观我就舍不得再与人分享了，也因为那近邻对主席的"推手式"已经兴奋莫名，只怕再加上这"推畸"之扭他负担不了，万一神经质地爆笑起来，就不堪设想了。

当然，遣烦解闷的秘方，不止这两样。例如耳朵跟鼻子人人都有，天天可见，习以为常竟然视而不见了。但在众人危坐开会之际，你若留神一张脸接一张脸巡视过去,就会见其千奇百怪,愈比愈可观,正如对着同一个字凝神注视,竟会有不识的幻觉一样。

会议开到末项的"临时动议"了。这时最为危险,只怕有妄人意犹未尽,会无中生有,活部转败,竟然敢冒天下之大不韪,提出什么新案来。

幸好没有。于是会议到了最好的部分:散会。于是又可以偏安半个月了,直到下一次开会。

一九九七年四月于西子湾

天方飞毯　原来是地图

天方飞毯

我一生最最难忘的中学时代,几乎全在四川度过。记忆里,那峰连岭接的山国,北有剑阁的拉链锁头,东有巫峡的钥匙留孔,把我围绕在一个大盆地里,不管战争在外面有多狰狞恶,里面却像母亲的子宫一样安全。

抗战的岁月交通不便,资讯贫乏,却阻挡不了一个中学生好奇的想象。北极拉布兰族有一首歌说:"男孩的意向是风的意向,少年的神往是悠长的神往。"山国的外面是战争,战争的外面呢又是什么?广阔而多彩的世界等在外面,该值得我去阅历,甚至探险的吧?那时电视在西方也才刚开始,而在四川,不要说电视了,连电影一年也看不到几回,至于收音机,也不普及。于是我瞭望外面世界的两扇窗口,只剩下英文课和外国地理。英文读累了,我便对着亚光舆地社出版的世界地图,放纵少年悠长的神往。

半世纪后,周游过三十几个国家,再贵的世界大地图册也买得起了,回头再去看当年的那本世界地图,该不会大惊小怪了。可是当年我对着那本宝图心醉而神驰,百看不厌,觉得精美极了,比什么美景都更动人。

要初识一个异国,最简单的方式应该是邮票、钞票、地图了。邮票与钞票都印刷精美,色彩悦目,告诉你该国有什么特色,但是得靠通信或旅游才能得到。而地图则到处都有,虽然色彩不那么鲜艳,物象不那么具体,却能用近乎抽象的符号来标示一国的自然与人工,告诉你许多现况,至于该国的景色和民情,则要靠你的想象去捕捉。符号愈抽象,则想象的天地愈广阔。地图的功用虽在知性,却最能激发想象的感性。难怪我从小就喜欢对图遐想。

亚光版那本世界地图,在抗战时期绝不便宜,我这乡下的中学生怎会拥有一册,现在却记不得了。只记得它是我当时最美丽最珍贵的家当,经常带在身边的动产。周末从寄宿的学校走十里的山路回家,到了嘉陵江边,总爱坐在浅黄而柔软的沙岸,在喧嚣却又寂寞的江水声中,展图神游。四川虽云天府之国,却与海神无缘,最近的海岸也在千里以外。所以当时我展图纵目,最神往的是海岸曲折,尤其多岛的国家,少年的远志简直可以饮洋解渴,嚼岛充饥。我望着滔滔南去的江水,不知道何年何月滚滚的浪头能带我出峡、出海,把掌中这地图还原为异国异乡。

我迷上了地理,尤其是地图,而画地图的功课简直成了赏心乐事。不久我便成为班上公认的"地图精"(mapamaniaco),有同学交不出地图作业,就来求救于我。尤其有两三个女生,虽然事先打好方格,对准原图,临帖一般左顾右盼地一路描下去,到头来山东半岛,咦,居然会高于辽东半岛。总不能见死不救吧,于是我只好愚公移山,出手来重造神州了。"地图精"之名传开之后,连地理老师对我也存了几分戒心。有位老师绰号叫"中东路、昂昂溪",背着学生在黑板上偶尔画一幅地图要说明什么,就会回过头来匆匆扫我一眼,看我有什么反应。同学们就会忍不住笑出声来,我则竭力装得若无其事。

初三那年,一个冬日的下午,校园里来了个卖旧书刊的小贩,就着橘柑树下,摊开了一地货品。这在巴县悦来场那样的穷乡,也算是稀罕了。同学们把他团团围住,有的买《聊斋志异》《七侠五义》《包公案》或是当时颇为流行的《婉容词》。欢喜新文学的则掏钱买什么《蚀》《子夜》《激流》之类,或是中译本的帝俄小说。那天我没有买书,却被一张对折的地图所吸引——一张古色斑斓的土耳其地图。土黄的安纳托利亚高原,柔蓝的黑海和地中海,加上和希腊纠缠的群岛,吸住了我逡巡的目光。生平第一次,我用微薄的零用钱买下了第一幅单张的地图,美感的诱惑多于知性的追求。不过是一个初中生罢了,甚至不知道伊斯坦布尔就是君士坦丁堡,当然也还未闻特洛伊的故事,更不会料到四十年后,自己会从英译本转译出《土耳其现代诗选》。

不过是一个小男孩罢了,对那中东古国、欧亚跳板根本一无所知,更毫无关系,却不乏强烈的神秘感与美感。那男孩只知道他爱地图,更直觉那是智慧的符号、美的密码,大千世界的高额支票,只要他够努力,有一天他必能破符解码,把那张远期支票兑现成壮丽的山川城镇。

其后二十年,我的地图癖虽然与日俱深,但困于环境,收藏量所增有限。本国的地图在绘制技术上殊少进步,加以海峡分割,台湾不可能重绘中国地图,而坊间买得到的旧图也欠精致。至于外国地图,不但进口很少,而且售价偏高,简直就买不起。美国新闻处请我翻译惠特曼和弗罗斯特的诗,也经常酬送我文学书籍,但只限于美国作品。朋友赠书,也莫非诗集与画册,不是地图。

直到一九六四年,我三十六岁那年,自己开车上了美国的公路,才算看到什么叫作认真的地图。那是为方向盘后的驾驶人准备的公路行车图,例皆三尺长乘二尺宽,把层层的折叠次第展开,可以铺满大半个桌面。一眼望去,大势明显,细节精确,线条清晰而多功能,字体则有轻有重,有正有斜,色彩则雅致悦目,除白底之外只用粉红、浅绿、淡黄等等来区别保护区、国家公园、都市住宅,不像一般粗糙的地图着色那么俗艳刺眼。道路分等尤细,大凡铺了路面而分巷双行的,都在里程标点之间注明距离,以便驾驶人规划行程。

有了这样的行车详图,何愁缩地乏术,千里的长途尽在掌握之中了。我在美国教书四载,有两年是独自生活,每次近游或远征,只能跟这样的地图默默讨论,亲密的感觉不下于跟一位知己。

一张精确而详细的地图,有如一个头脑清楚、口齿简洁的博学顾问,十分有用,也十分可靠。太太去美国后,我就把这缩地之术传给了她，从此美利坚之大，高速路之长，跨州越郡，从东岸一直到西岸，就由她在右座担任"读图员"（map reader）了。就这么，我们的车轮滚过二十四州，再回台时，囊中最可贵的纪念品就是各州的行车图、各城的街道图，加上许多特殊分区的地图例如国家公园之类，为数当在百幅以上。

可惊的是，三十多年前从美国各地的加油站收集来的那些地图，不知为何，现在竟已所余无几。偶尔找到一张，展开久磨欲破的折痕，还看得见当年远征前夕在地名或街名旁边画的底线，或是出发前记下的里程表所示的里数，只觉时光倒流，像是化石上刻印的一鳞半爪，为遗忘了的什么地质史作见证。

一九七四年迁去香港，一住十一年，逐渐把我的壮游场景从北美移向西欧，而往昔的美国地图也逐渐被西欧、东欧各国的所取代，图上的英文变成了法文、德文、西班牙文、斯拉夫文……即使是英国地图，也有不少难以发音的盖尔（Gaelid）地名。欧洲的古老和多元深深吸引着我：那么多国家，那么多语言，那么多美丽的城堡、宫殿、教堂、广场、雕像，那么中世纪那么文艺复兴那么巴洛克，一口深呼吸岂能吸尽？夫妻俩老兴浩荡，抖落了新大陆的旧尘，车轮滚滚，掀起了旧大陆的新尘，梦游一般，驰入了小时候似曾相识的一部什么翻译小说。

"凭一张地图"，就像我一本小品文集的书名那样，我们驾车在全然陌生的路上，被奇异的城名街名接引，深入安达露西亚的歌韵、露瓦河古堡的塔影，纵贯英国，直入卡利多尼亚的古都与外岛，而为了量德意志有多长，更从波罗的海海岸一车绝尘，直切到博登湖边（Bodensee）。少年时亚光版的那册世界地图并没有骗我：那张美丽的支票终于在欧洲兑现，一切一切，"凭一张地图"。

就这样，我的地图库又添了上百种新品。除了欧洲各国之外，更加上加拿大、墨西哥、委内瑞拉、巴西、澳洲、南非及南洋各地的小大舆图；包括瑞士巧克力糖盒里附赠的瑞士地形图，除了博登湖、日内瓦湖波平不起之外，蟠蜿的阿尔卑斯山群山都隆起浮雕，凹凸如山神所戴的面具;还有半具体半抽象的布拉格街道图,用漫画的比例、童话的天真,画出魔涛河两岸的街景,看查理大桥上百艺杂陈,行人正过桥而来,有的广场上有人在结婚,甚至头戴黑罩的刽子手正挥刀在处决死囚,而有的街口呢,吓,卡夫卡那八脚大爬虫正蠕蠕爬过。

幼嗜地理的初中男孩一转眼已变成退休教授,"地图精"真的成精了。于是有人送礼就送来地图。送我瑞士巧克力的那个女孩,选择那样的礼物,就因为盒里有那一张,不,那一簇山形。地图库里供之高架的三巨册世界地图,也是先后由女儿、女婿和富勒敦加州大学的许淑贞教授所赠。许教授送的那册《最新国际地图册》其物重情意也重,抱去磅秤上一称,重达七磅。在我收集的两百多幅单张舆图和十多本中外地图册里,它是镇库之宝。

世界脸谱

所谓世界地图,其实就是地球的画像,但是它既非鲁本斯油画,也非史泰肯(Edward Steichen)的摄影,而是地图绘制师用一套美观而精致的半抽象符号,来为我们这浑茫的水陆大球勾勒出一个象征的脸谱。那是智慧加科技的结晶,无关灵感,也无意自命为艺术。然而神造世界,法力无边,竟多姿多彩,跟设计家所制的整齐蓝图不同。那漫长而不规则的海岸线,那参差错落的群岛列屿,那分歧槎丫的半岛,那曲折无定的河流,天长地久,构成了这世界的五官容貌,已变得熟悉可亲,甚至富有个性。

绘制世界地图,是用一张纸来描写一只球,用平面几何来探讨立体几何,所以绘的地区愈大,经纬的弧线也就愈弯,正可象征,所谓地平线或是水平线其实不平。所谓水平,只是凡人的近视浅见而已。大地图上的经纬,抛物线一般向远方抛去,每次我见到,都会起高极而晕的幻觉,因为那就是水陆母球的体魄,轮廓隐隐。

世界的真面貌只有地球仪能表现,所以一切地图不过是变相,实为笔补造化的一种技艺,为了把凡人提升为鹰、为云、为神,让地上平视的在云端俯观。有一次我从巴黎飞回香港,过土耳其上空已近黄昏,驾驶员说下面是伊斯坦布尔。初夏的晴空,两万英尺下有一截微茫的土黄色,延伸着欧陆最后的半岛。惊疑中,我正待决眦寻找黑海或马尔马拉海,暮色在下面已经加深。

要升高到看得出土耳其庞然的轮廓,得先把土耳其缩为六百万分之一。要看出这世界是个圆球,更得再缩它,缩成七千万分之一。地图用的正是这种神奇的缩地术,把世界缩小,摊平,把我们放大,提高,变成了神。只是地图的缩地术更进一步,把神人之间的云雾一扫而尽,包括用各种语言向各种神灵求救的祈祷,让我们的火眼金睛看个透明。

然则地图展示给我们的仅止于空间吗?又不尽然。第二次世界大战有一首名诗,叫作《目测距离》(*Judging Distances*, *by Henry Reed*),说是:"至少你知道/地图描写时间,而非地点,就军队而言/正是如此。"意思是研判敌阵外貌,应防伪装,不可以为一成不变。

其实改变地貌的岂独是战争?气候侵蚀、地质变化、人工垦拓等等都能使大地改相,至于沧海桑田、华屋山丘之巨。古代的地图上找不到上海和香港,现代的地图上也不见尼尼微和特洛伊,那些遗址只有在够大的图上才标以三瓣红花的符号。再过一千年,纽约,甚至美国,还会在地图上吗?柏拉图在晚年的对话录里,曾描述"赫九力士的天柱"外面,在大西洋上有一个文明鼎盛的古国,毁于火山与地震,遂陆沉海底。那便是传说至今的亚特兰地斯(Atlantis)。地质学家告诉我们,西非凹进去的直角跟南美凸出来的直角,在远古本来是陆地相连,而今却隔了四十五度的经度。甚至也不必痴等多少个世纪了,沧海桑田已变在眼前。小时候读中学,地理书说洞庭湖是中国第一大湖,后来读唐人的诗句"濯足洞庭望八荒",宋人的词句"玉界琼田三万顷",想这洪流不知有多壮阔,怪不得中国诗人都少写海,因为只写洞庭就够了。也难怪傅抱石的"湘夫人",只要画洞庭波起,落叶纷下,就能与波提且利的"爱神海诞"比美。最令人伤心的,却是四十年来江河冲积,人工围垦,名湖早已分割"缩水",落到鄱阳之后了。

图穷匕见

洞庭水促,长江水浊,三峡水漫,苏州水污,"曾日月之几何,而江山不可复识矣"。我小时候的地图因旧而贵,竟然奇货可居,能用来吊古、考古了。屈原今日而要投水,不知沧浪还有清流吗? 故国不再,乡愁难解,要神游只有对着旧地图了。

所以地图展示的不止是空间,更是时间。美国名诗人华伦(Robert Penn Warren)说过:"历史要解释清楚,全靠地理。"我不妨更进一步,说:"地理要解释清楚,得看地图。"反过来说,地图不但展示地理,也记录历史;历史离不了政治,所以地图也反映政治。

一八〇六年一月,有感于拿破仑大败奥地利与俄罗斯的联军于奥斯特利兹,英国最年轻的首相小皮特(William Pitt the Younger)说:"把(欧洲)地图卷起来吧,十年内都用不着了。"他这话说得太匆促,因为不出十年,拿破仑就战败被囚,欧洲的国界又得重画了。但也可见地图如何牵涉到政治。

地图绘制师(Cartographer)不会失业,因为政客不让他闲着。最好的例子就在眼前。骨牌搭成的苏联被戈尔巴乔夫一推就倒了,东柏林的围墙跟着坍塌。有那么多的疆界要重画,有人要看看乌兹别克在哪里,意味着地图业有生意上门。巴尔干的火药库一爆发,南斯拉夫炸成好几个新国家,一时克罗地亚、塞尔维亚、马其顿、科索沃纷纷受国际瞩目,成为地图上多事的焦点。

"图穷匕见",地图里是有政治的。政治一吹风,地图就跟着草动了。苏联解体,列宁之城就归还彼得之堡。捷克分家,就一克变成两克,一半仍是捷克,另一半叫作斯洛伐克。同一个湖泊,德国人自己叫作博登湖(Bodensee),英国人却叫作康士坦斯湖(Lake Constance)。另一个湖,本地人的法文叫作勒芒湖(Lack Lémen),英文又以城为名,叫作日内瓦湖。最有趣的该是英吉利海峡了,对岸的法国人也有份的呀,凭什么要以英国命名呢? 果然,法国地图上把它径称

La Manche，也就是"海峡"之意，但此字原意是"衣袖"，也可形容海峡之狭长。更有趣的是，德文也把那海峡叫作"衣袖海峡"（Armel Kanal），同样不甘心冠以英国之名。

相似的形势亚洲也有。日本与韩国之间的海叫作日本海，韩国人不知道感想如何，很想看看韩国的地图是如何称呼。不过日韩之间的海峡却叫作朝鲜海峡，也算是不无小补吧。同样的，阿拉伯与印度之间的水域叫阿拉伯海，印度好像吃亏了，但是阿拉伯海却归于印度洋，也算是摆平了吧。真想看看印、阿两国自印的地图。

地图里既有匕首，各国自制的地图册难免有本位意识。一般的八开本巨型地图册，除卷首交代地图发展史、投影绘图术及世界地质、地形、气候、生态、人口、语言、宗教各方面的概图之外，大半的篇幅例皆从本国出发，逐洲、逐区、逐国展示，遇见重要地区，也会放大以供详阅。但因观点不同，轻重取舍之间差别也就很大。

英美出版的世界地图册例皆从欧洲开始，到南美洲结束，而欧洲又以英国开端，但其中各国篇幅的分配就不免厚薄有别了。以面积与人口而言，广土众民的亚洲篇幅本应最多，但我所有的世界地图册里，亚洲却落在欧洲与北美之下，位在第三。美国兰德·麦克纳利公司一九九四年豪华版的《最新国际地图册》（Rand McNally：*The New International Atlas*）给各大洲的篇幅，依次是北美洲六十六页、欧洲六十二页、亚洲四十四页、非洲二十六页，南美洲十七页、大洋洲十六页。"重白轻色"之势十分显著。

美国汉曼公司的《世界地图册》（Hammond：*Atlas of the World*）同年出版，也是八开本，各洲页数的分配则是欧洲五十、北美洲三十八，亚洲二十六、非洲十八、南美洲十三、大洋洲十二。

再看英国菲利普公司所出的一九八五年三十二开本《世界小地图册》（*Philips' Small World Atlas*），大块的亚洲仍居欧风美雨之下，其页数分别是欧洲五十六、北美洲四十四、亚洲四十二、非洲十四、南美洲十一、大洋洲十。非洲只得欧洲四分之一，其偏更著。

洲际的分配如此，国际的又如何？《最新国际地图册》给美国四十一页,几与全亚洲相等。其他国家得页较多的是俄罗斯(及旧属)十五、澳大利亚十三、加拿大与意大利各十二、中国十一、英国十、德国与印度各八、日本与巴西各六。看来仍是偏重英语国家。《世界地图册》的前四名,美国(二十五页)、加拿大(八页)、澳大利亚(八页)、英国(七页),也都是英语国家。至于《世界小地图册》的前四名,除了次序稍变,仍然是美国(十八页)、英国(十六页)、加拿大(十六页)、澳大利亚(八页),不过加上了日本(同为八页)而已。对比之下,中国只有四页。

再如一九七四年英国的《企鹅版世界地图册》(*The Penguin World Atlas*)展示了三十七个大城市的市区图,所属依次是欧洲十六个、北美洲十四个、亚洲五个(北京、上海、加尔各答、德里、东京)、澳大利亚及南美各一个。至于非洲,一个也没有。

这就是西方人眼中的世界。

这观点当然有人要挑战。一九八二年西安地图出版社编印的《世界地图册》便改变了这次序和比重,从亚洲开始,以南美结束,篇幅大加调整,依次是亚洲三十四页、非洲二十六页、欧洲十四页、南北美洲各十页、大洋洲六页。亚非二洲相加为六十页,正好占百分之六十。相比之下,前述英美的四种世界地图册中,这两大洲加在一起,所占比例都低于百分之三十六。

到一九八二年为止,这本西安版的《世界地图册》已经印了一百七十八万六千册,这在台港的区区书市看来,真是纸贵洛阳,不,纸贵西安的了。其实真正畅销的是河北印刷的《中国地图册》,一九九〇年第七版第二十九次印刷已印了一千四百五十九万二千册,需求之广可以想见。

不过,前述西安版的《世界地图册》虽然有志力矫白人中心之枉,影响也只限于华语世界,加以开本袖珍,印刷也未尽精美,而各国分图之外世界总图的面面观仍欠多姿,欲求国际的地图精们刮目相看,尚有距离。热烈地,我等待中国人绘制的宏美舆图巨册。

西方的巨制舆图再精确,也不是绝无漏洞的。汉曼版的《世界地图册》一百二十五页,就在沙巴境内相距一百多公里的两处,用黑三角形标出了基纳巴卢山(中国寡妇山:Gunung Kinabalu),北边的黑三角是对的,南边的却是无中生有,重复多余。又在二百一十二页,把贵州的长顺(Changshun)误为长春(Changchun),说人口有一百七十四万,而真正的长春却近在上面第五行。兰德·麦克纳利版的《新万国地图册》(*The New Cosmopolitan World Atlas*)二百六十三页列举世界大岛,把印尼东部的西兰岛(Geram)排在爪哇与新西兰北岛之间,并附注其面积为四万五千八百零一平方英里。其实它只有七千一百九十一平方英里,应该往后退三十名,排到日本四国岛的下面。

地图乃世界之脸谱,迄今仍由西方人在绘图,虽然绘得相当精美,可惜欧美澳才是正面,亚非拉只算侧影。前举西方精美巨册犯错的三个例子,一在中国、一在印尼、一在马来西亚,凑巧都在"侧影"之中,不免令人"多心"。西方的"先进国家"早已登陆外星,在绘月球、火星的脸谱了,我们的地理学家、地图专家,甚至天文学家该怎么办呢?

一九九九年四月于西子湾

钞票与文化

一

《世说新语》说王夷甫玄远自高，口不言钱，只叫它作"阿堵物"。换了现代口语，便是"这东西"。中国人把富而伧俗讥为"铜臭"，英文也有"臭钱"（stinking money）之说，所以说人钱多是"富得发臭"（stinking rich）。

英国现代诗人兼历史小说家格瑞夫斯（Robert Graves）写诗不很得意，小说却雅俗共赏，十分畅销，甚至拍成电视。带点自嘲兼自宽，他说过一句名言："若说诗中无钱，钱中又何曾有诗。"

钱中果真没有诗吗？也不见得。有些国家的钞票上不但画了诗人的像，甚至还印上他的诗句。例如苏格兰五镑的钞票上就有彭斯画像，西班牙二千元钞票上正面是希梅内思的大头，反面还印出他诗句的手稿。

钞票上的人像未必是什么杰作，但往往栩栩传神，当然多是细线密点，属于工笔画一类。高庚跟梵高在黄屋里吵架，曾经讽刺梵高："你的头脑跟你的颜料盒子一样混乱。欧洲每一个设计邮票的画家你都佩服。"高庚善辩，更会损人。他这么看不起邮票画家，想必对钞票画家也一视同其不仁。其实画家上钞票的也不算少：例如荷兰画家郝思（Frans Hals）与法国画家拉杜赫（Maurice Quentin de Latour）都上了本国的钞票；至于戴拉瓦库与塞尚，也先后上了法郎，名画的片段更成了插图；比利时的安索（James Ensor）也上了比利时法郎，带着他画中的画具和骷髅。

匆忙而又紧张的国际旅客,在计算汇率点数外币之余,简直没有时间更无闲情去辨认,那些七彩缤纷的钞票上,究竟画的是什么人头。其实他只要匆匆一瞥,知道那是五十马克或者一万里拉,已经够了。画像是谁,对币值有什么影响?如果他周游好几个国家,钞票上的人头就走马灯般不断更换。法郎上的还未看清,卢布上的新面孔已经跟你打招呼了。那些面孔的旁边,不一定附上人名。在这方面,法郎最有条理,一定注明是谁。苏格兰人就很奇怪:彭斯像旁有名,史考特就没有。熟谙英国文学的人当然认得《撒克逊劫后英雄略》的作者,但是一般观光客又怎能索解?

意大利五万里拉的币面,是浓眉大眼、茂发美髭的人像,那敏感的眼神、陡峭的下颔,十足艺术家的倜傥。再看纸币背后的骑者雕像,颇似君士坦丁大帝,我已经猜到七分。但为确认无误,我又翻回正面,寻找人头旁边有无注名,却一无所获。终于发现衣领的边缘,有一条弯弯的细线似断似续,形迹可疑。在两面放大镜的重叠之下,发现原来正是一再重复的名字 Gian Lorenzo Bernini,每个字母只有四分之一公厘宽。这隐名术岂是粗心旅客所能识破?我相信,连意大利人自己也没有多少会起疑吧?

有些国家的钞票,即使把画像注上名字,也没有多少游客能解。例如希腊币五十元(Draxmai Penteconta)正面的头像,须发茂密而且卷曲如浪,正是海神波赛登(Poseidon),可是下面注的超细名字却是希腊文 ΠΟσΕΙΔΟΝ。就算在放大镜下勉强看出来了,也没有几人解得了码。更有趣的是:钞票上端的一行希腊文,意思虽然是"希腊银行",但其国名不是我们习见的 Greece,而是希腊人自称的 Hellas(亦即中文译名所本),不过在现代希腊文里又简称 Ellas,所以在钞票上的原文是 ΕΛΛΑΔΟε。至于一百元希币上的女战士头像,长发戴盔,鼻脊峭直,则是雅典的守护神雅典娜(Athena,全名 Pallas Athena),旁边注的一行细字正是 ΑθΗΝΑπΕΙΡΑΙΩε。这两张希币令人想起:当初雅典建城,需要命名,海神波赛登与智慧兼艺术之神雅典娜争持不下。众神议定，谁献的礼最有益人类，就以谁命名。海神创造了马，雅典娜创造了橄榄树，众神选了雅典娜。也因此，一百元希币的背面画了美丽的橄榄枝叶。

二

民国以来，我们惯于在钞票上见到政治人物，似乎供上这样的"圣像"（icon）是天经地义。常去欧洲的旅客会发现：未必如此。大致说来，君主立宪制国家多用君主的头像，例如瑞典、丹麦、英国，但是荷兰与西班牙的君主只上硬币，却不上软钞。某些议会制国家如法国、德国、意大利等都不让元首露面；像戴高乐这样的英雄，都没有上过法郎。

美钞虽然人人欢迎，但那绿钱上的面孔，除了百元上的富兰克林之外，清一色是政治人物，其中只有汉米尔顿不是总统。截然相反的是法郎，我收藏的八张法郎上面是这样的人物：十法郎，作曲家柏辽兹；二十法郎，作曲家杜布瓦·T.；五十法郎，画家拉杜赫；新五十法郎，作家圣爱修伯瑞；一百法郎，画家戴拉库瓦；新一百法郎，画家塞尚；二百法郎，法学家孟德斯鸠；五百法郎，科学家居里夫妇。

英镑的风格则介于美国的泛政治与法国的崇人文之间：有科学家，也有文学家，但是只能出现在钞票的背面，至于正面，还得让给女王。最有趣的该是十英镑，共有新旧两版。新版上女王看来老些，像在中年后期；背后的画像则是晚年的狄更斯，下有文豪的签名，对面是名著《匹克威克俱乐部记事》的插图，板球赛的一景。旧版上的女王青春犹盛；背后的画像竟是另一女子，发线中分，戴着白纱头布，穿着护士长袍，眼神与唇态温婉中含着坚定，背景的画面则是她手持油灯在伤兵的病床间巡房，一圈圈的光晕洋溢如光轮。她正是南丁格尔：也只有她，才能和女王平分尊贵。更感人的是，把钞票迎光透视，可见水印似真似幻，浮漾的却是护士，不是女王。但是狄更斯那张，水印里是女王而非作家。女王像旁注的不是"伊丽莎白二世"，而是特别的缩写字样（E Ⅱ R），全写当为 Elizabetha Regina（拉丁文伊丽莎白女王）。

三

这么一路随兴说来，读者眼前若无这些缤纷的纸币，未免失之洞空，太不过瘾。不如让我选出三张最令我惊艳的来，说得细些，好落实我这"见钱开眼"的另类美学家，怎么在铜臭的钞票堆里嗅出芬芳的文化。

苏格兰五镑的钞票，正面是诗人彭斯（Robert Burns）的半身像，看来只有二十七八岁，脸颊丰满，眼神凝定，握着一管羽毛笔，好像写作正到中途，停笔沉思。翻到反面，只见暗绿的基调上，一只"硕鼠"乱须潦草，正匍匐于麦秆；背后的玫瑰枝头花开正艳。原来这些都是彭斯名作的主题。诗人出身农民，某次犁田毁了鼠窝，野鼠仓皇而逃。诗人写了《哀鼠》（To a Mouse）一首，深表歉意，诗末彭斯自伤身世，叹息自己也是前程茫茫，与鼠何异。诗中名句"人、鼠再精打细算，/到头来一样失算。"（The best-laid schemes o' mice an' men/Gang aft a-gley.）后来成了小说家史坦贝克《人鼠一例》（Of Mice and Men）书名的出处。至于枝头玫瑰，则是纪念彭斯的另一名作《吾爱像红而又红的玫瑰》：其中"海干石化"之喻，中国读者当似曾相识。

这张钞票情深韵长，是我英诗班上最美丽的教材。

我三访西班牙，留下了三张西币：一百 peseta 上的头像是作曲家法雅，一千元上是小说家高尔多思，二千元上是诗人希梅内思（Juan Ramon Jiménez）。希梅内思这一张以玫瑰红为基调，诗人的大头，浓眉盛须，巨眸隆准，极富拉丁男子刚亢之美。旁边有白玫瑰一，红玫瑰三，其二含苞未绽。反面也有一丛玫瑰，组合相同。但是最令我兴奋的，是右上角诗人的手迹：IAllá va elolor de la rosa! /iCóje la en tu sinrazón! 书法酣畅奔放，且多连写，不易解读。承蒙淡江大学外语学院林耀福院长代向两位西班牙文教授乞援，得知诗意当为"玫瑰正飘香,且忘情赞赏!"钞票而印上这么忘情的诗句,真不愧西班牙的浪漫。

一百法郎的旧钞上,正面居中是浪漫派大师戴拉库瓦的自画像,面容瘦削,神态在冷肃矜持之中不失高雅,一手掌着调色板,插着画笔。背景是他的名作《自由女神率民而战》的局部,显示半裸的女神一手扬着法国革命的三色旗,一手握着长枪,领着巴黎的民众在硝烟中前进。背面则将他的自画像侧向左边,右手却握了一枝羽毛笔。这姿势表示他正在记他有名的《日记》,其中的艺术评论及艺术史料为后世所珍。

一个国家愿意把什么样的人物放上钞票,不但让本国人朝夕面对,也让全世界的旅客得以瞻仰,正说明那国家崇尚的是什么样的价值,值得我们好好研究。一个旅客如果忙得或懒得连那些人头都一概不识,就太可惜了。如此"瞎拼"一趟回来,岂非"买椟还珠"?

钞票上岂但有诗,还有艺术、有常识、有历史,还有许许多多可以学习,甚至破解的外文。

两个寡妇的故事

其一：雪莱夫人

一八二二年七月中旬，地中海的潮水将两具海难的遗体冲上沙岸。朋友们赶来认领时，面目已经难辨，但衣服尚可指认；其中一具的口袋里有一本书，是济慈的诗集，该是雪莱无疑。另一具是雪莱的中学同学威廉姆斯中尉。七月八日两人驾着快艇"唐璜"，从来亨驶回雷瑞奇，在暴风雨中沉没。拜伦、李衡、崔罗尼就在海边将亡友火化，葬在罗马的新教徒公墓。

曲终人散。雪莱与夫人玛丽（Mary Wollstonecraft Shelly）的长子威廉，三年前已葬入那公墓，只有三岁。一年前，济慈也在那里躺下。不到两年之后，拜伦就死在希腊。于是英国浪漫诗人的第二代就此落幕，留下了渐渐老去的第一代，渐渐江郎才尽。

雪莱周围的金童玉女，所谓"比萨雅集"（The Pisan Circle），当然全散了。散是散了，但是故事还没有说完。拜伦早已名满天下，但雪莱仍然默默无闻，诗集的销路没有一种能破百本。当然，终有一天他也会成名，不过还要靠寥寥的知音努力："不惜歌者苦，但伤知音稀。"拜伦最识雪莱，却从不为他美言。余下的只有李衡等几人，和一个黯然神伤的寡妇，玛丽·雪莱。

雪莱死时，还未满三十；玛丽，还未满二十五。这么年轻的遗孀早已遍历沧桑。她的父母都是名人，但对时人而言都离经叛道，是危险人物。父亲高德温（William Godwin）是思想家兼作家，在政治与宗教上立场激进，鼓吹法国革命与无神论，反对社会制度的束缚，对英国前后现代浪漫诗人影响巨大。母亲瓦斯东克拉夫特（Mary Wollstonecraft）乃英国女性主义的先驱，所著《女权申辩》一书析论女性不平的地位，说理清晰，兼富感性，成为经典名著。但因她独立特行，婚前与情人有一私生女，又因失恋投水获救，不见容于名教。玛丽的父母婚姻本极幸福，不幸母亲在生玛丽时失血过多而死。

玛丽生在这么一个"革命之家"，一生自多波折。十六岁她与大她五岁的雪莱私奔欧洲，等到两年后雪莱前妻投湖自尽，才成为第二位雪莱夫人。婚后两人又去了意大利，不再回国，但四年之间不断搬家，生活很不安定。她一共怀过五胎，第一胎早产，数周即死，末胎流产；中间的三个孩子依次为：威廉、克拉瑞、伯熙；威廉死时三岁半，克拉瑞死时不足两岁，只有生在佛罗伦斯的伯熙（Percy Florence Shelley）长大成人。可怜的玛丽，一出娘胎便成了孤女，婚后四年便做了寡妇，而母亲也做得很不快乐。

丈夫不但夭亡，且也不很专情。雪莱不但遗弃了前妻，到意大利后又因同情比萨总督之女、被父亲逼婚而遁入空门的伊迷丽亚，而献长诗《连环的灵魂》（Epipsichidion）给她，不料诗成尚未付印，她却出了修道院回家做新娘去了。结果是雪莱无颜，玛丽有气。不久雪莱又频频写诗献给简茵（Jane Williams），亦即昔日同学后来同舟共溺的威廉姆斯中尉之妻。玛丽因此当然不悦。不过另有一事雪莱一直瞒着她。便是他与拜伦情妇、也是玛丽后母（高德温续弦）之女克莱儿有一私生女，叫伊丽娜，七个月早产，寄人照顾。

玛丽性格内向，一切逆来顺受，只闷在心里，乃有忧郁症。雪莱神经紧绷，也是多愁多病之身，更有肾结石剧痛症状，常乞援于鸦片酊甚至更剧的解药。诗名不彰，也令诗人委屈不乐。

另一个困境是经济。雪莱被牛津开除，思想激进，私德不修，不见容于社会，更不见容于父亲。他的父亲是地主，有从男爵封号。他的祖父在他二十三岁时去世，遗给他十万英磅，按年支付。这幸运的继承人花钱慷慨，大半用来接济岳父高德温和文友，例如李衡子女八口，家累沉重，他一次就给了李衡一千四百英磅。而雪莱自己竟时常负债。

雪莱既殁，玛丽带了不满三岁的伯熙回到英国。雪莱的父亲对她很苛严，只供她微薄的津贴，而且禁止她张扬雪莱的"劣迹"，否则就断绝接济。玛丽毅然辛苦笔耕，成为自食其力的专业作家。

不要忘了，身为杰出双亲之女、大诗人之妻，玛丽岂是泛泛之辈。早在她十九岁那年，拜伦与雪莱在日内瓦夜谈兴起，拜伦提议大家何不各写一篇神怪小说。四个人都动了笔，包括两位诗人、玛丽和拜伦的医生巴利多里。三位男士都无法终篇，玛丽却越写越认真，竟然完成了一篇杰作，在伦敦引起轰动。《佛朗肯斯坦》把十八世纪的恐怖故事接上现代的科幻小说，对于人性与科学都有深刻的探讨；凭此一部作品，玛丽已无须愧对父母与丈夫。

除了《佛朗肯斯坦》之外，玛丽还写了五本小说、二十五个短篇。其中小说以《末世一人》最好；短篇以《分身》最有深度，其人格分裂的探讨对史蒂文生、王尔德、康拉德等都有启发。

玛丽另一项贡献就是为亡夫编印遗作。雪莱死后留下不少迄未发表的作品，那首五百多行的未完成长诗《生之凯旋》便是一例；即使生前已刊之诗，也多未经作者校对。玛丽将这些浩繁的诗文一一订正，还加上注解，附上序言，说明雪莱当日写那些作品时的场合与心境，对后世学者帮助很大。一八二四年，她出版了《雪莱诗遗作》，一八三九年又发行四卷一套的《雪莱诗集》。

雪莱死后二十二年，父亲提摩太爵士（Sir Timothy Shelley）以九十二高龄逝世，爵位与家产由玛丽的男儿伯熙继承。父母的天才伯熙却没有世袭：他是平凡的人，所幸对母亲很孝顺。他娶的妻子简茵·圣约翰是雪莱的信徒，也极贤淑。可怜的玛丽，终于得享七年幸福。雪莱在海边火葬时，崔罗尼将雪莱的心另外收起，珍藏在盒中，后来送给玛丽，并向她求婚。玛丽拒绝了求婚，却接受了雪莱的心。她把那颗心，那曾经为西风与云雀欢跃的心，包在雪莱吊济慈的《阿多奈思》卷中,藏在书桌抽屉里。一八五一年玛丽死时,那心已干碎成灰。最后,七十岁的伯熙也死了,那堆"灰心"就葬在玛丽与伯熙的旁边。

伯熙无后,雪莱和玛丽的故事也就结束了。

其二: 梵谷弟媳

玛丽·雪莱死后二年,一位大画家生于荷兰。他和玛丽的丈夫有不少地方相似。雪莱出身于贵族世家,终身依靠祖父的遗产,未曾自食其力;他出生于画商世家,本来可以在画店工作,却因为要画另一种画,不得不靠做画商的弟弟按月接济。雪莱特立独行,从中学起就不合于世俗,有"疯雪莱"之称;他也狂狷自放,不容于社会,群童呼为"红头疯子",更因宿疾加上劳累,后来真的发了癫痫。雪莱生前读者寥寥,论者藐藐;他的画只卖掉一幅,也只赢得一篇好评。雪莱体弱多病,神经紧张,有自杀倾向,据说在暴风雨中,是雪莱自己力阻同舟的威廉姆斯落帆救船;他从小体格健壮,但因画途不顺,生活困苦,心情压抑,曾经割耳自残,终于自杀。所以两人都是早夭,雪莱未满三十,他也只有三十七岁,两人都死于七月。

他,便是梵谷,家喻户晓,盛名更胜雪莱。

两人的命运当然也有不同。雪莱不善理财,但毕竟有丰厚的家产,不虞饥寒。梵谷既握画笔,便不得不靠弟弟西奥每月一百五十法郎的津贴,往往喂饱了调色盘就喂不饱空肚。另外一大差别,是雪莱追求理想的爱情虽然无法满足,毕竟有过两个妻子,还有情人,而前妻甚至被他遗弃。梵谷虽然与妓女同居过,但一生几无爱情可言,更难奢望娶妻。

相较之下,梵谷是寂寞多了。雪莱死后,哀怨的玛丽对不够专情的亡夫仍以爱相报,余生的心力有一半用在编校雪莱的著作(分量五倍于徐志摩),连写给其他女子的情诗也不删除。梵谷却无妻可靠。

幸而天不绝人,即使是苦命的梵谷。生前,他有弟弟可靠,死后,他绝对没有料到，弟弟的遗爱竟由弟媳妇一肩担当，一手完成。

梵谷死后，西奥不胜哀伤，加上久病，竟也精神失常，间或昏迷，不到半年就去世了。留下二十九岁的妻子约翰娜·邦格，带着未满周岁的男孩小文森，对着满房子零乱的存画和旧信，一时不知所措。她嫁给西奥不过一年半，与梵谷相处只有五天。她深爱丈夫，兼及这位苦命而陌生的哥哥。另一方面，家中挂满、堆满哥哥的画，哥哥一生的遭遇，从弟弟口中也听到耳熟，所以她对梵谷并不陌生。为了排遣对丈夫的思念，约翰娜逐一念起哥哥历年写给弟弟的五百多封信来。夜复一夜，她咀嚼着至死不渝的手足之情，深受感动，因而得知梵谷是怎样的艺术家，怎样的人。于是她决心要实现西奥未遂的心愿：让全世界看到梵谷的画。

像雪莱夫人一样，这位遗孀，也不是普通的女子。约翰娜也是荷兰人，但是在班上是英文的高材生，后来还去伦敦，在大英博物馆工作，又在乌特勒支的中学教过英文。更巧的是，她的学位论文写的正是雪莱。于是她一面设法安排梵谷的画展，一面开始把那五百多封信译成英文，只等画展成功，配合刊出。但是要昭告世人有这么一位天才久被冷落，并非易事。开头的十年有六次画展，观众淡漠。第七次展出在巴黎，却引来马蒂斯等野兽派的新秀。从此西欧重要的美术馆大门，逐一为梵谷而开。同时，约翰娜也伺机将梵谷的画零星出售，既可补贴家用，又可推广画家的名声。

梵谷生前无名，除了少数画作送给朋友之外，其他全部寄给弟弟去推销，所以西奥死后，那五百五十幅油画外加数以百计的素描，全由约翰娜一人掌握，姑不论艺术的价值，仅计市场估价已富可敌国。但弟媳妇护画并推广之功，也对得起两兄弟了。约翰娜自己的哥哥安德烈不喜欢那些油画，曾劝妹妹一起丢掉，幸亏约翰娜不听他的，否则世人将不知梵谷是谁。

梵谷逝后三十五年，约翰娜亦逝于六十三岁，那几百幅宏美的作品由她的独子小文森（Vincent Willem van Grogh）继承。小文森像雪莱之子伯熙，并没有遗传先人的天才，只是一位平凡的工程师。他坐拥现代画灿烂炫眼的宝库,一幅画也不肯出售,因此他伯伯的丰收大半得以留在国内,不像其他名画家那样散落在世界各国。最后荷兰政府出面,以六百万美金的超低价格向小文森整批买下这些油画与素描,条件是成立"梵谷基金会",由梵谷家人主控,同时要在阿姆斯特丹盖一座"国立梵谷美术馆",以资保管、展出。

梵谷生前,世界待他太薄,梵谷死后,世界待他像宠爱。历史的补偿梵谷不会知道,也不会知道他欠弟媳妇多少,只知道他欠弟弟太多,无以回报。可是他们因他的光轮而不朽,他们的辛苦因他对全人类的贡献而没有白费,他们留下的独子因贫穷的伯伯而成为荷兰的首富。

啊不,梵谷已经充分报答了家人。唯一的遗憾是:他留下那许多人像的杰作,农夫艾思卡烈、邮差鲁兰、诗人巴熙、中尉米烈、医生嘉舍,但是碌碌一生,竟未能为这一对至爱的家人、恩人留下画像。

种树的人往往来不及乘凉。

二〇〇三年七月于高雄西子湾

322

创作要目

1949 年

2 月,就读于厦门大学,在厦门《星光》《江声》报发表新诗及短评十余篇。

1950 年

5 月,到台湾。在《新生报》副刊、《中央日报》副刊、《野风》杂志发表新诗。

1952 年

台湾大学毕业。译海明威《老人和大海》于台湾《大华晚报》连载。《舟子的悲歌》诗集出版。

1954 年

与覃子豪、钟鼎文等共创蓝星诗社。出版诗集《蓝色的羽毛》。

1957 年

主编《蓝星》周刊及《文学杂志·诗辑》。《梵高传》与《老人和大海》中译本出版。

1958 年

10 月,获亚洲协会奖金赴美进修,在爱荷华大学修文学创作、美国文学及现代艺术。

1959 年

获爱荷华大学艺术硕士。回台任师范大学英语系讲师。主编《现代文学》

及《文星》之诗辑。加入现代诗论战。

1960 年

诗集《万圣节》及《英诗译注》出版。诗集《钟乳石》在香港出版。

1961 年

英译《中国新诗选》在香港出版。在《现代文学》发表长诗《天狼星》并发表《再见,虚无!》与洛夫论战。与林以亮、梁实秋、夏菁、张爱玲等合译美国诗选,在香港出版。

1962 年

获中国文艺协会新诗奖。毛姆小说《书袋》中译连载于《联合报》副刊。

1963 年

散文集《左手的缪思》及评论集《掌上雨》出版。

1964 年

诗集《莲的联想》出版。

1965 年

散文集《逍遥游》出版。

1967 年

诗集《五陵少年》出版。

1968 年

散文集《望乡的牧神》先后在台港出版。《英美现代诗选》中译二册出版。

1969 年

诗集《敲打乐》《在冷战的年代》《天国的夜市》出版。主编《现代文学》双月刊。

1971 年
英译《满田的铁丝网》及德译《莲的联想》分别在台湾及西德出版。

1972 年
散文集《焚鹤人》及中译小说《录事巴托比》出版。

1974 年
诗集《白玉苦瓜》及散文集《听听那冷雨》出版。

1975 年
《余光中散文集》在香港出版。每月为《今日世界》写专栏。任香港中文大学中文系主任。

1976 年
诗集《天狼星》出版。

1977 年
散文集《青青边愁》出版。

1978 年
《梵高传》新译本出版。

1979 年
诗集《与永恒拔河》出版。

1981 年
《余光中诗选》、评论集《分水岭上》及主编《文学的沙田》出版。

1983 年

诗集《隔水观音》出版。中译王尔德喜剧《不可儿戏》在台出版。

1984 年

中译《土耳其现代诗选》在台出版;译王尔德《不可儿戏》由香港话剧团演出;获第七届吴三连文学奖散文奖,诗歌《小木屐》获金鼎奖歌词奖。

1985 年

发表五万字论文《龚自珍与雪莱》。为《联合报副刊》写专栏《隔海书》;获中国时报新诗推荐奖。《香港文艺》(季刊)推出《余光中专辑》;《春来半岛——余光中香港十年诗文选》在港出版。

1986 年

担任木棉花文艺季总策划,发表主题诗《让春天从高雄出发》。

九月,诗集《紫荆赋》出版。

1987 年

《记忆像铁轨一样长》出版。《不可儿戏》由中国友谊出版公司出版。

1988 年

主编《秋之颂》出版。六十大寿,在五家报纸发表六首诗;散文集《凭一张地图》出版。

1989 年

1 月,《余光中一百首》在香港出版。

5 月,主编十五卷《中华现代文学大系——台湾:1970—1989》出版,获本年金鼎奖图书类主编奖。《鬼雨:余光中散文》由广州花城出版社出版。

8 月,《我的心在天安门》出版。

1990 年

1 月,《梵高传》重排出版。散文集《隔水呼渡》出版。

3 月,《梦与地理》诗集获"文艺奖"新诗奖。

9 月,获选为中华笔会会长。

1991 年

重九生日,在五家报纸发表诗五首。

1992 年

9 月,应中国社科院之邀,往北京,演讲《龚自珍与雪莱》。

中英对照诗选《守夜人》出版。余译王尔德《温夫人的扇子》出版。

1993 年

1 月,福州《港台文学选刊》推出《余光中专辑》。

4 月,会晤大陆歌手王洛宾,王洛宾将《乡愁》一诗谱曲。

5 月,赴港参加"两岸及港澳文学交流研讨会",发表论文《蓝墨水的上游是汨罗江》。

6 月,《二十世纪世界文学大全》(Encyclopedia of World Literature in the 20th Century, Continuum, New York, 1993) 第五卷纳入一整页余氏评传,由钟玲执笔。

10 月,诗文合集《中国结》由湖北长江文艺出版社出版。

1994 年

评论集《从徐霞客到梵谷》出版,获本年《联合报》"读书人"最佳书奖。

1995 年

4 月 5 日,应母校厦门大学邀请返校演讲,被聘为客座教授。

1996 年

1 月,散文选《桥跨黄金城》由北京人民日报出版社出版。

10月,《井然有序》出版,获《联合报》"读书人"本年最佳书奖。

1997年

1月,出席"香港文学节"研讨会,发表论文《紫荆与红梅如何接枝?》;浙江文艺出版社出版《余光中散文》。

8月,时代文艺出版社出版《余光中诗歌选集》及《余光中散文选集》共七册。应邀前往长春、沈阳、哈尔滨、大连、北京签名售书。

10月,获中国诗歌艺术学会致赠"诗歌艺术贡献奖"。文建会出版《智慧的薪传——大师篇》,纳入余氏评传。

1998年

七十大寿,在《联合报》《中国时报》《中央日报》《中华日报》《自由时报》《新闻报》《联合文学》《幼狮文艺》《明道文艺》共发表十五首诗,一篇散文。九歌出版社出版诗集《五行无阻》、散文集《日不落家》、评论集《蓝墨水的下游》及钟玲主编庆祝余氏七十生日诗文集专书《与永恒对垒》。洪范书店出版《余光中诗选第二卷:1982——1998》。

12月,散文集《日不落家》获《联合报》"读书人"本年最佳书奖。

1999年

黄维梁、江弱水编《余光中选集》由安徽教育出版社出版。

8月,上海文艺出版社出版余光中诗集《与海为邻》、散文集《满亭星月》、评论集《连环妙计》。

9月,在岳麓书院"千年论坛"演讲《艺术经验的转化》。

10月,散文集《日不落家》荣获第16届吴鲁芹散文奖。

2000年

7月,刘登翰、陈圣生编选《余光中诗选》(海峡版)经数十位文学家评定,入选《百年百种优秀中国文学图书》,由中国青年出版社再版。

12月,本年出版诗集《高楼对海》获《联合报》(读书人)2000年最佳书奖。

2001 年

1 月,江堤编选《余光中:与永恒拔河》由湖南大学出版社出版。

9 月,黄维梁编《大美为美——余光中散文选》由深圳海天出版社出版。

徐　学

图书在版编目(CIP)数据

余光中精选集/余光中著.—北京:北京燕山出版社,2015.8(2021.1重印)

ISBN 978-7-5402-3881-0

Ⅰ.①余… Ⅱ.①余… Ⅲ.①诗集-中国-当代②散文集-中国-当代 Ⅳ.①I217.2

中国版本图书馆 CIP 数据核字(2015)第 163599 号

余光中精选集

余光中 著

编 选 者 / 徐 学

责任编辑 / 张红梅 王 然

装帧设计 / 小 贾 张 佳

北京燕山出版社出版发行

北京市丰台区东铁匠营苇子坑 138 号嘉城商务中心 C 座 邮编 100079

全国新华书店经销

北京市松源印刷有限公司印刷

开本 850mm×1168mm 1/32 印张 11 字数 320,000

2016 年 8 月第 1 版 2021 年 1 月第 4 次印刷

定价:58.00 元